Антон Павлович Чехов

Скучная история

·

지루한 이야기

창 비 세 계 문 학

53

•

지루한 이야기

•

안똔 체호프

석영중 옮김

창비

차례

•

일러두기

1. 이 책은 А. П. Чехов, *Собрание сочинений в двенадцати томах*(Правда 1985)를 번역저본으로 삼았다.

2. 본문 중의 각주는 옮긴이의 것이다.

3. 외국어는 되도록 현지 발음에 가깝게 표기하되, 우리말 표기가 굳어진 것은 관용을 따랐다.

지루한 이야기

어느 노인의 수기

Скучная история

из записок старого человека

1

러시아에는 니꼴라이 스쩨빠노비치 아무개[1]라는 이름의 명예교
수[2]이자 3등 문관[3]인 사람이 살고 있다. 그는 국내외에서 훈장을 하
도 많이 받아 그가 그 모든 훈장을 달아야 할 때면 학생들은 그를

---

[1] 러시아 이름은 이름, 부칭, 성의 세 부분으로 이루어진다. 여기서 니꼴라이는 이
름이고 스쩨빠노비치는 부칭인데, 원문에서 성은 익명으로 표기되었기에 '아무
개'라 번역했다.

[2] 러시아 대학에서 25년 이상 재직한 교수에게 주는 직함.

[3] 러시아 대학은 국가기관이므로 교수에게도 공직자의 관등을 부여했다. 3등 문관
은 교수가 오를 수 있는 최고의 관등으로 장군에 버금간다. 그를 부를 때는 각하
라는 호칭을 쓴다.

'성화대'⁴라고 부른다. 그의 지인들은 최고로 귀족적인 사람들뿐이다. 지난 25년 내지 30년 동안 유명한 학자치고 그와 친하게 사귀지 않은 사람은 단 한명도 없었고 지금도 없다. 지금은 아무하고도 친하게 지내지 않지만 과거만 놓고 본다면 그의 영광스러운 지인들이 올라 있는 기다란 명단은 진실하고 따스한 우정을 선사한 시인 네끄라소프,⁵ 까벨린,⁶ 삐로고프⁷ 등등의 이름으로 마무리된다. 그는 러시아의 모든 대학과 해외 3개 대학의 회원이다. 등등, 등등. 이 모든 것 및 그밖의 많은 것들로 장식되는 그 이름의 주인공이 누구냐 하면 바로 나다.

나의 이 이름이란 것은 꽤 널리 알려져 있다. 러시아에서 읽고 쓸 줄 아는 사람은 누구나 내 이름을 알고 있으며 해외 강단에서도 내 이름은 '저명하신'과 '고매하신'이라는 형용사와 함께 거명된다. 내 이름은 공적인 자리에서나 신문에서 쓸데없이 언급하거나 비난하는 것은 악질적인 행위로 간주되는 저 얼마 안 되는 복된 이름들에 속한다. 당연히 그래야 한다. 내 이름은 명성과 천부적인 재능을 겸비한, 의심의 여지 없이 유용한 한 인간을 지칭하기 때문이다. 중요한 것은 내가 낙타처럼 강인하고 근면하다는 것이지만 이보다 더 중요한 것은 재능을 타고났다는 사실이다. 말이 나온 김에

---

4 러시아 정교 성당에서 성소와 지성소를 분리하는 병풍처럼 생긴 일종의 칸막이. 수많은 성화로 아름답게 장식된다.
5 I. A. Некрасов(1821~1877). 러시아의 저명한 민중 시인, 저널리스트.
6 Е. А. Кавелин(1818~1885). 모스끄바 대학교 역사학 교수.
7 I. Е. Пирогов(1810~1881). 러시아의 저명한 외과 의사이자 의과대학 교수.

덧붙이자면, 나는 교양이 풍부하고 겸손하며 또 명예를 아는 사람이다. 문학이나 정치에 코를 박은 적이 없으며, 무식쟁이들과의 논쟁에서 인기를 끌려고 했던 적도 없으며 식탁에서나 내 동료들의 무덤가에서 연설을 한 적도 없다…… 한마디로, 내 학자적 명성에는 단 하나의 오점도 없으며 그 무엇으로도 내 이름을 비난할 건더기가 없다. 참 대단한 명성인 것이다.

그럼 이런 이름을 지닌 사람, 즉 나란 인간을 묘사해보자. 예순둘의 나이에 머리는 훌렁 벗어지고, 틀니를 끼웠으며, 틱 장애를 앓고 있다. 내 이름이 찬란하고 아름다운 그만큼 반비례해서 나란 인간 자체는 칙칙하고 볼썽사납다. 쇠약해진 머리통과 두 손은 덜덜 떨리고, 모가지는 뚜르게네프 소설 속 여주인공의 모가지처럼 콘트라베이스의 손잡이를 방불케 하고, 가슴은 새가슴이고, 어깨는 좁아서 왜소해 보인다. 말하거나 강의를 할 때면 입은 한쪽으로 씰그러지고 웃기라도 할라치면 얼굴 전체에 죽음을 예고하는 노인네 잔주름이 확 퍼진다. 내 초라한 모습에는 아무것도 인상적인 게 없다. 다만 틱 장애를 앓을 때 내 얼굴에 나타나는 특이한 표정은 분명 보는 이들에게 모종의 엄정한 인상을 불러일으킬 것이다. '보아하니 저 양반 곧 죽겠구나.'

나는 아직도 강의를 꽤 잘한다. 예전에 늘 그러했듯이 난 두시간 동안이나 청자의 집중력을 유지시킬 수 있다. 나의 열정과 문학적인 표현 방식과 유머 감각은 메마르고 뾰족하고 위선자처럼 간사한 내 목소리의 단점을 거의 알아차리기 어려울 정도로 희석시킨다. 하지만 쓰는 것은 잘 못한다. 글쓰기를 관장하는 내 뇌의 일정 부분이 작동하기를 거부한 것 같다. 기억력이 가물가물해지고 사고는 인과성을 결여하여 종이 위에다가 생각을 옮겨놓으려 하면 매번 관념의 유기적 연결에 대한 감각을 상실한 것 같은 느낌이 든다. 문장의 구성은 단조로워지고 어투는 지리멸렬하고 소심하게 들린다. 종종 나는 내가 원하는 게 아닌 다른 것을 끼적거린다. 마무리를 할 때면 처음이 생각나지 않는다. 수시로 평범한 단어들을 까맣게 잊어버리고 또 언제나 잉여 문장과 불필요한 도입부를 피하기 위해 엄청난 에너지를 쏟아부어야만 한다. 이런 것들은 지적 활동의 쇠락을 분명하게 증명해준다. 그리고 놀라운 것은, 글쓰기가 간단하면 간단할수록 스트레스가 더욱 심해진다는 점이다. 축하 편지나 보고서를 쓸 때보다 학술 논문을 쓸 때 내 자신이 훨씬 더 자유롭고 현명하다는 생각이 든다. 한가지만 덧붙이자면, 나는 독일어나 영어로 쓰는 것이 러시아어로 쓰는 것보다 더 쉽다.

작금의 내 생활방식에 대해 말하자면, 무엇보다도 최근 들어 나를 무척이나 괴롭히는 불면증을 언급해야 할 것이다. 누군가 나에게 '현재 네 존재의 가장 중요하고 가장 근본적인 특징은 무엇이냐'라고 묻는다면 나는 불면증이라고 대답할 것이다. 예전처럼, 나는 습관적으로 정확하게 자정에 옷을 갈아입고 잠자리에 든다. 금방 잠이 들지만 2시만 되면 한숨도 못 잤다는 느낌과 더불어 깬다. 하는 수 없이 침대에서 일어나 램프를 켠다. 한시간 내지 두시간 동안 방 안을 서성거리며 오랫동안 눈에 익은 그림이며 사진들을 살펴본다. 서성거리는 게 싫증이 나면 책상 앞에 앉는다. 미동도 없이, 아무런 생각도 없이, 그리고 아무런 욕망도 없이 그냥 앉아 있게 된다. 내 앞에 책이 놓여 있으면 그냥 기계적으로 그놈을 내 앞으로 끌어당겨 아무 흥미도 느끼지 못하면서 읽는다. 그런 식으로, 얼마 전에『제비는 무엇을 노래했나』[8]라는 기이한 제목의 소설을 하룻밤 새에 기계적으로 다 읽었다. 아니면 주의 집중을 위해 1000까지 숫자를 세어보거나 동료 중 아무나 한 사람의 얼굴을 상상하면서 어느 해에, 그리고 어떤 상황에서 그가 강의를 시작했나 하는 것을 기억해보기도 한다. 나는 소리에 귀 기울이는 것을 좋아한다. 내 방에서 두 방 건너에 있는 침실에서 딸 리자가 혀짤배기소리로 종알종알 잠꼬대를 한다. 아내는 촛불을 들고 거실을 지나갈 때 반드시 성냥갑을 떨어뜨린다. 메마른 나무 찬장이 삐거덕거리고 램프 심지가 불현듯 윙윙거리기도 한다. 이 모든 소리는 무슨 까닭인지 나를 불안하게 한다.

밤에 잠을 안 잔다는 것은 곧 매 순간 자신의 비정상적인 상태를 의식한다는 것을 의미하므로 나는 내가 합법적으로 자지 않아도 되는 아침과 낮을 초조하게 기다린다. 수탉이 정원에서 울기까지 기나긴 고통의 시간이 지나야 한다. 수탉이야말로 나에게는 희소식을 전해주는 최초의 전령이다. 나는 안다, 수탉이 울면 한시간 후에 아래층에서 수위가 일어나 신경질적으로 기침을 해대며 무언

8 *Was die Schwalbe sang*(1877). 독일 소설가 프리드리히 폰 슈필하겐(F. Spielhagen, 1829~1911)의 소설.

가를 찾으러 계단을 올라올 거라는 것을. 그런 다음 창문 밖의 대기는 점차 희끄무레 밝아지고 거리에서는 사람들이 떠드는 소리가 들려오리라는 것을……

나의 하루는 아내가 방에 들어오는 것으로 시작된다. 아내는 머리 손질은 안했지만 깨끗이 세수한 얼굴에 스커트를 입고 꽃향기가 나는 오드꼴로뉴 냄새를 풍기며 들어온다. 그녀는 짐짓 우연히 들어온 것 같은 태도로 항상 같은 말을 한다.

"그냥 잠깐 들어와보았어요…… 또 못 주무셨군요?"

그런 다음 그녀는 램프 불을 끄고 책상 앞에 앉아 지껄이기 시작한다. 나는 예언자는 아니지만 그녀가 무슨 얘길 할지 훤히 안다. 매일 아침 똑같은 얘기가 나온다. 통상 걱정스럽다는 듯이 내 건강에 대해 질문을 퍼부은 다음, 그녀는 갑자기 바르샤바에서 장교로 복무 중인 우리 아들을 기억해낸다. 매달 20일이 지나면 우리는 그 아이에게 50루블씩 송금한다. 이것이 우리 대화의 주된 주제이다.

"물론 우리로선 힘든 일이지요." 아내는 한숨을 내쉰다. "하지만 걔가 제 앞가림을 할 때까지는 도와주는 게 도리 아니겠요. 해외에 주둔하고 있는데 월급은 쥐꼬리만 하고…… 참, 당신이 원하신다면 다음달에는 40루블만 보내도록 하죠. 당신 생각은 어떠세요?"

일상의 경험은 아내에게 우리가 아무리 자주 지출에 관해 토론을 해도 지출이 줄어들 리 없다는 것을 가르쳐주었을 법도 하건만 아내는 경험이란 것을 인정하지 못하므로 매일 아침 규칙적으로 우리의 장교 아드님에 관해, 빵 가격이 다행스럽게도 내렸지만 설탕 가격은 2꼬뻬이까[9]나 올랐다는 사실에 관해, 마치 그것이 새 소식이라도 되는 듯이 주절거린다.

나는 열심히 듣고 기계적으로 동의하면서 기이하고 쓸데없는 생각에 사로잡힌다. 어쩌면 밤에 잠을 못 자서 그런 건지도 모른다. 나는 아내를 지긋이 바라보며 어린애처럼 놀라워한다. 그리고 당혹감에 사로잡혀 자문한다. 밥줄과 기타 사소한 걱정거리로 생기를 잃은 표정과 빚더미와 궁핍에 관한 끊임없는 생각으로 어두워진 눈빛, 오로지 지출에 관해서만 말할 수 있고 오로지 물가 하락에만 미소 지을 수 있는 이 여자, 이 늙고 뚱뚱하고 굼뜬 여자가 언젠가 그토록 날씬했던 바랴, 내가 그토록 사랑했던 바랴란 말인가? 나는 오셀로가 데스데모나의 '공감'[10]을 사랑했듯이 내 학문에 대한 그녀의 '공감'을 사랑했고 그녀의 공정하고 명료한 지성을, 순결한 영혼을, 그리고 미모를 그토록 열정적으로 사랑했었다. 이 여자가 정녕 언젠가 나에게 아들을 낳아준 바로 그 바랴, 내 아내란 말인가?

나는 저 궁상맞고 후줄근한 노파의 얼굴을 뚫어지게 바라보며 그녀에게서 나의 바랴를 찾아보려 애쓰지만 과거로부터 남겨진 것은 내 건강에 대한 그녀의 두려움과 나의 월급을 우리의 월급이라 부르고 내 모자를 우리 모자라 부르는 습관뿐이다. 아내를 바라보

---

9 지금은 사라진 러시아 화폐 단위. 1루블은 100꼬뻬이까.

10 셰익스피어의 비극 『오셀로』 1막 3장 참조. "She loved me for the dangers I had passed / And I loved her that she did pity them." 러시아어 원문의 'sostradanie'는 동정, 연민을 의미하지만 이 책에서는 문맥상 '공감'이 더 적절하다.

는 것 자체가 나에게는 고통이다. 나는 그녀를 조금이라도 위로해
줄 요량으로 무슨 말이든 마음대로 하도록 내버려둔다. 다른 사람
들을 불공정하게 평가할 때도, 그리고 내가 개업도 하지 않고 교재
도 집필하지 않는다며 나를 비난할 때조차도 나는 침묵한다.

우리의 대화는 언제나 똑같이 끝난다. 아내는 갑자기 내가 아직
차도 마시지 않았다는 걸 기억해내고는 소스라치며 놀란다.

"어머나, 내가 왜 여기 이러고 앉아 있는 거지?" 그녀는 자리에
서 일어나며 말한다. "싸모바르[11]는 진즉에 식탁에 준비되어 있는
데 나는 여기서 주절대고 있으니. 맙소사, 내 정신머리 하고는!"

그녀는 서둘러 나가다가 문가에 서서 말한다.

"예고르 월급이 다섯달치 밀렸어요. 그건 알고 계시죠? 하인들 월
급은 늦추는 게 아니라고 몇번이나 말씀드렸잖아요. 매달 10루블씩
주는 게 다섯달 만에 50루블을 주는 것보다 훨씬 수월하다고요!"

방문을 열고 나가다 말고 그녀는 다시 걸음을 멈추고 말한다.

"우리 리자보다 더 불쌍한 게 어디 있나 싶어요. 음악학교에 다니
고 항상 좋은 애들과 어울리지만 옷 입은 꼬락서니가…… 그런 외
투를 입고 나다니는 건 정말 창피한 노릇이에요. 걔가 다른 집 아
이라면 뭐 그럴 수도 있겠지만 걔 아버지가 유명한 교수이자 3등
문관이란 건 누구나 다 알고 있는 사실이죠!"

명성과 지위를 들먹이며 나를 비난한 뒤 그녀는 마침내 나갔다.

---

11 찻물을 끓이는 데 사용되는 커다란 주전자.

그런 식으로 나의 하루가 시작된다. 계속되는 장면도 더 나을 바가 없다.

내가 차를 마실 즈음 딸 리자가 들어온다. 외투에 모자, 그리고 악보까지, 음악학교에 갈 준비를 완전히 갖춘 모양새다. 리자는 스물두살로 예쁘고 나이보다 어려 보이고 젊은 날의 아내와 약간 닮았다. 그녀는 다정하게 내 관자놀이와 손에 입을 맞추고 말한다.

"좋은 아침이에요, 아빠. 컨디션은 괜찮으시죠?"

어렸을 때 그녀는 아이스크림을 몹시 좋아해서 나는 종종 제과점에 그녀를 데리고 갔다. 그녀에게 아이스크림은 모든 아름다운 것들의 척도였다. 나를 칭찬하고 싶으면 이렇게 말했다. "아빠는 바닐라 맛이야." 그녀의 손가락에는 이름이 붙어 있었는데 하나는 피스타치오, 다른 하나는 바닐라, 세번째는 산딸기, 이런 식이었다. 아침에 인사를 하러 들어오면 나는 그녀를 무릎에 앉히고 손가락 하나하나에 입을 맞추며 말하곤 했다. "바닐라…… 피스타치오…… 레몬……"

지금도 나는 옛 생각을 해서 리자의 손가락에 입을 맞추며 중얼거린다. "피스타치오…… 바닐라…… 레몬……" 그러나 영 생각만큼 안된다. 나는 아이스크림처럼 냉랭하고, 그래서 창피하다. 딸아이가 내방에 들어와 관자놀이에 입술을 대면 나는 벌에 쏘인 사람처럼 흠칫 놀라 억지로 웃음을 지으며 얼굴을 획 돌려버린다. 불면증을 앓기 시작하면서부터 내 머릿속에는 한가지 의문이 대못처럼 박혀버렸다. 내 딸은 종종 이 늙은 내가, 저명한 학자인 내가 하인에게까지 빚을 지는 바람에 고통스럽게 얼굴을 붉히는 것을 본다. 가끔 내가 자질구레한 빚 걱정에 연구를 중단하고 몇시간씩이나 방 안을 서성이며 생각에 잠겨 있는 모습도 본다. 그런데 어째서 그녀는 단 한번도 어미 몰래 나한테 와서 '아빠, 여기 제 시계랑 팔찌랑 귀고리랑 드레스가 있어요…… 다 전당포에 맡기세요. 아빠는 현금이 필요하잖아요……'라고 속삭이지 않는 것일까? 어째서 나와 아내가 허세에 굴복하여 다른 사람들한테 우리의 빈곤을 숨기려고 안간힘을 쓰는 것을 뻔히 알면서 음악 공부라고 하는 저 값비싼 즐거움을 포기하지 않는 것일까? 내가 시계나 팔찌 아니면 그 어떤 희생이 탐나서 그러는 건 절대 아니다. 나는 그런 것 필요 없다.

말이 나온 김에 바르샤바에 주둔해 있는 장교 아들에 관해 말해 보자. 녀석은 똑똑하고 성실하고 반듯한 청년이다. 그러나 나는 그 정도로는 성에 차지 않는다. 만일 나에게 늙은 아버지가 있고, 그 아버지가 시시때때로 빈곤 때문에 부끄러워한다는 것을 내가 안다면 나는 아마도 장교 자리 따위는 다른 사람한테 주어버리고 노동판에 뛰어들 것이다. 아이들에 대한 그런 식의 생각은 나를 독살시킨다. 평범한 사람들이 영웅이 아니라고 해서 그들에 대해 남몰래 적의를 품는 것은 좀스럽고 심술궂은 인간이나 할 짓이다. 암튼 이 얘기는 그만하자.

9시 45분에 나는 사랑하는 제자들에게 강의를 해야 한다. 옷을 갈아입고 벌써 30년째 눈에 익은 거리로 나간다. 그 거리는 제 나름의 내력을 가지고 있다. 여기 약국이 들어서 있는 거대한 회색 건물이 있다. 한때 그곳에는 작은 건물이 있었고 그 안에 맥줏집이 자리 잡고 있었다. 나는 그 맥줏집에서 내 논문을 구상했고 처음으로 바랴에게 'Historia morbi'[12]라고 인쇄된 종이 위에 연필로 러브 레터를 썼다. 여기에 잡화상이 있다. 한때 그곳 주인이었던 어느 유대인은 나에게 외상으로 담배를 주곤 했었다. 그다음 주인인 뚱뚱한 할머니는 '모든 학생에게는 어머니가 있다'는 이유에서 학생들을 좋아했다. 지금은 붉은 머리의 무덤덤한 상인이 앉아 있는데 그는 청동 주전자에다 차를 우려 마신다. 그리고 여기 오랫동안 수리하지 않은 칙칙한 대학교 정문이 있다. 심드렁한 표정의 털외투를 입은 수위, 빗자루, 눈 더미…… 상아탑이란 진짜 상아로 만든 탑이라 생각하며 시골에서 올라온 신입생들에게 이런 교문이 좋은 인상을 줄 리 만무하다. 일반적으로 낙후된 대학 건물, 어두운 복도, 검게 그을린 벽, 침침한 조명, 음침한 층계와 외투 보관소와 벤치는 러시아 비관주의의 역사상 단연 최고로 쳐줄 만하다. 미리 비관의 소인을 제공하는 일군의 요소들 가운데서도 맨 앞줄을 차지하니까…… 그리고 여기 정원이 있다. 이 정원이란 것은 내가 학생 때 이후 더 좋아지지도 더 나빠지지도 않은 것 같다. 나는 이곳을 좋아하지 않는다. 폐병을 앓는 것처럼 보이는 보리수나무나 싯누런 아카시아, 혹은 이발이라도 한 듯 듬성듬성 서 있는 라일락 대신

---

12 라틴어로 '질병의 역사'라는 뜻. 의사들이 사용하는 노트에 인쇄된 문구.

키다리 소나무와 멋진 참나무를 심어놓았더라면 훨씬 보기 좋았을 것이다. 학생들은 대체로 환경에 기분이 좌우된다. 그러므로 학습 공간에서 한걸음 옮길 때마다 오로지 고상하고, 강하고, 우아한 것만을 보아야 한다…… 신이여, 우리 학생들을 말라비틀어진 나무와 깨진 유리창과 우중충한 벽과 누더기 방수포를 덧댄 문들로부터 보호해주시기를.

내 연구실이 있는 건물 쪽으로 다가가자 문이 확 열리며 나의 오랜 동료이자 이름도 같고 나이도 같은 수위 니꼴라이가 반겨 맞는다. 내가 들어오도록 한옆으로 비켜서며 그가 쉰 목소리로 말한다.

"춥습니다요, 각하!"

내 외투가 젖어 있는 날은 이렇게 말한다.

"비가 옵니다요, 각하!"

그런 다음 나보다 앞서 달려가며 도중에 있는 문이란 문은 모두 활짝 열어준다. 연구실에 당도하면 조심스럽게 내 외투를 받아주면서 대학 내의 따끈따끈한 새 소식을 전해주기까지 한다. 모든 대학 수위들과 경비들 간에 존재하는 끈끈한 인맥 덕분에 그는 4개 학부와 사무실과 총장실과 도서관에서 일어나는 모든 일을 꿰고 있다. 그가 모르는 게 어디 있겠는가? 우리에게 새로운 소식, 가령 총장의 퇴임 같은 그런 소식이 전해졌다고 치자. 그러면 나는 그가 젊은 경비들과 수다를 떨며 몇명의 후보를 거명하는 것을 듣게 된다. 그는 즉석에서 누구는 장관이 승인하지 않을 것이며 또 누구는 고사할 것이라고 전망한다. 그런 다음에는 사무실에 접수된 기밀문서에 관한 환상적인 디테일과 장관과 이사진 사이에 오고 갔을 것으로 추정되는 비밀 회담 등등에 관한 정보가 줄줄 새어나온다. 일반적으로 이런 디테일을 제외하면 그의 말은 거의 언제나 옳은 것으로 판명되었다. 그가 각 후보에게 부여한 특징은 독창적인 것이었지만 또 올바른 것이기도 했다. 만일 당신이 누가 언제 논문 방어를 했는지, 언제 임용되었는지, 언제 퇴직하고 언제 죽었는지를 알고 싶다면 이 늙은 퇴역 군인의 어마어마한 기억력의 도움을 받으시기 바란다. 그러면 그는 연도, 달, 날짜뿐 아니라 해당 상황과 관련된 디테일까지 알려줄 것이다. 오로지 사랑할 수 있는 사람만이 그런 식으로 기억할 수 있다.

그는 대학 전통의 수호자이기도 하다. 그는 선임 수위들로부터 대학 생활의 무수한 전설들을 유산으로 물려받았고 이 풍요로운 유산에다가 자신이 재임 기간 동안 얻은 상당한 양의 자산을 더했다. 당신이 원한다면 그는 길고 짧은 여러 이야기를 해줄 것이다. 그는 '모든 것'을 알고 있던 비범한 천재에 관해, 몇주일 동안 한잠도 자지 않은 놀라운 연구원에 관해, 무수한 학문의 순교자와 희생자들에 관해 말해줄 수 있다. 그의 이야기 속에서는 언제나 선이 악을 이기고, 약자가 강자를 이긴다. 현명한 자가 어리석은 자를 쳐부수고, 겸손한 자가 교만한 자를 누르고, 젊은이가 늙은이를 이긴다…… 이 모든 전설들과 소문들을 액면 그대로 받아들일 필요는 없지만, 일단 필터로 걸러내면 그 안에는 필요한 것만 남게 될 것이다. 즉 우리의 훌륭한 전통, 그리고 모든 이가 인정한 진정한 영웅들의 이름이.

내가 속한 세계에서는 학자들에 관한 이야깃거리라고 해보았자 늙은 교수들의 놀라운 건망증에 대한 일화, 혹은 그루베르[13]나 바부힌[14]이 말했다고 전해지는 두세가지 경구가 고작이다. 교육계에서 이는 턱없이 부족한 뒷얘기다. 교육계가 니꼴라이만큼 학문과 학자들과 학생들을 사랑했다면 벌써 번듯한 서사시와 동화와 성자전이 나오고도 남았을 것이다. 그러나 유감스럽게도 현재 그런 것은 존재하지 않는다.

나에게 소식을 전해준 뒤 니꼴라이는 엄숙한 표정을 지었고, 우리는 사무적인 얘기를 시작했다. 만일 이때 제삼자가 니꼴라이가 자유롭게 전문용어를 섞어가며 말하는 것을 엿듣는다면 그는 니꼴라이를 군인으로 변장한 학자라 생각할 것이다. 하지만 말이 나온 김에 덧붙이자면 대학 경비들의 지성에 대한 소문은 지나치게 과장된 것이다. 물론 니꼴라이는 100개가 넘는 라틴어 명칭을 알고 있으며, 인체 골격을 조립할 수 있으며, 경우에 따라 조직의 표본을 준비할 수도 있고, 길고 학문적인 인용문을 뇌까려서 학생들을 웃길 수도 있지만 아주 단순한 이론, 예를 들어 혈액순환에 관한 이론 같은 것조차 20년 전이나 지금이나 똑같이 이해하지 못한다.

연구실 책상에는 나의 해부학 담당 연구원인 뾰뜨르 이그나찌예비치가 책인지 표본인지에 코를 박고 앉아 있다. 그는 근면하고

---

13 В. Л. Грубер(1814~1890). 보헤미아 태생의 해부학자이자 병리학자.

14 А. И. Бабухин(1835~1891). 모스끄바 대학교 교수이자 유명한 조직학자.

겸손하지만 재능이라고는 전혀 없는 35세가량의 사나이로 벌써 머리가 벗어지고 배가 나오기 시작했다. 그는 아침부터 밤까지 연구하고 어마어마한 양의 문헌을 읽고 읽은 것을 훌륭하게 기억하는데, 이것 하나만 가지고 본다면 그는 사람이 아닌 황금 덩어리다. 그러나 나머지 다른 점에서는 짐 나르는 말, 아니면 이른바 학술적인 멍텅구리다. 짐 나르는 말을 재능 있는 인간과 구별지어주는 특징은 이렇다. 짐 나르는 말은 시야가 좁고 직업적으로 제한되어 있으며 자기 직업 밖의 일에 대해서는 어린애처럼 단순하다. 한가지 기억나는 일이 있다. 어느날 아침 내가 연구실에 들어가서 말했다.

"이 무슨 슬픈 일이란 말인가! 스꼬벨레프가[15] 죽었다는군."

니꼴라이는 성호를 그었지만 뾰뜨르 이그나찌예비치는 나에게 고개를 돌리며 물었다.

"그게 어떤 스꼬벨레프 말씀인데요?"

그보다 더 전에는 이런 일도 있었다. 그때 나는 뻬로프[16] 교수가 사망했다는 말을 전했다. 그러자 우리들의 친애하는 뾰뜨르 이그나찌예비치가 물었다.

"그 양반이 뭘 가르치셨지요?"

만약에 빠띠[17]가 귓전에 대고 노래를 부른다 해도, 중국의 대군이 러시아를 침공한다고 해도, 지진이 일어난다고 해도 그는 미동

---

15 М. Д. Скобелев(1843~1882). 터키와의 전쟁에서 커다란 공을 세운 장군.

16 В. Г. Перов(1833~1882). 화가. 도스또옙스끼 초상화로 유명하다.

17 Adelina Patti(1843~1919). 이탈리아 태생의 여가수. 19세기 최고의 꼴로라뚜라 소프라노.

도 없이 앉아서 지극히 평화롭게 실눈을 뜨고 현미경을 들여다볼 것이다. 한마디로 말해서 트로이 왕비 헤카베도 그에게는 안중에 없을 터이다.[18] 나는 저 건빵 쪼가리 같은 녀석이 자기 마누라랑 어떻게 자는지 알 수만 있다면 돈다발이라도 내놓을 용의가 있다.

녀석에게는 또다른 특징이 있는데 그것은 과학, 특히 독일인들이 써대는 모든 것의 무류성에 대한 광적인 신봉이다. 녀석은 자기 자신, 그리고 자신의 표본을 철석같이 믿고 있고 인생의 목적이 무엇인지 잘 알고 있다. 그래서 재능 있는 사람들을 고뇌하게 만드는 의심이니 환멸이니 하는 것과는 아예 담을 쌓았다. 권위에 대한 공손한 굴종과 독립적인 사고 능력의 결여는 녀석의 중요한 자질이다. 어떤 식으로든 그의 신념을 바꾸기란 몹시 어려운 일이며 그와 토론한다는 것은 불가능한 일이다. 가장 훌륭한 학문은 의학이며 가장 훌륭한 사람은 의사이며 가장 훌륭한 전통은 의학적 전통이라고 굳세게 확신하는 사람과 무슨 토론을 할 수 있겠는가. 과거의 사악한 의술은 이제 사라지고 유일하게 살아남은 전통이라고는 요즘 의사들이 메고 다니는 흰색 넥타이뿐이다. 과학자, 그리고 교양 있는 대중을 위해서는 대학 차원에서 의학, 법학, 기타 등등 간의 학문의 경계를 허문 학제간 교육의 전통이 생겨나야 하지만 뾰뜨르 이그나찌예비치는 거기 동의할 수 없을 것이다. 아마도 그는 최

18 셰익스피어의 『햄릿』 2막 2장에 나오는 햄릿의 독백을 염두에 두고 말한 것으로 추측된다. "그에게 있어 헤카베가 무엇이기에, 헤카베에게 있어 그가 무엇이기에 그는 헤카베를 위해 저토록 슬퍼하는가?"

후의 심판 날까지 기어코 그런 의견과 싸울 것이다.

나는 그의 미래를 선명하게 그려볼 수 있다. 그는 평생 동안 수백개의 유난히 깔끔한 표본을 준비할 것이며 무미건조하지만 상당히 예의 바른 논문을 여러편 쓸 것이며 양심적인 번역도 여러편 할 것이지만 절대로 세상에 불을 놓지는 못할 것이다. 불을 놓으려면 환상과 상상력과 직관이 필요한데 뾰뜨르 이그나찌예비치는 그 비슷한 것도 갖추지 못했다. 간단히 말해서 그는 학문의 주인이 아니라 하인인 것이다.

나와 뾰뜨르 이그나찌예비치와 니꼴라이는 가만가만 숨죽인 소리로 말한다. 우리는 조금 초조하다. 문 저편 강의실에서 바다가 술렁이듯 웅성대는 소리가 들려오면 나는 뭔가 특별한 느낌을 받는다. 30년의 세월이 지났지만 도저히 그 소리에 익숙해질 수 없었고 아직도 매일 아침 특별한 느낌을 경험한다. 나는 신경질적으로 프록코트의 단추를 잠그고 니꼴라이에게 불필요한 질문을 하고 짜증을 낸다…… 내가 왠지 겁쟁이가 된 것도 같지만 이것은 겁을 내는 것이 아닌 뭔가 다른 어떤 것, 지금으로서는 명명할 수도 묘사할 수도 없는 어떤 것이다.

나는 불필요하게 시계를 보며 말한다.

"그럼 이제 가볼까?"

그러면 우리는 다음과 같은 순서로 움직인다. 맨 앞에는 니꼴라이가 표본이나 도해를 들고 가고 그 뒤에는 내가 가고 내 뒤로는 공손하게 머리를 숙인 짐 나르는 말이 따른다. 혹은, 필요한 경우,

맨 앞에는 들것에 실린 시신이 가고 그 뒤에 같은 순서로 니꼴라이 등등이 간다. 내가 등장하면 학생들은 일어섰다가 앉고 바다의 소음은 일시에 사라진다. 그리고 무풍 상태가 도래한다.

나는 무엇을 강의해야 할지는 알지만 어떻게 강의해야 하는지, 어디서 시작해서 어디서 끝내야 하는지는 모른다. 내 머릿속에 준비된 구절은 하나도 없다. 그러나 강의실(내 눈에 그것은 원형극장처럼 보인다)을 한번 둘러보고 늘 똑같은 "지난 시간에 어디까지 했냐 하면……"이라는 말을 하기만 하면 그때부터 내 영혼에서 기다란 구절들이 줄줄이 흘러나오고 그야말로 판이 벌어지게 되는 것이다! 나는 속사포처럼 거침없이 열정적으로 말하고, 이 세상에 내 강의의 흐름을 막을 수 있는 힘은 아무 데도 없어 보인다. 훌륭한 강의, 즉 청자에게 도움이 되면서도 지루하지 않은 강의를 하려면 재능 외에도 경험과 숙련을 갖추어야 한다. 자기 자신의 힘, 청중, 그리고 강의 주제에 대해 완벽하게 명료한 의식을 지녀야 한다. 그밖에도 빈틈없는 사람이 되어야 하고 주의 깊게 사물을 관찰해야 하고 단 1분도 한눈을 팔아서는 안된다. 훌륭한 지휘자는 작곡가의 사상을 전달하기 위해 동시에 스무가지 일을 한다. 악보를 읽는 동시에 지휘봉을 휘둘러야 하고 가수를 보아야 하고 또 드럼 주자를 향해, 혹은 프렌치호른 주자 등등을 향해 모종의 제스처를 보여주어야 한다. 강의할 때의 나도 그와 똑같다. 내 앞에는 서로 하나도 닮지 않은 150개의 얼굴과 내 얼굴을 뚫어지게 바라보는 300개의 눈이 있다. 내 목표는 이 머리 수백개 달린 히드라를 제압하는 것이다. 만일 강의를 하면서 매 순간 그 괴물의 몰입도와 이해력을 확실하게 인지한다면 괴물은 내 수중에 있는 셈이다. 나의 또 다른 적은 내 안에 앉아 있다. 그것은 무한히 다양한 형식과 현상과 법칙들, 그리고 그것들이 규정하는 나 자신의 그리고 타인의 무수한 사상들이다. 매 순간 나는 이 방대한 자료 중에서 가장 중요하고 가장 필요한 것들을 집어낼 수 있을 정도로, 그리고 강의의 흐름만큼이나 재빠르게 내 사상을 히드라의 이해력에 적합한 동시에 히드라의 흥미를 유발시킬 수 있는 형식에 끼워 넣을 수 있을 정도로 능수능란해야 한다. 동시에 사상들이 그냥 집적되어 전달되는 것이 아니라 내가 그리고자 한 그림의 올바른 구성을 위해 불가결한 모종의 순서에 따라 전달되도록 예의주시해야 한다. 더 나아가 내 강의에 문학성을 부여하기 위해 정의는 간결하면서도 정확하게, 그리고 문장은 단순하면서도 가급적 아름답게 들리도록 최선을 다해야 한다. 매 순간 스스로를 장악해야 하고 내가 마음대로 쓸 수 있는 시간은 1시간 40분밖에 없다는 사실을 기억해야 한다. 한마디로 말해서 쉽지 않은 일인 것이다. 나는 한꺼번에 과학자의 역할과 교육자의 역할과 웅변가의 역할을 해야 하는데, 웅변가가 교육자나 과학자를 제압하거나 그 반대가 되면 일을 망치게 된다.

강의를 시작하고 15분이 지나고 30분이 지나면 학생들이 천정을 올려다보거나 뾰뜨르 이그나찌예비치를 흘끔거리며 보기 시작하는 게 눈에 들어온다. 한 학생은 손수건을 꺼내들고, 다른 학생은 자세를 고쳐 앉고 또다른 학생은 무슨 생각인가를 하며 미소를 짓는다…… 이는 즉 그들의 주의가 산만해졌다는 뜻이다. 조처를 취해야 한다. 기회를 포착하기가 무섭게 나는 무슨 농담 같은 것을 한다. 150명이 환하게 미소를 짓고 눈들은 즐겁게 반짝이고 잠시 동안 바다가 술렁이는 소리가 들린다…… 나 역시 웃는다. 집중력이 되돌아왔고 나는 강의를 계속할 수 있게 된다.

그 어떤 토론도 그 어떤 취미나 게임도 나에게 강의만큼 그렇게 큰 기쁨을 준 적이 없다. 나는 강의를 하는 동안에만 나 자신을 전적으로 열정에 내맡길 수 있었고 영감이란 것이 시인들이 지어낸 것이 아니라 현실에서 실제로 존재한다는 것을 깨달을 수 있었다. 순전히 내 생각이지만, 가장 매혹적인 위업을 달성한 후의 헤라클레스라 할지라도 내가 매번 강의 후에 느끼는 그런 달콤한 피곤함은 느끼지 못했을 것이다.

그러나 이건 다 옛날 얘기다. 지금 내가 강의 중에 경험하는 것은 오로지 고통뿐이다. 30분이 채 지나기도 전에 나는 다리와 어깨에 극복할 수 없는 무력감을 느낀다. 의자에 앉아보지만 나는 앉아서 강의하는 데 익숙지 않다. 1분 후 벌떡 일어나 선 채로 강의를 하지만 곧 다시 앉는다. 입속이 마르고 목소리는 갈라지고 머리는 빙빙 돈다…… 내 상태를 청중에게 숨기기 위해 감기 때문인 양 계속 물을 들이켜고 기침을 하고 코를 푼다. 뜬금없는 농담을 하고 결국 일정보다 앞서 휴식 시간을 선포한다. 그러나 여기서 정말 중요한 것은 내가 수치스러워한다는 사실이다.

나의 양심과 지성은 내가 지금 할 수 있는 가장 훌륭한 일은 학생들에게 고별 강연을 하고 마지막 인사를 하고 덕담을 한 뒤, 나보다 더 젊고 더 강한 사람에게 내 자리를 내주는 것이다. 하지만 신께서 나를 심판하시겠지만 나는 양심에 따라 행동하기에는 용기가 부족하다.

유감스럽게도 나는 철학자도 아니고 신학자도 아니다. 나는 내가 앞으로 6개월도 채 못 살 것이라는 점을 분명하게 알고 있다. 그러니 지금 내가 관심을 쏟아야 할 것은 무엇보다도 무덤 너머의 암흑에 관한 질문, 그리고 무덤 속에서 내 꿈에 나타나게 될 환영들에 관한 질문이리라. 하지만 내 지성이 그것들의 중요성을 모조리 인정함에도 불구하고 웬일인지 나의 영혼은 이런 것들에 관해 알고 싶은 생각이 없다. 20년 전이나 30년 전이나 지금이나 죽음 앞에서 내 흥미를 끄는 것은 오로지 과학뿐이다. 마지막 숨을 내쉬는 순간에도 나는 여전히 과학은 인간의 삶에서 가장 중요하고 가장 아름답고 가장 필요한 것이라 믿을 것이다. 과학은 과거에도 현재에도 미래에도 사랑의 가장 고상한 표현이며 오로지 과학에 의해서만 인간은 자연과 자기 스스로를 정복할 수 있을 것이라 믿을 것이다. 나의 믿음은 그 근본에 있어서 순진한 것일 수도 있고 부당한 것일 수도 있지만, 내가 이런 믿음을 가지고 있는 게 내 잘못은 아니다. 달리 방법이 없지 않은가. 나는 내 안에 있는 이 신념을 극복할 수가 없는 것이다.

아니 문제는 이게 아니다. 나는 내 유약함을 너그러이 봐달라고, 그리고 골수의 운명이 우주의 최종 목적보다도 더 중요하다고 생각하는 어떤 인간을 학과에서 그리고 학생들에게서 떼어내는 것은 숨이 채 끊어지기도 전에 그를 관 속에 집어넣고 쾅쾅 못을 박는 것과 똑같다는 것을 혜량해주십사 애걸복걸하고 있을 뿐이다.

노쇠와의 극심한 투쟁과 불면증의 결과 나에게는 이상한 일이 일어나고 있다. 강의하는 도중에 갑자기 울음이 복받쳐오르고 눈이 간질거리기 시작한다. 두 팔을 앞으로 내밀고 큰소리로 불만을 토로하고 싶다는 열정적이고 신경질적인 욕구를 느낀다. 나는 큰 소리로 외치고 싶어진다. 운명이 나같이 유명한 인간에게 사형을 선고했다고, 6개월 후에는 다른 놈이 이 강의실을 차지할 것이라고, 나는 독살당하고 있다고, 전에는 알지 못했던 새로운 사상들이 내 생의 마지막 나날에 독극물을 주입하고 마치 모기떼처럼 계속해서 내 뇌수를 찔러대고 있다고. 그런 순간이면 내 상태는 너무도 끔찍해서 차라리 공포에 질린 청중들이 자리를 박차고 일어나 처절한 비명을 지르며 허둥지둥 출구로 달려갔으면 좋겠다는 생각을 한다.

그런 순간들을 견뎌내는 것은 쉽지 않다.

2

강의가 끝나면 나는 집에 돌아와 일에 골몰한다. 잡지나 논문을 읽거나 아니면 다음 강의를 준비하고 때론 무언가 끼적거리기도 한다. 그러나 방문객이 오기 때문에 작업은 종종 중단된다.

벨 소리가 들린다. 동료가 학교 얘기를 하러 들른 것이다. 그는 한 손에는 모자를, 다른 한 손에는 지팡이를 들고 들어와 나를 향해 두 손을 차례로 내밀며 외친다.

"금방 가야 합니다, 금방! 그러니 그냥 앉아 계십시오, 교수님! 딱 두 마디면 됩니다!"

우리는 무엇보다도 우리 둘 다 특별나게 예의 바른 사람들이라는 사실, 그리고 만나게 되어 너무나 기뻐한다는 사실을 서로에게 보이고 싶어 기를 쓴다. 나는 그를 안락의자에 앉히려고 하고 그는 나를 안락의자에 앉히려고 한다. 그러는 동안 우리의 허리께가 살짝 스치기도 하고 단추에 손이 닿기도 한다. 상대방에게 닿으면 살이 델까봐 조심스럽게 스킨십을 하는 것만 같다. 우스운 얘기를 하는 것도 아닌데 둘 다 허허거리며 웃는다. 자리에 앉아 상대방 쪽으로 머리를 기울이고는 낮은 목소리로 이야기를 시작한다. 상호 간의 진정성이 어찌나 강한지 우리는 온갖 종류의 동양식 예의, 이를테면 "정말이지 공정하게 알아차리셨겠지만" "제가 영광스럽게도 당신께 말씀드렸다시피" 같은 문구들로 말에 금도금을 하고 상대방이 썰렁한 농담을 해도 껄껄 웃는다. 학교 얘기가 끝나면 동료는 벌떡 일어나 내 읽을거리 쪽을 향해 모자를 흔들며 떠날 준비를 한다. 우리는 다시 서로를 더듬으며 웃는다. 나는 그를 현관까지 바래다준다. 거기서 내 동료가 외투 입는 것을 도와주려고 하지만 그는 한사코 이 영광스러운 수고를 사양한다. 예고르가 문을 열어주면, 동료는 감기 드시면 큰일이라며 난리를 피우지만 나는 심지어

길거리까지 따라나설 것 같은 제스처를 보인다. 마침내 나는 서재로 돌아오는데 그때까지도 내 얼굴은 계속 미소를 짓고 있다. 아마도 관성 때문이리라.

얼마 후 또다시 벨이 울린다. 누군가 현관으로 들어와 한참 동안 꾸물거리며 외투를 벗고 기침을 한다. 예고르가 학생이 찾아왔노라고 보고하고 나는 들여보내라고 말한다. 잠시 후 신수가 훤한 청년이 들어온다. 우리가 불편한 관계에 놓인 지 벌써 1년이 되었다. 그는 시험을 망쳤고 나는 그에게 F 학점을 주었다. 해마다 그런 학생, 즉 학생들 표현을 빌려 말해서, 나한테 박살 난 혹은 나 때문에 인생 종친 학생은 일곱명 정도이다. 그들 중 실력이 안되어서, 혹은 병 때문에 시험을 망친 학생들은 대체로 자신의 십자가를 고분고분 짊어지며 나하고 흥정을 하지 않는다. 나와 흥정을 하고자 집까지 찾아오는 녀석들은 다혈질의 대범한 녀석들로, 시험을 망친다는 것은 그들의 식욕을 저하시키고 정기적인 오페라 관람을 방해하는 일이다. 나는 전자는 관대하게 대하지만 후자는 1년 내내 들볶는다.

"앉게." 나는 손님에게 말한다. "무슨 일인가?"

"방해해서 죄송합니다, 교수님……" 그는 내 얼굴은 똑바로 쳐다보지도 못하면서 더듬더듬 말한다. "정말이지 웬만하면 감히 이렇게 교수님을 방해할 생각도 못했을 겁니다…… 저는 벌써 교수님 시험을 다섯번이나 쳤습니다…… 그런데…… 그런데 다 떨어졌습니다. 제발, 부탁드립니다. 제발 통과시켜주십시오. 왜냐하면……"

게으름뱅이들이 내세우는 변명은 언제나 똑같다. 그들은 다른 과목은 모두 우수한 성적으로 통과했는데 오로지 내 과목에서만 낙제를 했다. 게다가 내 과목을 가장 열심히 공부했고 내용을 속속들이 꿰고 있었는데도 그랬다니 더욱 놀랍기만 하다. 그러니 그들이 낙제점을 받은 것은 설명할 수 없는 무슨 오해가 있었기 때문일 것이다.

"미안하네만 자네를 통과시킬 수는 없네." 나는 손님을 향해 말한다. "강의를 더 듣고 다시 오게. 그때 생각해봄세."

잠시 침묵이 흐른다. 나는 녀석이 학문보다 맥주와 오페라를 더 좋아하는 데 대한 벌로 조금 더 고문을 하고 싶어진다. 그래서 한숨을 내쉬며 말한다.

"내 생각에 자네가 지금 할 수 있는 최선의 선택은 의과대학을 완전히 떠나는 것일세. 자네 정도의 능력으로도 시험을 통과하지 못했다면 자네에게는 의사가 되려는 열망도 소명 의식도 없다는 게 명백하거든."

다혈질 청년의 얼굴이 일그러진다.

"죄송합니다만 교수님," 그는 쓴웃음을 지으며 말한다. "저로서는 그건 아무리 좋게 생각해도 너무 느닷없는 말씀 같습니다. 5년 동안 공부를 했는데 갑자기…… 그만두라니요!"

"맞아! 5년 동안 재능을 낭비하는 것이 평생 동안 좋아하지도 않는 일을 하며 보내는 것보다 낫지."

그러나 나는 순간적으로 녀석이 측은한 생각이 들어 서둘러 덧붙인다.

"하지만 자네가 더 잘 알 테지. 그러니 조금만 더 공부하고 다시 오게."

"언제요?" 게으름뱅이가 공허하게 묻는다.

"아무 때나 원할 때 오게. 내일이라도."

나는 그의 선량한 눈에서 다음과 같은 생각을 읽어낸다. '그래, 올 수야 있지. 하지만 너는 또 쫓아내겠지. 너는 짐승이야!'

"물론 나한테서 열다섯번 시험을 친다고 해서 자네가 더 현명해지지는 않을 걸세. 그러나 자네 성격은 단련될 걸세. 그걸로 감사해야지."

침묵이 뒤따른다. 나는 일어나서 그가 떠나길 기다린다. 그러나 그는 우두커니 선 채로 창밖을 바라본다. 그는 짧은 턱수염을 잡아당기며 생각에 잠긴다. 지루하다.

다혈질 청년의 목소리는 맑고 정겨우며 눈매에는 총기와 조롱기가 있고 얼굴은 온화하지만 하루가 멀다 하고 맥주를 퍼마시고 소파에서 마냥 뒹군 덕분에 푸석푸석해 보인다. 분명 그는 나에게 오페라와 자신의 연애 행각과 친한 동료들에 관해 흥미진진한 이야기를 많이 해줄 수도 있었을 텐데 유감스럽게도 그런 얘기는 나오지 않았다. 나는 기꺼이 들어주었을 터인데 말이다.

"교수님, 제 명예를 두고 말씀드립니다만 저를 통과시켜주시기만 하면 저는……"

사태가 '명예'에까지 이르자 나는 손을 내젓고 자리에 앉는다. 학생은 잠시 생각을 하더니 침울하게 말한다.

"정 그러시다면 안녕히 계십시오…… 실례하겠습니다."

"잘 가게, 친구. 건강하게나."

그는 머뭇거리며 현관으로 가 천천히 외투를 입고 거리로 나선다. 아마도 또다시 긴 생각에 잠길 것이다. 나에 관해 "마귀 영감탱이" 외에 더 좋은 욕설을 생각해내지 못한 채 싸구려 식당에 가서 맥주를 마시고 밥을 먹고는 집으로 돌아가 잠이나 잘 것이다. 성실한 일꾼이여, 고이 잠들라!

세번째 벨이 울린다. 젊은 의사가 새로 맞춘 검은색 정장에 금테 안경을 쓰고 들어온다. 물론 흰 타이를 맸다. 그는 자기소개를 한다. 나는 앉으라고 하고 무슨 용무냐고 물어본다. 이 젊은 과학의 사제는 약간 흥분한 어조로 자신은 올해 의사 시험을 통과했으며 이제 남은 거라고는 학위논문을 쓰는 일뿐이라고 말한다. 나의 지도를 받으며 내 밑에서 연구하고 싶다며 논문 주제를 내가 정해준다면 몹시 고맙겠다고 덧붙인다.

"자네에게 도움이 된다면 무척 기쁠 걸세, 친구." 내가 말한다. "하지만 우선 논문이란 게 무엇인지에 관해 합의를 해야겠지. 논문이란 독립적인 연구의 결과를 담아낸 글이라고 우리는 이해하고 있지. 그렇지 않나? 다른 사람한테서 나온 주제를 가지고 다른 사람의 지도를 받으며 쓴 글은 따라서 논문이 아닌 다른 이름으로 불려야겠지……"

박사 후보생은 침묵한다. 나는 화를 버럭 내며 자리에서 벌떡 일어난다.

"이해할 수가 없어, 자네들은 왜 모두 나한테 오는 건가?" 나는 부글부글 끓는 목소리로 고함을 지른다. "내가 무슨 가게라도 차린 줄 알아? 나는 논문 주제를 파는 사람이 아니라고! 수천번 말하지만 제발 나 좀 가만히 내버려두게! 심하게 말해 미안하지만 이젠 나도 지긋지긋해!"

박사 후보생은 침묵한다. 그의 광대뼈 근처에 불그레하게 홍조가 보일 뿐이다. 그의 얼굴은 나의 명성과 학식에 대한 깊은 존경을 표현하고 있지만 그의 눈빛에서 나는 내 음성과 내 오종종한 체형과 신경질적인 몸짓에 대한 경멸을 읽는다. 화가 나서 길길이 뛰는 내 모습이 그에게는 기이하게 보일 것이다.

"여기는 가게가 아니야!" 나는 분노에 떨며 외친다. "정말 놀라워! 어째서 자네들은 홀로 서기를 바라지 않는 거지? 어째서 그토록 자유에 역행하느냐고!"

나는 말을 쏟아내고 그는 침묵한다. 나는 차츰 누그러지다가 결국 승복한다. 박사 후보생은 나에게서 한푼의 가치도 없는 주제를 얻어내고, 나의 지도하에 그 누구에게도 필요치 않은 논문을 쓰고, 지루한 논문 방어를 당당하게 통과하고, 결국 필요하지도 않은 학위증을 받게 될 것이다.

벨 소리는 끝없이 이어질 터이지만 네번째 벨까지만 얘기하고 끝내자. 네번째 벨이 울리자 귀에 익은 발소리, 옷자락 스치는 소리, 그리고 다정한 음성이 들려온다……

18년 전 내 동료 안과 의사가 일곱살 난 딸 까쨔와 6만 루블을 남겨놓고 죽었다. 그는 유언장에 나를 후견인으로 지정해놓았다. 까쨔는 열살 때까지 우리 집에서 생활하다가 기숙학교로 보내졌고 그 뒤로는 여름방학 때 몇달씩만 우리 집에서 보내곤 했다. 까쨔의 양육에 관심을 기울일 시간이 없었던 나는 그저 간헐적으로 그녀를 지켜보았으므로 그녀의 어린 시절에 관해 할 말이 별로 없다. 까쨔와 관련하여 내가 무엇보다도 먼저 기억하고 사랑하는 것은 그녀가 우리 집에 올 때 함께 가지고 온, 그리하여 언제나 얼굴에서 빛나던 저 놀라운 신뢰감이다. 그 신뢰감은 의사에게 치료를 받을 때도 그녀의 얼굴을 밝혀주었다. 그녀는 늘, 심지어 뺨에 반창고를 붙이고 한쪽 구석에 앉아 있을 때도, 무언가를 주의 깊게 바라보곤 했다. 내가 무언가를 쓰거나 책장을 넘기는 것을 바라볼 때, 아내가 소란을 피우는 것을 바라볼 때, 주방에서 요리사가 감자 껍질을 벗기는 것을 바라볼 때, 아니면 강아지가 깡충깡충 뛰노는 것을 바라볼 때 그녀의 눈은 예외 없이 똑같은 생각을 표현했다. 즉 '이 세상에서 일어나는 모든 일은 아름답고 지혜로운 것이다'라는 생각을. 까쨔는 호기심이 많았고 나와 이야기하는 것을 무척 좋아했다. 나와 마주보고 책상 앞에 앉아 내 거동을 눈으로 좇으며 질문을 던지곤 했다. 내가 무엇을 읽는지, 학교에서 무엇을 하는지, 시체가 무섭지는 않은지, 월급은 어디에다 쓰는지 등을 알고 싶어했다.

"대학생 오빠들도 학교에서 싸우나요?" 그녀가 묻는다.

"그럼, 싸우지."

"그럼 아저씨는 오빠들한테 무릎 꿇고 앉으라고 하나요?"

"무릎 꿇고 앉으라고 하지."

그녀는 대학생들이 싸우고 내가 학생들을 무릎 꿇게 하는 것이 재미있어서 깔깔거린다. 온순하고 참을성이 많고 선량한 아이였다. 가끔 무언가를 빼앗기거나, 별 것 아닌 일로 벌을 받거나, 아니면 호기심이 충족되지 못할 때도 있었는데, 그럴 때면 그녀의 얼굴에 늘 스며들어 있는 저 신뢰감에다 슬픔이 더해졌다. 그게 다였다. 나는 그녀의 편을 들어줄 수는 없었다. 하지만 그 슬픔을 볼 때면 그저 꼭 끌어안고 늙은 유모의 어조로 '에구, 이 불쌍한 자식, 어미 없는 것' 하며 달래주고 싶었다.

내 기억에, 그녀는 예쁘게 차려입는 것을 좋아했고 향수 뿌리는 것을 좋아했다. 그 점에서 그녀는 나를 닮았다. 나 역시 멋진 옷과 좋은 냄새를 사랑한다.

유감스럽게도 나는 까쨔가 열네살인가 열다섯살 때 완전히 사로잡힌 열정의 시작과 발전 과정을 주시할 시간도 열의도 없었다. 나는 지금 연극에 대한 그녀의 불같은 사랑을 말하고 있는 것이다. 그녀는 기숙학교의 방학을 지내러 우리 집에 올 때면 이전에는 볼 수 없었던 충일감과 열정을 가지고 연극과 배우들에 관해서 조잘거렸다. 연극에 관한 이야기만 너무나 줄기차게 해대서 우리는 모두 질려버렸다. 아내도 아이들도 더이상 그녀의 이야기를 들어주지 않았다. 오로지 나만이 그녀에게 대한 관심을 거부할 용기가 없었다. 자신의 황홀경을 누군가와 나누고 싶어지면 그녀는 내 서재로 쳐들어와 사정하듯 말하곤 했다.

"니꼴라이 아저씨, 제발 연극 얘기 좀 하게 해주세요!"

나는 그녀에게 시계를 가리켜 보이며 말했다.

"30분만 줄게. 어서 시작해봐."

나중에 그녀는 자신이 숭배하는 배우들과 여배우들의 초상화를 수십장씩 가져오기 시작했다. 그뒤 몇차례 아마추어 연극에 참여해보더니 마침내 학교를 마치자 나에게 자신은 여배우로 다시 태어났노라고 선언했다.

나는 연극에 대한 까쨔의 집착에 공감한 적이 없다. 혼자 생각이지만, 만일 희곡이 좋다면 희곡 본연의 감동을 위해 배우들에게 폐를 끼칠 필요가 없다. 그냥 읽으면 되는 것이다. 만일 희곡이 나쁘면 그 어떤 연기도 그것을 좋게 만들 수 없을 것이다.

젊었을 때는 나도 자주 극장에 갔지만 이제는 1년에 한두번 가족들이 특별석을 예약하고는 '콧구멍에 바람 좀 넣으시라고' 나를 데려갈 때만 간다. 이는 물론 연극을 제대로 판단할 권리를 갖기에는 부족한 경험이지만 그래도 얘기를 좀 해야겠다. 내 생각에 극장이란 것은 30년 전이나 40년 전에 비해 조금도 나아진 것이 없다. 예전부터 그랬듯이, 극장 복도에서건 로비에서건 깨끗한 식수 한잔을 찾아보기 어렵다. 예전부터 그랬듯이 안내원은 내 코트에 20꼬뻬이까를 물린다.[19] 마치 겨울에 따뜻한 옷을 입는 게 무슨 비난받

----

19 러시아에서는 건물 현관에 있는 보관소에 반드시 외투를 맡기고 실내에 들어가야 한다. 지금은 무료지만 체호프 시절에는 외투를 맡기는 데 20꼬뻬이까를 내야 했다.

을 일이라도 된다는 듯이. 예전부터 그랬듯이, 막간에는 아무 필요도 없는 음악을 연주하여 연극이 주는 인상에다가 청하지도 않은 새로운 인상을 더해준다. 예전부터 그랬듯이 막간에 남자들은 간이 식당에 가서 술을 마신다. 사소한 일에서 개선된 모습이 보이지 않는데도 큰 일에서 개선을 찾는다는 것은 무의미한 일일 것이다. 머리끝에서부터 발끝까지 연극적인 전통과 편견으로 무장한 어느 배우가 단순하고 평범한 독백 "살아야 할 것이냐 죽어야 할 것이냐"를 단순하지 않게, 웬일인지는 모르지만 반드시 입에 거품을 물고 온몸을 비틀며 낭송하려 기를 쓸 때, 혹은 시종일관 바보들과 지껄여대고 멍청이 여자를 사랑하는 차쯔끼[20]가 매우 현명한 사람이라는 것을 어떻게 해서든 증명하려 애를 쓸 때, 그리고 「지혜의 슬픔」이 지루한 연극이 아니라는 것을 박박 우기려 들 때, 이미 40년 전 고전적인 절규와 흥분을 대하며 내가 지루하다고 느꼈던 바로 그 구습이 무대 위에서 나한테 전해져 온다. 그리고 나는 매번 들어갈 때보다 더 보수적으로 되어 극장 문을 나선다.

오늘날 극장은 학교와도 같은 기관이라고 하며 감상적이고 어수룩한 군중을 설득할 수 있을지도 모른다. 하지만 진정한 의미에서의 학교를 아는 사람이라면 그런 식의 술책에 낚이지 않을 것이다. 50년 뒤, 100년 뒤에는 어찌 될지 모르지만 현재의 조건하에서 극장은 오로지 오락의 기능을 할 뿐이다. 그러나 이 오락은 지속적

---

20 그리보예도프(А. С. Грибоедов, 1795~1829)의 희극 「지혜의 슬픔」(Горе от ума)의 주인공. 「지혜의 슬픔」은 러시아 드라마사에 한 획을 그은 작품이다.

으로 이용하기에는 값이 너무 나간다. 그것은 연극에 몸 바치지 않았더라면 훌륭한 의사와 농부와 교사와 장교가 되었을 수도 있을 무수한 젊고 건강하고 재능 있는 남녀를 국가로부터 앗아간다. 그것은 대중으로부터 저녁 시간, 즉 지적인 작업을 하거나 화기애애한 담소를 즐길 수 있는 최적의 시간을 앗아간다. 무대 위에서 부적절하게 해석되는 살인과 간통과 비방을 보며 관객이 겪는 도덕적 해이와 금전적 손실은 차치하고서라도 말이다.

까쨔는 전혀 다른 생각을 가지고 있었다. 그녀는 연극이 현재 상태에서도 강의실보다 더 고상하고 책보다 더 고상하고 이 세상 그 어떤 것보다 고상하다고 고집스럽게 우겼다. 그녀의 주장은 다음과 같았다. 연극은 자기 자신 안에서 모든 예술을 통합하는 하나의 힘이며 연극배우는 그 힘의 전도사들이다. 그 어떤 예술도 그 어떤 학문도 독자적으로는 무대만큼 강력하고 진실하게 인간의 영혼을 뒤흔들 수 없으며 그렇기 때문에 중간급 정도밖에 안되는 배우가 그 나라의 가장 위대한 학자나 예술가보다 더 큰 인기를 누리는 것은 당연한 일이다. 그 어떤 공적인 활동도 무대 위의 활동만큼 그토록 큰 쾌감과 만족을 줄 수 없다.

그리고 어느 화창하게 갠 날 까쨔는 극단에 들어갔고 엄청난 액수의 현금과 여러가지 찬란한 기대와 사물에 대한 귀족적인 시각을 가지고 우파[21]인지 어딘지 하는 곳으로 떠났다.

---

21 러시아 남부 우랄 지방의 도시.

맨 처음 편지들은 그녀가 우파로 가는 도중에 쓴 것으로 놀라운 글들이었다. 그 편지들을 읽으며 나는 그토록 얇은 종잇장들이 그토록 위대한 젊음과 순결한 영혼과 거룩한 순수함을 담아낼 수 있다는 사실에, 최고의 지성을 갖춘 남자라도 자랑스럽게 여길 만한 그런 예리하고 현명한 의견들을 담을 수 있다는 사실에 진심으로 놀랐다. 볼가 강, 자연경관, 방문한 도시들, 동지들, 자신의 성공과 실패──그녀는 이런 것들을 묘사한 것이 아니라 노래 불렀다. 모든 행에서 내가 그녀의 얼굴에서 습관적으로 읽곤 했던 그 신뢰감이 흘러나왔다. 거기에는 또 엄청난 양의 문법적 오류와 철저한 구두점의 실종이 있었다.

6개월이 지나지 않아 나는 극도로 시적이고 극도로 열광적인 편지, "저는 사랑에 빠졌어요……"로 시작되는 편지를 받았다. 편지에는 깨끗이 면도를 한 얼굴에 챙이 넓은 모자를 쓰고 어깨에 망토를 척 걸친 청년의 사진이 동봉되어 있었다. 이어지는 편지들은 이전 것들처럼 유려하되, 이제는 구두점이 보이기 시작했고 문법적 오류도 사라졌으며 남성적인 냄새가 물씬 풍겼다. 까쨔는 "볼가 강 유역에 공동출자로 극장을 세우고 이 사업에 부유한 상인과 선박주를 끌어들인다면 얼마나 좋을까요"라는 편지를 써 보내기 시작했다. 엄청난 자금이 들어올 것이고, 극장은 대만원일 것이며 배우들은 협동조합원의 자격으로 연기할 것이며 등등…… 어쩌면 이 모든 것은 실제로 훌륭한 발상일 수도 있지만 나는 어쩐지 이런 발상은 남자의 머릿속에서나 나올 수 있다는 생각이 들었다.

어쨌든 한두해 동안은 모든 게 잘 되어갔다. 까쨔는 사랑하고 있었고 자기 일을 믿었고 행복했다. 하지만 그후로는 몰락의 분명한 징후가 감지되기 시작했다. 몰락은 우선 자기 동료들에 대해 불평을 늘어놓는 것으로 시작되었는데, 이는 몰락의 첫번째이자 가장 사악한 전조였다. 만일 젊은 학자나 문필가가 자신의 업을 시작하는 마당에 다른 학자나 문필가를 신랄하게 비판한다면, 이는 그가 이미 탈진해 있으며 그 업에 적합한 인물이 아니라는 뜻이다. 까쨔는 동료 배우들이 리허설에 참여하지도 않고 자기 배역을 전혀 소화해내지 못한다고 썼다. 그들이 엉터리 희곡을 상연하면서 무대에서 보여주는 행태는 철면피한 관객 모독이라고밖에는 해석할 길이 없다. 그들의 유일한 관심사인 매표 수입을 위해 드라마 여배우는 가수로 전락하여 유행가를 불러대고 비극 배우는 아내에게 배신당한 남편과 남의 아이를 가진 부정한 아내 등등을 조롱하는 노래 자락이나 뽑아댄다. 시골 극장들이 아직도 죽지 못하고 살아남아 저토록 가느다랗고 썩어빠진 줄에 의해 명맥이 유지되고 있다는 것이 그저 놀라울 따름이다, 운운.

나는 답장으로 매우 긴, 그리고 인정하건대 매우 지루한 편지를 써 보냈다. 여러가지 말을 했지만 그중에는 다음과 같은 대목이 있었다.

"내가 아는 노배우들은 내게 호의를 베푼 무척 고상한 분들이란다. 그분들과 이야기를 나눌 기회가 종종 있었는데 그 대화를 통해 나는 그분들의 활동을 주도한 것은 개개인의 지성이나 자유가 아

니라 사회의 유행과 분위기였다는 걸 알게 되었지. 그분들 중 최고
라는 사람들도 생전에 비극뿐 아니라 오페레타와 빠리풍의 소극과
심지어 몽환극에서도 연기했지. 하지만 그분들은 언제나 동일한
생각, 즉 자기들이 올바른 길을 가고 있으며 유용한 일을 하고 있
다는 생각을 가지고 있었다. 그러니까, 즉 너도 알겠지만, 악의 원
인은 배우들이 아닌 더 깊은 곳, 예술 그 자체와 그 예술을 대하는
사회 전체의 태도에서 찾아야 한단다."

　나의 편지는 그녀를 더욱 자극했을 뿐이었다. 그녀의 답장은 이
렇다.

　"아저씨랑 저는 다른 노래를 부르고 있군요. 저는 아저씨한테 호
의를 베푼 가장 고상한 사람들이 아닌, 고상함과는 아무 관계도 없
는 사기꾼 무리에 관해 썼던 거예요. 그 인간들은 야만인 떼거지이
며 그 인간들이 무대에 오른 것은 오로지 다른 아무데서도 받아들
여지지 않았기 때문이에요. 그 인간들이 스스로를 배우라 부르는
것은 오로지 뻔뻔하기 때문이에요. 재능 있는 사람은 한명도 없고
둔재들, 주정꾼들, 모사꾼들, 허풍쟁이들만 넘쳐나요. 제가 그토록
사랑하는 예술이 그토록 혐오스러운 인간들의 손아귀에 들어가버
리다니요…… 얼마나 비감한지 이루 말로 다 표현할 수가 없어요.
훌륭하신 분들은 그저 멀리서 악을 바라볼 뿐, 가까이 오려고 하지
않으시죠. 개입할 생각은커녕 그럴싸한 말로 원론적인 얘기나 하
시고 아무한테도 필요치 않은 설교나 써대시니 참 슬프군요……"
등등 모두 이런 식이었다.

또 얼마간의 시간이 흐른 뒤 나는 이런 편지를 받았다. "저는 무자비하게 배신당했어요. 더이상 살고 싶지 않아요. 제 돈은 알아서 필요한 데 써주세요. 아저씨를 아빠처럼, 그리고 제 유일한 친구로서 사랑했어요. 절 용서해주세요."

그녀의 '그이' 역시 '야만인 떼거지' 중의 하나였음이 밝혀졌던 것이다. 그후 몇가지 암시에 미루어 나는 자살 시도가 있었음을 추측할 수 있었다. 까쨔는 음독을 시도했던 것 같다. 그후 그녀는 심하게 아팠던 것으로 짐작되는데, 그다음에 받은 편지를 얄따에서 부친 것으로 보아 필경 의사들이 까쨔를 그곳으로 보냈을 것이다. 그녀는 내게 보낸 마지막 편지에서 가급적 빨리 얄따로 1000루블을 부쳐달라고 부탁했으며 다음과 같은 말로 마무리를 했다. "이런 슬픈 편지를 보내드려 죄송해요. 어제 제 아이를 묻었어요." 크리미아에서 1년 가까이 지낸 후 그녀는 집으로 돌아왔다.

까쨔는 4년 정도 집을 떠나 있었는데 그동안 그녀를 위해 내가 수행한 역할이란 것은 초라하고 기이한 것이었다. 처음에 여배우가 되겠노라 선언하고 이어서 자신의 사랑에 관해 써 보냈을 때, 정기적으로 낭비의 정령에 사로잡혀 계속해서 1000루블, 2000루블을 송금해달라고 요청했을 때, 자살 의도에 대해, 그리고 아기의 죽음에 관해 써 보냈을 때, 나는 매번 그저 혼비백산했을 뿐이다. 그녀의 운명에 내가 개입했다는 것은 오로지 내가 생각을 많이 했고 전혀 안 써도 되는 길고 지루한 편지를 썼다는 사실로만 표현되었다. 그러면서도 나는 그녀의 친부를 대신하는 사람이었고 그녀를 친딸처럼 사랑하고 있었다는 것이다!

지금 까쨔는 우리 집에서 얼마 안 떨어진 곳에 방 다섯개짜리 아파트를 빌려서 자신의 취향에 따라 안락하게 꾸미고 살고 있다. 만일 누군가 그녀의 인테리어를 그림으로 그린다면 그림의 주된 기조는 나태가 될 것이다. 나태한 몸뚱이를 위한 부드러운 소파와 의자들, 나태한 발을 위한 양탄자, 나태한 시각을 위한 바래고 침침하고 광택 없는 색상들, 나태한 영혼을 위해 벽에 빼곡하게 걸린 싸구려 부채들, 기법의 독창성이 내용을 압도하는 자질구레한 그림들, 전적으로 불필요하고 무가치한 물건들이 들어찬 잉여의 선반과 작은 탁자들, 커튼 대신 사용된 형태 없는 천 쪼가리들…… 이 모든 것은 선명한 색상과 균형과 공간에 대한 두려움과 영혼의 게으름뿐 아니라 자연스러운 취향의 왜곡을 입증해준다. 까쨔는 하루 종일 소파 위에 누워 소설이나 단편 나부랭이만 읽었다. 집에서 나오는 것은 하루에 한번, 정오가 지나 나를 만나러 올 때뿐이다.

나는 일하고 있고 까쨔는 지척에 있는 소파에 추워 죽겠다는 듯이 숄로 몸을 꽁꽁 싸매고 말없이 앉아 있다. 내가 그녀를 아껴서 그런지, 아니면 어렸을 적부터 툭하면 내 방에 들러버릇하는 데 내가 익숙해져서 그런지 그녀의 존재는 나의 집중을 방해하지 않는다. 가끔씩 나는 기계적으로 무슨 질문 같은 것을 던지고 그녀는 매우 짧게 대답한다. 잠시 한숨 돌리려고 그녀 쪽으로 고개를 돌리면 사색에 잠겨 무슨 의학 잡지나 신문을 들춰보고 있는 모습이 눈에 들어온다. 그럴 때면 나는 그녀의 얼굴에 예전의 그 신뢰감이 더이상 없다는 것을 알아차린다. 현재 그녀의 표정은 오랫동안 기차를 기다려야 하는 승객의 표정처럼 차갑고 무심하고 산만하다. 예전처럼 단순하면서도 멋지게 차려입었지만 어딘지 부주의해 보인다. 소파와 흔들의자에 온종일 누워 뒹구는 바람에 의상과 헤어 스타일이 적지 않게 고생을 하는 기색이 역력하다. 옛날의 그 왕성하던 호기심도 이제는 사라졌다. 마치 인생의 쓴맛 단맛을 다 보았다는 듯 나에게 아무것도 묻지 않고 새로운 무언가를 들으리라는 기대도 전혀 하지 않는다.

4시가 되어갈 무렵 홀과 응접실에서 부스럭거리는 소리가 들리기 시작한다. 음악학교 수업을 마친 리자가 친구들을 데리고 집에 온 것이다. 피아노 치는 소리, 목소리를 가다듬는 소리, 웃음소리가 들려온다. 식당에서는 예고르가 그릇을 덜그럭거리며 상을 차리고 있다.

"안녕히 계세요." 까쨔가 말한다. "다른 분들은 못 뵐 것 같아요. 양해 구할게요. 시간이 없어요. 놀러오세요."

나는 현관까지 그녀를 배웅한다. 그녀는 근엄한 표정으로 머리부터 발끝까지 나를 훑어보더니 화를 버럭 낸다.

"아저씨는 점점 더 말라가시네요! 어째서 병원에 안 가시는 거예요? 쎼르게이 표도로비치 선생님을 제가 모셔올게요. 아저씨 진찰 좀 해달라고요."

"그럴 필요 없단다, 까쨔야."

"아저씨 가족분들은 눈이 없나보네요! 참 대단하신 분들이네요."

그녀는 발작적으로 외투를 입는데 그러는 사이에 아무렇게나 매만진 머리에서 머리핀 두세개가 떨어진 것 같다. 머리를 다시 매만지기에 그녀는 너무나 게으르고 또 시간도 없다. 그녀는 흘러내린 머리채를 아무렇게나 모자 속으로 구겨 처넣고는 휑하니 가버린다. 식당으로 들어가자 아내가 묻는다.

"방금 까쨔 다녀갔지요? 우리한테는 어째서 코빼기도 안 보이는 거죠? 이상도 하네……"

"엄마!" 리자가 야단치듯 말한다. "싫으면 관두라고 하세요. 우리가 무릎 꿇고 간청할 것까지는 없잖아요."

"그래도 그렇지, 이렇게 우릴 무시할 수가. 서재에 3시간씩이나 앉았다 가면서 우리한테는 일언반구도 없어. 하기야, 걔 마음이긴 하지."

바랴와 리자는 모두 까쨔를 증오한다. 나는 그들의 증오를 이해할 수 없지만 그걸 이해하려면 여자가 되어야만 하는지도 모른다. 내 목숨을 걸고 장담하건대, 내가 강의실에서 거의 매일 만나는 저 150명가량의 청년들 중, 그리고 내가 매주 만나는 그보다 나이가 더 든 남성들 중 까쨔의 과거, 그러니까 혼외정사와 사생아 출산에 대한 우리 집 여자들의 증오와 혐오를 이해할 사람은 단 한명도 없을 것이다. 동시에, 내가 아는 여성이나 아가씨들 중 의식적으로든 혹은 본능적으로든 내심 그 증오와 혐오를 공유하지 않을 사람 또한 단 한명도 없을 것이다. 그렇다고 해서 여자들이 남자들보다 더 순결하거나 더 도덕적이라는 얘기는 아니다. 순결과 도덕성이 사악한 감정에서 자유롭지 못하다면 그것은 죄악이나 매한가지다. 나는 이 점을 여성들의 낙후성으로써 설명하고 싶다. 나에게는 불행을 바라보면서 현대의 남성이 경험하는 우울한 연민의 정과 양심의 가책이 혐오나 증오보다 교양과 도덕적 성장에 관해 훨씬 더 많은 것을 말해준다. 현대 여성들은 아직도 중세 때처럼 눈물을 질질 짜며 천박한 감상에 젖어 있다. 그래서 나는 여성도 남성처럼 교육받아야 한다는 일각의 주장에 전적으로 동의한다.

내 아내는 거기 덧붙여 까쨔가 여배우였다는 것 때문에, 배은망덕하고 교만하고 괴팍하다는 것 때문에, 그리고 한 여성이 언제나 다른 여성에게서 발견해내는 저 오만가지 단점들 때문에 더욱 그녀를 싫어한다.

우리 집에서는 나와 아내와 딸 외에도 딸아이의 여자 친구 두세 명, 그리고 리자의 숭배자이자 청혼자인 알렉산드르 아돌포비치 그네께르가 함께 식사한다. 그는 30세를 넘기지 않은 금발 청년으로 중키에 어깨는 떡 벌어지고 몸집은 상당히 투실투실한 편이다. 귀부터 나 있는 붉은 볼수염과 왁스 칠을 한 콧수염은 그의 우둥퉁하고 반질반질한 얼굴에 일종의 장난감 같은 인상을 더해준다. 그는 화려한 색상의 조끼에 짤막한 재킷, 허리께는 풍성하고 발목 쪽은 매우 좁은 커다란 체크무늬 바지를 입고 노란색 단화를 신고 다닌다. 두 눈은 새우 눈깔처럼 볼록하고 넥타이는 새우 꼬리와 비슷해서 이 젊은 녀석의 존재 전체에서 새우 수프 냄새가 풍기는 것 같다. 그는 우리 집에 매일같이 오지만 우리 식구 중 누구도 그가 어디 출신인지, 어디서 공부했는지, 어떻게 먹고사는지에 대해 알지 못한다. 연주를 하는 것도 아니고 노래를 부르는 것도 아니지만 어떤 식으로든 음악이니 성악이니 하는 것과 연결이 되어 있어서 어디선가 누군가의 그랜드 피아노를 팔기도 하고 종종 음악원에 등장하기도 하고 무수한 유명 인사들과 알고 지내고 음악회에 관여하기도 한다. 엄청난 권위를 가지고 음악을 평가하는데, 내가 눈치챈 바로는 대부분의 사람들이 그의 평가에 기꺼이 동조한다.

부자들 주변에는 언제나 식객들이 붙어 있다. 학문과 예술 주변도 마찬가지다. 세상에서 이 그네께르 같은 '별종'들로부터 자유로운 예술은 존재하지 않는 것 같다. 나는 음악가도 아니고 그네께르를 잘 모르므로 그에 대해 잘못 생각하고 있을지도 모른다. 그러나 누군가가 피아노를 연주하거나 노래를 부를 때 피아노 옆에 그가 서서 보여주는 권위와 위엄이 내게는 무척이나 의심스럽게 보인다.

당신이 아무리 속속들이 신사이고 3등 문관이라 하더라도 당신에게 딸이 있다면 그 무엇도 구애니 청혼이니 결혼이니 하는 것들이 당신의 집안과 당신의 기분 속으로 가져오는 저 소시민 근성으로부터 당신을 보호해줄 수 없다. 예를 들어, 나는 그네께르가 우리와 함께 앉아 있을 때면 언제나 아내가 짓곤 하는 저 위엄있는 표정과 화해할 수 없다. 또 우리가 얼마나 수준 높고 풍요롭게 사는가를 그에게 시각적으로 입증해주기 위해, 오로지 그만을 위해 식탁에 준비되는 저 라피뜨주니 포트와인이니 셰리주니 하는 것들과도 화해할 수 없다. 나는 또한 리자가 음악학교에서 배운 저 호호

거리는 경련적인 웃음소리도 참을 수 없고 남자들이 찾아오면 눈을 가느스름하게 뜨는 그녀의 습관도 참을 수가 없다. 가장 중요한 것은, 왜 내가 내 습관이나 학식이나 내 생활 방식 전체와 아무런 공통점도 없는 인간, 그리고 내가 좋아하는 부류와는 전혀 다른 인간을 매일 맞이하고 매일 그와 식사를 해야 하는지 도저히 이해할 수 없다는 것이다. 아내와 하인들은 "저분이 바로 그 약혼자이셔"라며 의미심장하게 속삭거린다. 그렇다 하더라도 나는 그의 출현을 이해할 수 없다. 그를 보면 내 식탁에 줄루족이 앉아 있기라도 하듯 당혹스럽다. 마찬가지로 아직도 어린애처럼 보이기만 하는 딸애가 저 넥타이와 저 눈깔과 저 흐물거리는 뺨따귀를 사랑한다는 것이 사뭇 이상하기만 하다……

이전에 나는 식사 자체를 사랑하든가 아니면 그냥 무관심하든가 둘 중의 하나였다. 그러나 지금 나에게 식사는 지루함과 짜증만을 불러일으킨다. 내가 '각하'의 호칭을 획득하고 의과대학 학장이 된 이래, 나의 가족은 어쩐 일인지 우리 집 식단과 식사 순서를 완전히 바꿔야만 한다고 생각했다. 내가 학창 시절에 즐겨 먹었던, 그리고 의사 시절부터 쭉 먹어온 단순한 요리들 대신 흰색 고드름 같은 것이 둥둥 떠다니는 무슨 퓌레 수프와 꽃봉오리를 동동 띄운 마데이라 포도주 같은 것을 먹는다. 고위급 문관[22]이란 직함과 명성

22 원문에는 '장군'이라 되어 있지만 갑자기 장군이란 말이 나오니까 어색해서 문관으로 번역했다. 제정러시아 시절에는 1등부터 4등 문관까지 장군 계급에 속했다. 그러므로 3등 문관인 니꼴라이 교수는 장군 급이다.

은 나로부터 양배추 수프도, 맛있는 파이도, 사과로 속을 채운 거위 구이도, 죽을 곁들인 생선구이도 모두 다 영원히 앗아가버렸다. 그들은 또 나에게서 말 많고 웃음 많은 할머니 하녀 아가샤도 앗아가버렸다. 이제는 굼뜨고 오만한 소인배 예고르가 오른손에 흰 장갑을 끼고서 식사 시중을 든다. 코스 요리 중간중간의 시간은 짧은데도 지나치게 길다는 느낌이 든다. 그 시간을 채울 것이 없기 때문이다. 우리가 식당에 모일 때면 으레 아이들과 아내와 나를 들뜨게 하던 그 행복감과 서로에 대한 애틋한 마음이 이제는 없다. 이전의 즐거움, 격의 없는 대화, 농담, 웃음, 그런 것들도 모두 사라졌다. 늘 바쁜 나에게 식사는 휴식과 만남의 시간이었다. 또 아내와 아이들은 내가 30분 동안은 학문이고 학생이고 다 잊고 오로지 자기들에게만 전적으로 속해 있다는 사실을 알았기에 그들에게 식사는 짧지만 신나고 즐거운 잔치였다. 보드카 한잔을 단숨에 꿀떡 삼키고 알딸딸해지는 것도 이제는 불가능해졌다. 아가샤도 없고, 죽을 곁들인 생선구이도 없고, 식사 도중에 일어나는 시시콜콜한 사건들, 이를테면 식탁 밑에서 고양이와 개가 싸운다든가 아니면 까쨔의 뺨에 붙어 있던 반창고가 수프 그릇에 떨어진다거나 하는 그런 사건들로 인한 떠들썩함도 더이상 없다.

요즘의 우리 집 밥상머리를 묘사하는 것은 식사 자체만큼이나 밥맛 떨어지는 일이다. 아내의 얼굴에는 위엄과 허세와 예의 그 걱정스러운 표정이 서려 있다. 그녀는 불안하게 우리 접시를 살펴보며 말한다. "여보, 로스트비프가 입맛에 안 맞으시나봐요…… 그렇지요?" 나는 이렇게 대답해야만 한다. "괜한 걱정 말아요, 여보. 아주 맛있어요." 그러면 그녀는 또 이렇게 말한다. "당신은 언제나 제 편만 드신다니까요, 니꼴라이 스쩨빠니치. 한번도 솔직하게 말씀을 안하세요. 그런데 알렉산드르 아돌포비치, 아니 어째서 그렇게 조금만 드시나요?" 식사 시간 내내 그런 식의 말이 오간다. 리자는 경련하듯 호호거리며 눈을 가느스름하게 뜬다. 나는 그 두 사람을 바라본다. 그리고 이제 식사 자리에서야 비로소 나는 그들의 내적인 삶은 이미 오래전에 내 관찰의 시야에서 벗어나버렸다는 것을 분명히 알게 되었다. 한때 나는 진짜 가족과 함께 집에서 살았었지만 지금은 내 진짜 아내가 아닌 다른 사람의 손님으로 와서 식사를 하고 있으며 진짜 리자가 아닌 다른 누군가를 바라보고 있는 것만 같다. 어떤 급격한 변화가 그 두 사람에게 일어났지만 나는 그 변화의 긴 과정을 나 몰라라했기 때문에 어쩌면 지금 아무것도 이해하지 못하는 것은 당연한지도 모른다. 어째서 그런 변화가 일어났을까? 모르겠다. 어쩌면 이 모든 재난은 신이 나에게 주신 힘을 아내와 딸에게는 안 주셨기에 일어났는지도 모른다. 나는 어린 시절부터 외부의 자극에 익숙하게 대응했고 충분히 스스로를 단련시켰다. 명성, 고위 문관의 직함, 금전적으로 넉넉한 생활에서 빠듯한 생활로의 전락, 명사들과의 알음알이 등등…… 이런 것들은 나를 건드리지 못했다. 나는 언제나 안전하게, 건전하게 살아남았다. 그러나 아내와 리자처럼 단련되지 않은 허약한 사람들에게 이 모든 것은 거대한 눈덩이처럼 몰려왔다. 그들은 눈덩이 밑에 깔려버렸다.

숙녀들과 그네께르는 푸가니 대위법이니 가수니 피아니스트니 바흐니 브람스니 하는 것들에 관해 지껄이고 아내는 혹시라도 자신의 음악적인 무지가 탄로날까봐 동감하는 표정으로 미소를 지으며 "대단하군요…… 정말로요? 그러면……" 등등의 말을 중얼거린다. 그네께르는 야무지게 먹어대고 야무지게 농담을 지껄이며 숙녀들의 코멘트를 너그러운 태도로 들어준다. 가끔씩 엉터리 프랑스어를 지껄이고 싶은 욕망이 솟구치는지 밑도 끝도 없이 나를 "votre excellence"[23]라고 부르기도 한다.

하지만 나는 우울하다. 분명 나는 그들 모두를 숨 막혀하고 그들 모두는 나를 숨 막혀한다. 전에는 한번도 계급적인 적대감이라는 것을 직접적으로 느껴본 적이 없었는데 지금 나는 바로 그런 류의 감정 때문에 고통받고 있다. 나는 그네께르에게서 오로지 단점만을 발견하고자 기를 쓰다가 결국 그 단점들을 발견하고 내 딸의 약혼자의 자리에 나와는 다른 계급의 사내가 앉아 있다는 사실에 괴로워한다. 그의 존재는 또다른 점에서도 나에게 나쁜 영향을 미친다. 나는 혼자 있거나 아니면 내가 좋아하는 사람들과 함께 어울릴 때 내 공적 같은 것들은 생각해본 적이 없으며, 설령 내 공적에 생각이 미친다 해도 신참 학자의 공적처럼 대수롭지 않게 치부했다. 그러나 그네께르 같은 족속들과 한자리에 있으면 나의 공적은 꼭대기가 구름에 가려 보이지도 않는 어마어마하게 높은 산처럼 보이고 그네께르 같은 족속은 육안으로는 잘 보이지도 않는 저 아래 산기슭에서 꼼지락거리는 벌레처럼 보인다.

식사를 마친 뒤 나는 서재로 돌아가 하루에 딱 한대 피우는 파이프 담배에 불을 붙인다. 아침부터 밤까지 줄담배를 피워대던 그 옛날의 나쁜 습관에서 아직도 완전히 벗어나지 못한 탓이다. 담배를 피우고 있으면 아내가 들어와 이야기 좀 하자며 앉는다. 아침에도 그랬듯이 나는 이번에도 그녀가 무슨 얘기를 할지 훤히 알고 있다.

"당신하고 허심탄회하게 할 얘기가 있어요, 니꼴라이 스쩨빠니치." 그녀가 말을 꺼낸다.

"그러니까, 리자 얘기예요…… 당신은 어째서 아무 관심도 없으신 거죠?"

"무슨 얘기요?"

"그렇게 아무것도 모르는 척하시면 안되지요. 그렇게 무심하시면 안돼요. 그네께르 씨가 리자한테 마음이 있어요…… 당신 생각은 어떠세요?"

"그 사람이 나쁜 사람이라고 말할 수는 없소, 잘 모르니까. 하지만 내 마음에 안 든다는 것은 벌써 수천번 말하지 않았소."

"말도 안돼요…… 말도……"

그녀는 벌떡 일어서서 신경질적으로 왔다 갔다 한다.

"이렇게 중요한 일에 그런 식으로 대하다니……" 그녀가 계속 지껄인다. "딸아이의 행복에 관한 한 사적인 감정은 다 버려야 해요. 당신이 그 사람을 싫어한다는 것 저도 잘 알아요…… 뭐 그래도 좋아요…… 하지만 만일 우리가 그 사람을 거절해서 모든 걸 망쳐버린다면, 리자는 평생 우리를 원망할 거예요. 그러지 않으리라고 보장할 수 있어요? 요즘은 왠지 구혼자가 그리 많지 않아요. 어쩌면 다른 구혼자는 안 나타날지도 몰라요…… 그 사람은 리자를 아주 좋아해요, 리자도 분명 그 사람을 맘에 들어해요. ……물론 그 사람 직장이 아직 확정된 건 아니지만 뭐 어쩌겠어요? 하느님이 보우하사 때가 되면 어디든지 되겠지요. 그 사람은 집안도 좋고 재산도 많아요."

"당신이 그걸 어떻게 알지?"

"그 사람이 제 입으로 말했어요. 부친이 하리꼬프에 큰 저택을 가지고 있고 또 하리꼬프 인근에 영지도 있대요. 그러니까 간단히 말해서, 니꼴라이 스쩨빠니치, 당신이 당장 하리꼬프에 다녀오셔야만 해요."

"무엇 때문에?"

"이것저것 좀 알아보셔야지요…… 거기 당신 아는 교수들이 있을 테니 그 양반들이 도와주겠지요. 제가 직접 가고 싶지만, 저는 여자라서요. 아무래도 제가 가면……"

"나는 하리꼬프 같은 데는 안 가." 나는 퉁명스럽게 말한다.

아내는 깜짝 놀란다. 그녀의 얼굴에는 끔찍한 고통의 표정이 나타난다.

"제발, 니꼴라이 스쩨빠니치!" 그녀는 흐느끼며 간청한다. "제발, 저한테서 이 짐을 덜어주세요! 너무 힘들어요!"

그녀를 보고 있자니 가슴이 쓰리다.

"좋아요, 바라." 나는 다정하게 말한다. "당신이 원한다면, 좋아, 내 하리꼬프에 가서 당신이 원하는 대로 다 할게."

그녀는 손수건을 연방 눈에 찍어대며 자기 방으로 간다. 실컷 울려나보다. 나는 홀로 남는다.

잠시 후 하인이 램프를 가져온다. 오래전부터 식상한 저 낯익은 의자와 램프 갓의 그림자가 벽과 바닥에 드리워지고 나는 그것들을 바라보며 이제 밤이 되었고 이제 또다시 저주받은 불면증이 시작되는구나 하고 생각한다. 침대에 누웠다가 일어나서 방 안을 서성이다가 다시 눕는다…… 대체로 식사 후부터 한밤이 될 때까지 사이에 나의 신경성 흥분은 극에 달한다. 나는 뜬금없이 눈물을 흘리며 얼굴을 베개 속에 파묻는다. 이 시간이면 누군가 방에 들어올까봐 두렵고 갑자기 죽을까봐 두렵고 내 눈물이 부끄럽다. 전반적으로 내 영혼 속에 무언가 견딜 수 없는 게 있다는 느낌이 든다. 더 이상 램프도 책들도 마룻바닥 위의 그림자도 거실에서 들려오는 목소리도 참을 수가 없다. 보이지 않고 이해할 수 없는 어떤 힘이 나를 거칠게 아파트에서 끌어낸다. 나는 벌떡 일어나 서둘러 옷을 입고 집안의 다른 사람들이 알아채지 못하도록 살금살금 거리로 나간다. 어디로 가느냐고?

여기에 대한 답은 이미 오래전부터 내 머릿속에 들어앉아 있다. 까쨔한테로.

3

언제나처럼 그녀는 터키식 소파인지 카우치인지에 누워서 무언가 읽고 있다. 나를 보더니 천천히 고개를 들고 일어나 앉아 손을 내민다.

"너는 늘 누워만 있구나." 나는 숨을 고르기 위해 잠시 말을 멈추었다가 말한다. "그건 건강에 안 좋아. 뭐라도 해야지!"

"네?"

"뭐라도 해야 한다고 말했다."

"뭘 해야 하지요? 여자는 단순 노동자나 여배우가 될 수 있을 뿐인데요."

"음, 그래? 노동자가 될 수 없다면 여배우라도 되렴."

침묵.

"결혼을 하든지." 나는 반은 농담조로 말한다.

"할 사람이 없어요. 할 이유도 없고요."

"그렇게 살 수는 없어."

"남편 없이요? 그게 무슨 대수라고요! 원하기만 하면 남자는 쎄고 쎘어요."

"까쨔, 별로 안 좋은데."

"뭐가 안 좋다는 거지요?"

"네가 방금 말한 거."

내 얼굴에 드러난 슬픈 기색이 자기 때문이란 걸 알아차린 그녀는 내 슬픔을 무마할 요량으로 이렇게 말한다.

"이쪽으로 와보세요. 자, 여기요."

그녀는 작지만 매우 아늑한 방으로 나를 데려가서는 책상을 손가락으로 가리킨다.

"보세요…… 아저씨를 위해 마련한 거예요. 여기서 일하세요. 매일 일감을 가지고 오세요. 댁에서는 식구들이 방해만 하잖아요. 여기서 일하실 거죠? 괜찮으시죠?"

싫다고 하면 그녀가 슬퍼할까봐 나는 방이 무척 마음에 든다고, 그리고 이 방에서 일을 하겠노라고 대답한다. 그런 다음 우리는 이 아늑한 작은 방에 앉아 이야기를 나눈다.

따스함, 아늑한 분위기, 그리고 나와 공감하는 사람과 함께 있음은 예전과 같은 만족감이 아닌 불평불만을 쏟아내고 싶다는 강한 욕구를 불러일으킨다. 웬일인지 나는 투덜대고 나면 기분이 좀 나아질 것 같다는 생각을 한다.

"얘야, 사정이 안 좋아!" 나는 한숨을 내쉬며 말문을 연다. "아주 안 좋아……"

"무슨 일이세요?"

"얘길 좀 들어보렴. 왕의 가장 훌륭한 그리고 가장 신성한 권리는 은사恩賜의 권리지. 나는 이 권리를 무한히 애용했기에 나 스스로를 언제나 왕으로 느꼈어. 나는 결코 판단하지 않았고 너그러웠고 왼쪽에 있는 사람이건 오른쪽에 있는 사람이건 누구나 기꺼이 용서해주었어. 다른 사람들이 항의하고 분노할 때 나는 충고해주고 설득해주었어. 평생 동안 오로지 내 존재가 가족과 학생들과 동료들과 하인들에게 견딜 만한 것이 되도록 애를 썼어. 그리고 사람들에 대한 나의 이런 태도는 나와 가까워지는 모든 사람에게 일종의 교훈이 되었다는 걸 나는 알아. 그러나 이제 나는 더이상 왕이 아니야. 나의 내면에서는 노예에게나 걸맞은 어떤 일이 벌어지고 있어. 머릿속에서는 밤이고 낮이고 사악한 생각들이 요동을 치고 영혼 안에는 이전에는 내가 알지 못했던 감정들이 둥지를 틀고 있지. 요컨대 나는 증오하고, 경멸하고, 짜증 내고, 분노하고, 두려워하고 있어. 나는 극도로 엄격하고 까다롭고 짜증스럽고 야비하고 의심 많은 인간이 되었어. 심지어 예전에는 그냥 실없는 농담이나 하고 허허 웃으며 넘겨버렸을 일들이 지금은 심각한 감정을 불러일으켜. 내 안에서는 논리도 변했어. 이전에 나는 그냥 돈을 경멸했을 뿐이지만 지금은 돈이 아니라 부자들에게 마치 모든 게 그들 탓이라는 듯이 악의를 품고 있어. 이전에 나는 폭력과 전횡을 증오했지만 지금은 폭력을 사용하는 사람들을 증오해. 마치 서로를 교육하지 못하는 우리는 죄가 없고 오로지 그들, 폭력 사용자들만이 죄가 있다는 듯이 말이야. 이게 다 무슨 뜻인지 아니? 이 새로운 생각과 감정이 신념의 변화에서 생긴 것이라 치자. 그렇다면 신념의 변화는 어떻게 일어난 것이지? 정녕 세상은 더 나빠졌는데 나는 더 훌륭해졌단 말이냐? 아니면 이전에 나는 눈이 멀었었단 말이냐? 이전의 나는 그저 냉담했단 말이냐? 만일 이 변화가 육체적 정신적

힘의 전반적인 쇠락 — 하기야 나는 아프고 날마다 체중이 줄어들고 있지 — 에서 비롯된 것이라면 나의 상태는 한심한 것이지. 즉 나의 새로운 생각들은 비정상적이고 불건전한 것이며 나는 그것들을 무시해야 하고 부끄럽게 여겨야만 한다는 뜻이지……"

"아저씨 병이랑은 아무 상관도 없어요" 까쨔가 내말을 가로막는다. "그냥 아저씨가 이제야 눈을 뜨신 것뿐이에요. 그게 다예요. 이전에는 어쩐 일인지 보려고 하지 않았던 것들을 이제는 보게 되신 거예요. 제 생각에 아저씨는 무엇보다도 가족과 깨끗이 헤어져 떠나셔야 해요."

"그런 몹쓸 말은 하지 마라."

"아저씨는 그 사람들을 사랑하지 않잖아요, 그런데 어째서 거짓말을 하세요? 그게 무슨 가족이에요? 정말 허접한 인간들이에요! 오늘 그 사람들이 죽어버린다 해도 아무도 그 빈자리를 눈치조차 채지 못할 거예요."

까쨔는 아내와 딸이 그녀를 혐오하는 만큼 강렬하게 그들을 경멸한다. 오늘날 우리는 서로를 경멸할 수 있는 권리에 대해서는 거의 얘기하지 않는다. 그러나 만일 그런 권리라는 게 존재한다면, 그리고 까쨔의 의견이 옳다면, 어쨌거나 아내와 리자가 그녀를 미워할 권리를 갖는 것만큼 까쨔는 그들을 경멸할 권리를 갖는다는 걸 받아들일 수밖에 없다.

"허접한 인간들!" 그녀는 반복한다. "아저씨 오늘 식사하셨어요? 그 사람들이 아저씨한테 식사하시라는 얘길 잊지 않았다니 참 대단하지요? 아저씨가 존재한다는 것을 아직까지 기억하다니 참 대단하지요?"

"까쨔, 그만하렴." 나는 엄하게 말한다.

"저는 뭐 좋아서 그 사람들 얘기를 하는 줄 아세요? 그런 사람들을 아예 몰랐다면 좋았을 거예요. 아저씨, 제 말씀을 들으세요. 다 버리고 떠나세요. 외국으로 가세요. 빠를수록 좋아요."

"말도 안되는 소리! 학교는 어떡하고?"

"학교도 버리세요. 아저씨한테 그게 무슨 소용이에요? 어쨌거나 아무 쓸모도 없잖아요. 아저씨는 벌써 30년 동안 강의하셨지요, 그런데 제자들은 다 어디 있어요? 유명한 학자들 많이 키우셨어요? 한번 세어보시라고요! 대중의 무지를 악용하여 수십만 루블씩 벌어대는 저 의사 나리들의 수를 늘리는 데 재능 있고 훌륭한 인간이 필요한 건 아니에요. 아저씨는 필요 없는 인간이에요."

"맙소사, 너 어쩌자고 그렇게 신랄한 거냐?" 나는 무서워진다. "너무 신랄하구나! 입 다물거라, 안 그러면 난 가마. 너의 그 신랄한 말에 대꾸할 기력이 없다!"

하녀가 들어와 차를 권한다. 싸모바르[24]를 앞에 두자 다행스럽게도 우리의 대화는 다른 방향으로 진행된다. 불평불만을 쏟아내고 나니 회상이라는 이름의 또다른 노인성 약점에 굴복하고 싶어진다. 나는 까쨔에게 나의 과거를 주절거린다. 놀랍게도 심지어 내

---

24 러시아 전통 주전자.

가 기억 속에 간직하고 있다고는 생각해본 적도 없는 그런 자질구레한 일들을 털어놓는다. 그녀는 숨을 죽인 채 내 이야기를 정겹게, 자랑스럽게 들어준다. 특히 언젠가 신학교에서 공부했던 이야기, 그리고 대학 입학을 꿈꾸던 이야기를 해줄 때 나는 신바람이 난다.

"신학교 정원을 산책하곤 했는데……" 나는 말한다. "바람결에 저 멀리 어딘가 술집에서 손풍금 소리와 노래 소리가 들려오기도 했고 담장을 따라 달려가는 뜨로이까 썰매의 방울 소리가 들려오기도 했지. 그것만으로도 나는 충분히 행복했어. 가슴뿐 아니라 심지어 위장과 다리와 팔까지 행복한 감정으로 가득 찼어. ……손풍금 소리와 멀어져가는 방울 소리를 들으며 상상 속에서 내가 의사가 되는 그림을 그려보았어. 그럴 때마다 매번 더 멋지게 그렸지. 그리고 자, 봐, 내 꿈은 실현되었어. 나는 내가 감히 꿈꾸었던 것보다 더 많은 것을 받았어. 30년 동안 나는 학생들의 사랑을 받았고 탁월한 동료들을 알고 지냈고 찬란한 명성을 만끽했어. 나는 사랑에 빠졌고 열정적인 사랑 끝에 결혼했고 아이들을 가졌어. 한마디로 말해서 뒤를 돌아보면 내 인생 전체가 재능 있는 손끝에서 창조된 아름다운 예술품처럼 느껴져. 이제 내가 할 일은 그저 피날레를 망치지 않는 일뿐이야. 그러기 위해서는 인간답게 죽어야만 하지. 만일 죽음이란 것이 실제로 닥쳐온 위험이라면 나는 그것을 교사이자 학자이자 그리스도교 국가의 시민에게 어울리는 방식으로 맞이해야 되겠지. 즉 용감하고 평화로운 영혼으로 말이야. 그렇지만 나는 지금 피날레를 망치고 있어. 물에 빠져 허우적거리고 너에게 손을 내밀며 도와달라고 애원하고 있어. 그런데 너는 그냥 빠져 죽으라고, 그게 순리라고 말하고 있어."

그러나 바로 그 순간 현관에서 벨 소리가 들린다. 나와 까쨔는 누군지 알아채고는 동시에 말한다. "미하일 표도로비치."

그리고 실제로 잠시 후 동료 교수이자 어문학자인 미하일 표도로비치가 들어온다. 키가 후리후리하고 건장한, 쉰살쯤의 남자로 말끔히 면도를 한 얼굴에 검은 눈썹, 그리고 숱이 많은 은발을 하고 있다. 선량하고 훌륭한 나의 동료이다. 그는 오래된 귀족 가문 출신으로 우리나라의 문학과 교육의 역사에 상당한 족적을 남겼다. 재능도 많고 다분히 운도 좋은 인물이다. 똑똑하고 다재다능하고 교양도 풍부하지만 다소 괴짜 같은 면도 없지는 않다. 물론 우리는 모두 어느 정도는 좀 이상하고 또 어딘지 모르게 괴짜이기도 하다. 그러나 그의 기인다운 면모는 지인들 사이에서 완전히 무해하다고는 할 수 없는, 무척이나 예외적인 어떤 것으로 인식되었다. 그의 지인들 중 꽤 많은 이들이 그의 괴팍함 때문에 다른 수많은 장점들을 완전히 잊어버렸다.

그는 들어와서 천천히 장갑을 벗으며 부드러운 저음의 목소리로 말한다.

"안녕들 하십니까? 차를 드시는군요? 정말 탁월한 선택입니다. 지옥같이 추우니까요."

그런 다음 그는 자리에 앉아 차를 한잔 따라 마시며 바로 이야기를 시작한다. 그의 말하는 방식은 시종일관 장난기로 점철된 어조,

그리고 셰익스피어의 무덤 파는 인부들이 보여줄 법한 철학과 어릿광대짓의 뒤섞임을 특징으로 한다. 그는 언제나 진지한 것에 관해 이야기하지만 한번도 진지하게 말하지 않는다. 그의 견해는 예리하고 비방조이지만 부드럽고 구순하고 장난스러운 어조 덕분에 예리함이나 비방조가 귀에 거슬리지 않으며 듣는 사람 또한 곧 거기에 익숙해진다. 매일 저녁 그는 대학에서 일어나는 대여섯가지 일화를 가지고 찾아오는데 대부분의 경우 식탁에 앉기가 무섭게 그 일화들부터 털어놓는다.

"세상에!" 그는 검은 눈썹을 경멸적으로 꿈틀거리며 한숨을 푹 내쉰다. "세상에 그런 웃기는 사람들이 있다니요!"

"무슨 일인데요?" 까쨔가 묻는다.

"아까 강의를 마치고 가는데 글쎄 층계에서 저 늙은 멍청이 NN을 만나지 않았겠어요. 그 양반 늘 그렇지만 그 말 주둥이 같은 턱을 쑥 내밀고 걸어가면서 두리번거리더라고요. 자기 편두통이랑 마누라랑 자기 강의 안 듣는 학생들 욕을 하고 싶어서 들어줄 사람을 찾고 있던 거지요. 그런데 아무래도 그 양반이 저를 본 것 같더라니까요. 이제 저는 망한 거지요. 끝장이 난 거지요……"

그런 식으로 기타 등등의 얘기가 이어진다. 아니면 그는 이렇게 시작한다.

"어제 우리 ZZ 씨의 대중 강연이 있었어요. 할 말은 아니지만, 우리의 모교가 대중에게 그렇게 유명한 머저리 얼간이를 내세우기로 결정했다는 데 정말 놀라 자빠질 지경이었지요. 그 양반은 유럽

에까지 알려진 명청이라고요! 하느님께서 보우하사, 그보다 더 명청한 인간은 대낮에 등불을 들고 유럽을 샅샅이 뒤져도 못 찾을 거예요! 생각해보세요, 강연을 하는데 무슨 알사탕을 빨아먹듯이 쩝쩝대는 거예요…… 잔뜩 얼어붙어가지고는 자기가 쓴 원고도 제대로 이해하지 못하는 거 있죠. 무슨 사상 나부랭이들은 자전거를 탄 수도원장처럼 비틀비틀거리는데, 아니 무엇보다도 심각한 것은, 그자가 무슨 말을 하고자 하는지 도저히 이해할 길이 없다는 것이지요. 너무나 지겨워서 파리들도 죽을 지경입니다. 어느 정도로 지겨운가 하면, 졸업식 때 대강당에 울려퍼지는 저 빌어먹을 전통 연설에 비견될 만하답니다.”

그러더니 그는 갑자기 주제를 확 바꾼다.

“3년쯤 전이지요, 아마. 니꼴라이 스쩨빠니치 교수님도 기억하실 거예요. 제가 그 연설문을 읽어야 했답니다. 후덥지근하고 답답하고 제복은 겨드랑이에 꼭 끼고, 한마디로 죽을 지경이었어요! 30분을 읽고, 한시간을 읽고, 한시간 반을 읽고, 두시간째 읽었지요…… 오, 하느님, 이제 열쪽밖에 안 남았어요. 그리고 결론에는 생략해도 되는 네쪽이 포함되어 있었어요. 저는 그 부분을 그냥 넘어갈 속셈이었지요. 그러니까 이제 여섯쪽만 읽으면 되는 거였어요. 그런데 문득 앞쪽으로 눈을 주었더니 맨 앞줄에 훈장을 주렁주렁 매단 무슨 장군 각하와 대주교께서 나란히 앉아 계시는 거예요. 그 가엾은 분들은 지겨워서 돌아가실 지경이었을 거예요. 졸지 않으려고 두 눈을 부릅뜨고 계시더군요. 하지만 억지로 주의 깊게 듣는 척하며 심지어 제 보고문을 잘 이해할 뿐만 아니라 좋아하기까지 한다는 듯한 표정을 짓고 계시는 거예요. 저는 생각했죠. 흠, 그렇게 마음에 드신다면 제대로 해드리지요! 골탕 좀 잡숴보시지요! 저는 작심을 하고 안 읽어도 되는 네쪽을 전부 다 읽어버렸답니다."

흔히 냉소적인 사람들이 대체로 그러하듯 그가 말을 할 때는 눈과 눈썹만 미소를 짓는다. 이때 그의 눈 속에는 증오도 악의도 없다. 그러나 오로지 관찰력이 대단히 예리한 사람만이 파악할 수 있는 여우 같은 교활함과 엄청난 명민함이 있다. 한마디만 덧붙이자면, 나는 그의 눈과 관련하여 또 하나의 특이한 점을 알아차렸다. 그가 까쨔한테서 컵을 받아 들 때, 혹은 그녀의 말을 경청할 때, 혹은 무언가를 가지러 방을 나서는 그녀를 눈으로 뒤쫓을 때, 그의 시선에서 온순하면서 애원하는 듯한, 그리고 순수한 무언가를 발견했다……

하녀가 싸모바르를 치우고 커다란 치즈 한덩어리와 과일, 그리고 크리미아 산 샴페인 한병을 테이블에 차려놓았다. 샴페인은 까쨔가 크리미아에 있을 때 좋아하게 된 것으로 상당히 저질이었다. 미하일 표도로비치는 선반에서 카드 두벌을 집어서 페이션스 게임 대열로 펼쳐놓았다. 일부 페이션스 게임은 엄청난 지능과 집중력을 요한다는 게 그의 지론이지만 그는 게임을 하면서도 여전히 대화의 즐거움을 포기하지 않았다. 까쨔는 주의 깊게 그의 카드를 흘끔거리며 말보다는 표정으로 그를 돕고 있다. 샴페인으로 말할 것 같으면, 저녁 내내 그녀는 작은 잔으로 두잔만 마셨고 나는 큰 잔의 4분의 1 정도만 마셨다. 병에 남은 술은 엄청나게 마시면서도 결코 취하지 않는 비상한 능력의 소유자인 미하일 표도로비치의 몫으로 돌아갔다.

페이션스 게임을 하며 우리는 다양한 문제들, 특히 최고로 중요한 문제들을 논의한다. 가장 격렬한 논쟁을 불러일으키는 것은 우리가 가장 사랑하는 주제, 즉 과학이다.

"맙소사. 과학은 이제 늙어빠졌어요." 미하일 표도로비치가 적당히 간격을 두어가며 말한다. "끝난 거죠. 아무렴요. 인류는 벌써부터 그것을 대체할 다른 어떤 것의 필요성을 느끼고 있어요. 과학은 미신의 토양에서 생겨났고 미신에 의해 양육되고 이제는 자신이 대체했던 것들, 즉 연금술, 형이상학, 철학 같은 구습 못지않게 미신의 정수가 되어버렸죠. 사실, 과학이 사람들에게 해준 게 뭔가요? 자기 나름의 과학이란 걸 도통 갖지 못한 중국인과 유식한 유럽인 간의 차이란 무시해도 좋을 만큼 사소하고 전적으로 외적인 것이지요. 중국인들은 과학을 몰랐지만 그렇다고 해서 그들이 잃은 게 뭐가 있습니까?"

"파리들도 과학을 모르기는 마찬가지야. 그래서 어쨌다고?" 내가 말한다.

"화내실 필요는 없으십니다, 니꼴라이 스쩨빠니치. 그저 우리끼리 이 자리에서만 말씀드리는 겁니다…… 선생님이 생각하시는 것보다 저는 더 용의주도하답니다. 공적인 자리라면 이런 얘기는 안할 겁니다, 절대로요! 대중들 사이에는 과학과 예술이 농업이나 상업이나 수공업보다 고상한 것이라는 미신이 팽배해 있습지요. 우리 업계는 이 미신을 먹고사니까 저도 선생님도 그걸 없앨 수는 없지요. 당치도 않습지요!"

페이션스 게임이 진행되는 동안 요즘 젊은이들 또한 호된 질타를 당했다.

"작금의 대중은 너무나 천박해요. 저는 무슨 이상理想이니 하는 것들을 말하는 게 아니에요. 제대로 일하고 제대로 생각하는 법조차 모른다는 얘기에요! '서글픈 마음으로 나의 세대를 바라보노라'[25] 뭐 이런 얘기죠."

"맞아요. 정말 천박해요." 까쨔가 맞장구를 친다. "최근 5년 내지 10년 동안 단 한명이라도 좋으니 탁월한 학생을 가르친 적이 있으세요?"

"다른 교수들이 어떤지는 몰라도 저는 아닙니다."

"저도 한창때 학생들도 많이 만나보고 선생님이 배출하시는 젊은 학자들도 많이 만나보고 배우들도 많이 보았었지요…… 그런데 어떤지 아세요? 무슨 영웅이나 천재는커녕 단 한명의 흥미로운 인물조차 만나는 행운을 누려본 적이 없어요. 모두 다 음침하고 무능한 주제에 그저 으스대기만 하고요……"

천박함에 대한 이 모든 대화는 매번 내 딸에 관한 더러운 대화를

---

25 낭만주의 시인 미하일 레르몬또프(М. Ю. Лермонтов, 1814~1841)의 시 「사색에 잠겨」(Дума)의 첫 행.

우연히 엿듣는 기분이 들게 한다. 그들의 비판은 너무나 피상적일 뿐 아니라 이미 오래전에 한물간 빠한 얘기와 천박함, 이상의 결여, 아름다운 옛 시절 같은 상투어에 기초하고 있어 나는 모욕을 느낀다. 비판이란 것은, 설령 숙녀가 있는 자리에서 하는 것이라 하더라도 최대한 명확하게 표현해야지 안 그러면 그건 비판이 아니라 점잖은 사람들한테는 어울리지 않는 속 빈 중상모략이 된다.

나는 노인이다. 벌써 30년째 강단에 서왔다. 그러나 나는 학계에서 그 어떤 천박함이나 이상의 부재도 발견하지 못했고 또 지금이 옛날보다 더 나쁘다는 것도 체감하지 못한다. 우리 학교 수위인 니꼴라이의 경험이 이 경우에 적합할 것 같다. 니꼴라이에 따르면 오늘날의 학생들은 옛날 학생들보다 더 나쁘지도 않고 더 좋지도 않다.

만일 누군가 나에게 지금의 내 제자들이 어떤 점에서 마음에 들지 않느냐고 묻는다면 나는 즉시 대답하지 않을 것이고, 또 장황하게 대답하지도 않을 것이지만, 그 대신 충분히 명료하게 대답할 것이다. 나는 그 아이들의 단점을 잘 알고 있기에 흐리멍덩한 상투성에 의존할 필요가 없다. 나는 그들이 담배를 피우는 게 싫고, 술을 마시는 게 싫고, 늦게 결혼하는 게 싫다. 그들이 덜렁대는 게 싫고, 주변에 굶는 사람이 있는데도 별 생각 없이 무심하게 사는 게 싫고, 학비 원조 기금에 진 빚을 갚지 않는 게 싫다. 그들이 새로 바뀐 어법을 모르는 게 싫고 러시아어를 부정확하게 사용하는 것이 싫다. 어제만 해도 내 동료 위생학자가 학생들이 물리학 지식이 부족하고 기상학 지식은 전혀 없어 강의를 두배나 길게 할 수밖에 없었다고 푸념했다. 그들은 현대 저술가들, 심지어 그들 중 최고도 아닌 저술가들의 영향력에는 기꺼이 복종하면서도 셰익스피어, 마르쿠스 아우렐리우스, 에픽테토스, 혹은 빠스깔 같은 고전에는 철저하게 무관심하다. 위대한 것과 사소한 것을 분간할 줄 모르는 학생들의 무능력은 무엇보다도 그들의 이미 일상화된 비실제적 성향을 드러내 보여준다. 다소 사회적 성격을 띠는 모든 어려운 문제들(예를 들어, 농부들의 집단 이주 문제[26])을 그들은 학문적 연구와 실험이란 방법을 통해서가 아니라 서명 동의를 통해 해결한다. 연구와 실험이야말로 전적으로 그들의 재량에 달린 것이고 또 그들의 목적에 훨씬 더 부합하는데도 말이다. 독립과 자유와 진취적 기상은 예술계나 경제계 못지않게 학계에서도 필요한 것임에도 그들은 흔쾌히 학생 당번도 되고 조교도 되고 실험실 조수도 되고 무급 수습 의사도 되며 마흔이 될 때까지도 기꺼이 그 자리에 눌어붙어 있다. 나는 제자도 있고 학생도 있지만 후계자도 없고 조력자도 없다. 그래서 그들을 사랑하고 애틋하게 생각하지만 그들을 자랑스러워하지는 않는다, 등등, 등등.

이런 단점들을 아무리 많이 주워섬겨도 나약하고 소심한 사람이 아니라면 굳이 비관하거나 매도당하는 듯한 느낌을 받지는 않을 것이다. 그것들은 모두 우연하고 일시적이며 전적으로 삶의 상황에 달려 있기 때문이다. 한 10년이면 그것들은 사라지거나 아니

---

26 농부들을 유럽 쪽 러시아에서 시베리아로 집단 이주시키는 계획.

면 또다른 종류의 단점에 자리를 내줄 것이다. 단점이 없다는 것은 생각도 할 수 없지만 나약한 사람들은 매번 새로운 단점에 놀랄 것이다. 나는 가끔 내 학생들의 단점 때문에 짜증이 나지만 이 짜증이란 것은 내가 학생들과 이야기를 나누거나 그들에게 강의를 하거나 그들의 교우 관계를 관찰하거나 그들을 다른 영역의 사람들과 비교하면서 지난 30년간 느낀 기쁨에 비하면 아무것도 아니다.

미하일 표도로비치는 비판하고 있고 까쨔는 듣고 있지만 두 사람 다 가까운 사람을 판단한다고 하는, 이 겉보기에는 무고한 즐거움이 자기들을 얼마나 깊은 심연으로 조금씩 조금씩 잡아끌고 있는지 알아차리지 못하고 있다. 그들은 단순한 대화가 조소와 경멸로 점차 변해가고 있다는 것, 그리고 자기들이 심지어 중상모략 기법까지 이용하기 시작했다는 것을 못 느끼고 있다.

"어떤 작자들은 정말 너무 웃긴답니다." 미하일 표도로비치가 말한다. "어제 우리의 예고르 뻬뜨로비치한테 갔었는데 거기서 교수님의 그 의과대 학생님 한분을 만났지요. 3학년쯤 된 것 같았어요. 그 작자의 얼굴이란…… 도브롤류보프[27] 스타일이었어요. 그러니까 뭐랄까 이마빡에 심오함의 낙인이 찍혀 있더라니까요. 우린 얘기를 시작했지요. '그래서 말일세, 젊은이'라고 제가 말했지요. '어디선가 읽었는데 뭐라더라 하는 그 독일 사람이 인간의 뇌수에서 새로운 얼간이 알칼로이드를 추출했다더군'. 그랬더니 어

---

[27] Н. А. Добролюбов(1836~1861). 19세기 중엽의 급진적인 지식인이자 평론가.

땠는지 아십니까? 그 녀석은 제 말을 진짜로 믿었고 심지어 존경하는 표정까지 보이더군요. 이런 게 요즘 젊은이랍니다! 얼마 전에는 극장에 갔었지요. 자리에 앉았더니 제 바로 앞줄에 두 사람이 앉더군요. 한 사람은 '우리 애들' 중 하나로 언뜻 보기에 법학도 같았어요. 다른 하나는 봉두난발을 한 의학도였어요. 의학도는 고주망태로 취해 있었어요. 무대에는 요만큼도 관심이 없었지요. 계속 고개를 주억거리며 졸고 있었어요. 하지만 배우가 큰소리로 독백을 하거나 아니면 그저 목소리를 높이기만 하면 즉시 움찔하여 옆 사람을 쿡쿡 찌르며 물어봅니다. '저 친구 무슨 말을 하는 거지? 시임오한 말인가?' '우리 애들' 중 하나가 대답합니다. '응 심오한 말이야.' '브라보!' 의학도가 소리를 지릅니다. '시임오하단다. 브라보!' 그 고주망태 멍텅구리는 예술을 보러 극장에 온 것이 아니라 심오함을 보러 온 것입니다. 그자는 심오함이 필요했던 것입니다."

까쨔는 그의 말을 들으며 웃는다. 그런데 그녀의 웃음소리는 어딘지 모르게 이상하다. 들숨과 날숨이 규칙적인 리듬과 함께 재빠르게 교차하여 마치 하모니카를 부는 것처럼 들리지만 얼굴에서 웃는 것은 오로지 콧구멍뿐이다. 나는 낙담하여 할 말을 잃는다. 결국 자제심을 잃고 버럭 화를 내며 자리에서 벌떡 일어나 고함을 친다.

"이제 좀 그만들 하지! 자네들 대체 어쩌자고 두꺼비처럼 퍼질러 앉아서는 독가스를 뿜어대는 건가? 공기가 더러워지고 있잖아. 이제 그만두라고!"

그리고 나는 그들이 누군가를 헐뜯는 일을 마치기 전에 집에 갈 준비를 한다. 어차피 가야 할 시간이긴 하다. 10시가 넘었다.

"저는 좀 더 있다 가겠습니다. 그래도 되겠지요? 예까쩨리나 블라지미로브나?"[28] 미하일 표도로비치가 말한다.

"그러세요." 까쨔가 대답한다.

"좋아요. 그렇다면 한병 더 가져오라 하시지요."

두 사람은 양초를 들고 현관까지 따라 나온다. 내가 코트를 입는 동안 미하일 표도로비치가 말한다.

"니꼴라이 스쩨빠니치, 근자에 너무 수척해지셨어요. 부쩍 연세가 들어 보이세요. 무슨 일 있으세요? 어디 편찮으세요?"

"그래, 좀 안 좋아."

"그런데도 병원에 안 가시려 해요……" 까쨔가 난색을 표하며 끼어든다.

"아니 왜 치료를 안 받으시지요? 어떻게 그러실 수가? 선생님, 하늘은 스스로 돕는 자를 돕는다고 하시지 않습니까. 가족분들께 안부 전해주세요. 찾아뵙지 못해 죄송하다고 전해주세요. 외국으로 나가기 전에 금명간 한번 뵙고 인사드릴게요. 꼭 그럴게요! 저는 다음 주에 떠난답니다."

나는 울화가 치민다. 그들이 내 병 얘기를 하는 바람에 놀라기도 했다. 나 자신에 대한 불만을 간직한 채 나는 까쨔의 집을 나선다. 스스로에게 묻는다. 정말로 내 동료 의사에게 자문을 구하지 않아

---

28 까쨔의 이름과 부칭. 공식적인 호칭.

도 되는 걸까? 그러자 즉시 나를 진찰해본 동료가 조용히 창가로 다가가 깊은 생각에 잠겼다가 나에게로 돌아서서는 표정에 드러난 진실을 감추려고 애를 쓰며 대수롭지 않다는 듯한 어조로 말하는 것이 상상된다. "아직 특별한 점은 없다네. 하지만, 이보게, 일을 좀 쉬는 게 낫지 않을까……" 그의 말은 내 마지막 희망을 앗아가버릴 것이다.

이 세상에 희망이 없는 사람이 있을까? 나는 스스로를 진단하고 치료하면서 가끔씩 내가 무식해서 오해한 거라고, 내 몸속의 단백질 수치와 혈당 수치에 관해, 내 심장에 관해, 그리고 아침마다 두 번씩 내가 발견하는 부종에 관해 잘못 알고 있는 거라고 희망을 가져본다. 치료법 설명서를 우울증 환자 같은 강박적 열정으로 되풀이 읽고 매일같이 약을 바꿔 먹으면서 분명 무언가 긍정적인 결과를 보게 될 것이라고 기대해보기도 한다. 이 모든 것이 부질없다.

집으로 돌아올 때면 하늘이 구름으로 덮여 있건 아니면 달빛과 별빛이 찬란하건 나는 하늘을 쳐다보며 곧 죽음이 나를 데려가리라는 생각을 한다. 그럴 때 나의 사고는 하늘처럼 깊고 밝고 명민할 것 같지만…… 아니다! 나는 나 자신과 아내와 리자와 그네께르와 나의 학생들, 즉 인간 일반에 관해 생각한다. 내 생각은 사악하고 야비하고 자신에 대해서도 정직하지 못하다. 이럴 때 내 세계관은 아락체예프[29]가 사적인 서한에서 한 명언으로 표현될 수 있

---

29 А. А. Аракчеев(1769~1834). 악명 높은 보수파 장군.

을 것이다. "악한 것 없이는 선한 것도 없고 악은 언제나 선을 앞선다." 요컨대 모든 게 쓰레기에 불과하고 인생의 의미 따위는 없으며 내가 살아온 62년의 세월은 그냥 낭비일 뿐이라는 얘기다. 나는 이런 생각에 빠진 내 자신을 추스르고는 그것은 우연하고 일시적인 생각이며 그다지 깊게 내 안에 뿌리내린 것도 아니라고 스스로를 설득하려 애쓰지만 동시에 이렇게 자문한다.

"만일 진짜로 그렇다면 무엇 때문에 매일 밤 저 두마리 두꺼비한테로 이끌리는 것이냐?"

그리하여 이제 다시는 까쨔한테 가지 않겠노라 맹세하지만 나는 안다. 내일이면 다시 그녀를 방문하리라는 것을.

벨을 울리고 계단을 오르며 나에게는 더이상 가족이란 게 없으며 가족에게 돌아갈 의욕도 없다는 생각을 한다. 아락체예프 식의 새로운 사고는 우연히 일시적으로 내 안에 박힌 것이 아니라 내 존재 전체를 휘어잡고 있음이 분명하다. 병든 양심과 절망과 나태를 끌어안고 잠자리에 든다. 수천 킬로그램의 짐이라도 진 듯 사지를 움직이는 것조차 힘들다. 나는 곧 잠이 든다.

그러고 나면 불면증이 찾아온다······

4

여름이 되자 생활에 변화가 생겼다.

어느 화창한 아침 리자가 내 방에 들어와 사뭇 농담조로 말한다. "가시지요, 각하. 준비가 되었사옵니다."

그들은 각하를 집 밖으로 데리고 나가 마차에 태우고는 어디론가 달려간다. 나는 마차 안에서 달리 할 것이 없기에 간판의 글자를 오른쪽에서 왼쪽으로 읽는다. '선술집трактир'은 '집술선риткарт'으로 읽힌다. 그건 무슨 남작의 이름처럼 들린다. 리뜨까르뜨 남작 부인. 그다음에는 들판을 달려 묘지를 지나간다. 조만간 내가 그곳에 누워 있게 될 것임에도 불구하고 묘지는 정말이지 아무런 느낌도 불러일으키지 않는다. 흥미로운 것은 아무것도 없다. 두시간가량 달린 뒤 그들은 각하를 여름 별장으로 모신다. 그리고 1층에 있는 푸른색 벽지를 바른 자그마하고 대단히 아늑한 방에 집어넣는다.

밤에는 늘 그렇듯이 불면증이 따르지만 밤을 꼬박 새운 뒤 새벽에 아내의 말소리를 듣는 일은 더이상 없다. 나는 그냥 침대에 누워 있다. 자고 있는 것은 아니지만 비몽사몽의 상태, 이를테면 잠들어 있지 않다는 것을 알면서도 꿈을 꾸는 그런 반무의식의 상태를 체험한다. 정오경에 일어나서 습관적으로 책상 앞에 앉지만 이제 더이상 연구는 하지 않고 까짜가 보내준 노란색 장정의 프랑스 책을 심심풀이 삼아 넘겨본다. 물론 러시아 책을 읽는 것이 애국적인 일이 되겠지만, 솔직히 고백하건대 나는 러시아 책들에 특별한 애착이 없다. 두세명의 늙은 작가들을 제외하면 러시아 현대문학은 문학이라기보다는 일종의 가내수공업에 가깝다. 수공업 제품은 인기가 없지만 그래도 존속할 필요가 있기에 오로지 그 이유 하나 때문에 존재한다. 최고의 수공업 제품이라 할지라도 탁월하다고 말하기는 어려우며 '그러나'라는 토를 달지 않고는 칭찬하기 어렵다. 내가 지난 10년 혹은 15년 동안 읽은 모든 신간 문학에 대해서도 같은 말을 할 수 있다. 주목할 만한 것은 단 한편도 없고 '그러나' 없이 평가할 수 있는 것 역시 단 한편도 없다. 지적이고 고상하다, 그러나 재능이 없다. 재능이 있고 고상하다, 그러나 지성미가 없다. 혹은 재능이 있고 지적이긴 하다, 그러나 고상하지 않다, 등등.

나는 프랑스 책들이 재능이 있고 지적이고 고상하다는 얘기를 하는 것이 아니다. 그것들 역시 나를 만족시키지 못한다. 그러나 프랑스 책은 러시아 책처럼 지루하지 않다. 또 그 안에서는 러시아 작가들이 결여한, 그러나 창작의 핵심이라 할 수 있는 개인적인 자유를 종종 발견할 수 있다. 나는 신간 책 중에서 저자가 첫 페이지에서부터 온갖 관례를 동원하고 양심을 억제하며 스스로를 얽어매려고 헉헉대지 않는 책은 단 한권도 기억하지 못한다. 어떤 작가는 누드에 관해 얘기하는 걸 무서워하고 또 어떤 작가는 심리적 분석으로 스스로의 손발을 꽁꽁 묶고 또 어떤 작가는 '인류에 대한 따스한 시선'에 목말라하고 또 어떤 작가는 혹시라도 경향성을 의심받을까봐 두려워 의도적으로 자연에 대한 묘사로 여러쪽을 도배질한다…… 어떤 작가는 자기 작품 속에서 소시민이 되려고 기를 쓰고 또 어떤 작가는 귀족이 되려고 기를 쓴다, 등등. 성찰과 주의력과 용의주도함은 있지만 자유도 없고 자기가 원하는 것을 쓸 수 있는 용기도 없으므로 결국 창조적인 작품은 불가능하게 된다.

이 모든 것은 소위 말하는 순문학에 관한 얘기다.

러시아의 학술 논문, 이를테면 사회학이니 예술이니 기타 등등이니 등에 관련된 논문으로 말할 것 같으면, 나는 너무나 소심한 나머지 그런 것은 아예 안 읽는다. 유년 시절과 소년 시절에 나는 어쩐 일인지 문지기나 극장 수위 등을 무서워하게 되었는데 그 무서움은 아직까지도 남아 있다. 나는 지금도 그들이 무섭다. 흔히들 우리는 이해할 수 없는 것만을 무서워한다고 한다. 실제로 나는 도대체 왜 문지기와 수위가 그토록 오만하고 거들먹거리고 극도로 무례한지 이해하기 어렵다. 그래서 그들이 무섭다. 학술 논문을 읽을 때면 나는 그와 똑같은 무어라 설명하기 어려운 공포를 느낀다. 심상치 않은 거드름, 우스꽝스러울 정도로 독단적인 어조, 외국 저자들에 대한 저 낯익은 태도, 품위 있게 헛소리를 해대는 요령 — 이 모든 것이 나에게는 알 수 없는 것, 무서운 것으로 다가온다. 이 모든 것은 내가 우리의 의사나 자연과학자 저자의 글을 읽으며 익숙해져 있는 겸손하고 점잖고 평온한 어조와는 거리가 멀다. 다만 논문뿐 아니라 러시아의 진지한 인간들이 행하거나 편집하는 번역문들도 읽기가 어렵다. 오만하고 호의를 베푸는 듯한 서문의 어조, 집중을 방해하는 무수한 역자의 각주, 논문 혹은 책 전체에 번역자가 아주 화려하게 흩뿌려놓은 괄호 안에 든 물음표와 'sic'[30] 표시들은 원저자의 개성을 훼손할 뿐 아니라 나의 독자로서의 자율까

---

30 '원문 그대로임'. 인용문 원문에 철자나 오류가 있을 경우 주로 쓴다.

지도 훼손한다.

　언젠가 나는 순회재판에 전문가로 초빙된 적이 있다. 정회 시간에 동료 전문가 중의 하나가 두명의 여성 지식인을 포함하는 피고 측에 대한 검사의 무례한 태도를 지적해 나의 주의를 끌었다. 그때 나는 동료에게 검사의 태도는 학술 논문 저자들이 서로에게 드러내 보이는 태도보다 조금도 더 무례한 게 아니라고 대답했는데, 그건 전혀 과장이 아니었다. 논문 저자들의 태도는 사실상 너무나 무례해서 그냥 언급하는 것만으로도 고통이 느껴진다. 그들은 서로에 대해 혹은 그들이 비판하는 다른 저자에 대해 품위라는 것은 완전히 잊은 채 과도한 존경을 표하거나 아니면 반대로 내가 이 글에서 그리고 생각 속에서 나의 미래의 사위인 그네께르를 대할 때보다 더 불쾌하게 서로를 대한다. 책임 회피, 불순한 의도, 심지어 온갖 범법 행위에 대한 비난은 으레 진지한 논문의 장신구로 등장한다. 그것은 젊은 의사들이 논문에서 애용하는 표현이 보여주듯 'ultima ratio',[31] 곧 전쟁이나 마찬가지다! 그러한 태도는 젊은 세대 작가의 도덕관에 반영되지 않을 수가 없다. 그래서 나는 지난 10년 혹은 15년간 우리의 순수문학이 배출한 참신한 작품들에서 주인공이 술을 말로 퍼마시고 여주인공이 문란한 생활을 하는 걸 보아도 조금도 놀랍지가 않다.

　나는 프랑스 책을 읽으며 열려 있는 창밖으로 눈을 준다. 톱니

---

31 '최후의 수단'.

모양의 울타리와 두세그루의 앙상한 나무가 보이고 울타리 너머로는 길과 벌판이 보인다. 또 그 너머로는 널따란 벨트처럼 둘러쳐진 침엽수림이 보인다. 나는 가끔씩 누더기를 걸친 여자아이와 남자아이가 연한 금발을 휘날리며 담장에 기어올라와 내 벗어진 머리를 보고 웃는 모습에 경탄한다. 아이들의 반짝이는 눈동자는 이렇게 말한다. "메롱, 대머리 할아버지!" 저 아이들이야말로 이 세상에서 나의 지위나 명성에 아무 관심도 없는 유일한 인간일 것이다.

이제 방문객이 매일 오지는 않는다. 수위 니꼴라이와 뾰뜨르 이그나쩨예비치의 방문만 언급하겠다. 니꼴라이는 통상 축일마다 나를 찾아온다. 겉보기에는 일 때문에 오는 듯하지만 사실은 그냥 내 얼굴이나 보러 오는 것이다. 그는 번번이 거나하게 취해서 오는데 이는 겨울에는 결코 볼 수 없는 일이다.

"잘 지냈나?" 현관으로 나가 그를 맞이하며 내가 묻는다.

"각하!" 그는 가슴에 손을 얹으며 사랑에 빠진 사람처럼 희열에 차서 나를 본다. "각하! 하느님 죄송합니다! 제가 죽일 놈이지요! 가우데아무스 이기투르, 유베네스투스!"[32] 그리고 그는 격렬하게 내 어깨와 소맷부리와 단추에 입을 맞춘다.

"모두들 평안한가?" 나는 그에게 묻는다.

"각하! 진심으로 아뢰옵건대……"

이유도 없이 하느님을 들먹거리는 그가 짜증스러워져 주방으로

---

[32] Gaudeamus igitur, juvenes dum sumus. '젊음을 즐기자'라는 뜻. 옛 학생가의 첫 소절.

보낸다. 주방에서 그는 식사 대접을 받는다. 뾰뜨르 이그나찌예비치 역시 축일마다 온다. 특별히 나를 위로하고 자신의 생각을 나와 공유하기 위해서이다. 그는 대개 식탁 맞은편에 앉는다. 겸손하고 단정하고 분별 있는 사람이므로 감히 다리를 꼬고 앉는다든가 식탁 위에 팔꿈치를 괸다든가 하지 않는다. 그리고 시종일관 나지막하고 고른 목소리로 유려하게 그리고 책을 읽듯이 여러가지 뉴스를 전해준다. 그 뉴스라는 것들은 그가 책과 잡지에서 읽으며 대단히 흥미롭고 쎈세이셔널하다고 생각한 것들이다. 모든 뉴스는 대동소이하며 다음과 같은 공식으로 요약된다. 어떤 프랑스인이 무언가를 발견했다. 다른 사람 ─ 독일인 ─ 이 그 발견은 이미 1870년에 미국인이 했다는 것을 입증하여 그의 사기를 폭로했다. 그러자 세번째 사람 ─ 그 역시 독일인인데 ─ 이 그들 둘 다 현미경 아래에서 보이는 기포를 검은 반점으로 오해한 멍청이임을 입증하는 바람에 두 사람 다 웃음거리가 되었다. 심지어 나를 웃기고자 할 때에도 뾰뜨르 이그나찌예비치는 숫자와 잡지 호수와 인명에 오류가 있으면 큰일이라도 난다는 듯이 정확성에 집착한다. 그냥 쁘띠라고 말해도 될 것을 반드시 장자끄 쁘띠[33]라고 말하고 자기가 사용하는 참고 문헌의 목록까지 세세하게 주워섬기며 모든 것을 길게, 철저하게, 마치 논문 방어라도 하듯 말한다. 간혹 식사라도 하고 갈 경우 그는 식사 시간 내내 저 쎈세이셔널한 뉴스를 지껄여 모든 사

---

33 Jean-Jacques Petit. 정확하게 일치하는 인물이 존재하지 않는다. 체호프가 만들어낸 인물일 가능성이 높다.

람을 우울하게 만든다. 그네께르와 리자가 푸가와 대위법과 브람스와 바흐에 대해 지껄이기 시작하면 그는 겸손하게 눈을 착 내리깔고는 어찌할 바를 몰라 쩔쩔맨다. 그토록 허접한 주제가 자신이나 나처럼 이런 진지한 사람들 면전에서 뇌까려진다는 것이 창피한 것이다.

내 현재 기분으로는 그와 딱 5분만 같이 있어도 영겁의 시간 동안 함께 있어온 것처럼 지긋지긋하다. 나는 그 비참한 인간이 싫다. 그의 조용하고 고른 음성과 책 읽는 듯한 말투는 나를 잠재우고 그의 이야기는 나를 말 못하는 벙어리로 만든다. 그는 나에 대해 오로지 가장 훌륭한 감정만을 품고 있으며 오로지 나를 즐겁게 해주겠다는 일념에서 주절거리지만 나는 그 댓가로 마치 최면을 걸기라도 하듯 그를 뚫어지게 바라보며 생각한다. '물러가라, 물러가라, 물러가라……' 그러나 그는 나의 정신적인 암시에 굴복하지 않고 계속 머문다, 머문다, 머문다……

그가 머무는 동안 나는 '내가 죽으면 필경 내 자리를 저 인간이 차지할 테지' 하는 생각에서 벗어날 수가 없으며 저 가엾은 강의실이 마치 샘이 마른 오아시스처럼 보일 것이라고 상상한다. 그리고 나 자신이 아닌 뾰뜨르 이그나찌예비치가 그 생각에 책임이라도 있다는 듯이 심술궂고 무뚝뚝하고 시무룩하게 그를 대한다. 그가 자신의 십팔번인 독일 과학자 청찬을 시작하자 나는 더이상 이전처럼 선량한 농담으로 대꾸하지 않고 심술궂게 중얼거린다.

"자네의 독일 놈들은 멍청이야……"

이건 고인이 된 니끼따 끄릴로프[34] 교수가 언젠가 뻬로고프와 레발[35]에서 수영을 하다가 물이 너무 차가운 데 화가 나서 "독일 놈들은 순 악당이야"라고 욕설을 퍼부은 것과 마찬가지다.

나는 뾰뜨르 이그나찌예비치에게 심술을 부리고 그는 마침내 작별인사를 한다. 창문을 통해 그의 회색 모자가 울타리 너머로 사라지는 것이 흘낏 보일 때에야 나는 비로소 그에게 소리치고 싶어진다. "용서해주게, 사랑하는 내 동료여!"

우리 집의 식사는 겨울보다 더 지루하다. 이제 내가 혐오하고 경멸하는 바로 그 그네께르가 거의 매일 함께 식사한다. 이전에는 그의 존재를 조용히 참아주었지만 이제 나는 그를 콕콕 찔러대서 리자와 아내의 얼굴이 시뻘게진다. 악의에 사로잡힌 나는 가끔 완전히 바보 같은 소리를 뱉어버리는데 나 자신도 내가 왜 그런 소리를 하는지 도무지 이해할 수가 없다. 한번은 이런 적도 있다. 나는 그네께르를 오랫동안 경멸하는 눈빛으로 쏘아보다가 뜬금없이 이렇게 쏘아붙였다.

독수리는 암탉보다 낮게 날 수 있지만
암탉은 절대로 구름까지 날아오를 수 없지[36]

---

34 Н. И. Крылов(1807~1879). 모스끄바 대학 법학 교수.
35 레발의 현재 지명은 딸린. 에스또니아의 수도.
36 러시아를 대표하는 우화 작가 이반 끄릴로프(И. А. Крылов, 1769~1844)의 우화 중 한 대목.

그런데 무엇보다도 짜증 나는 것은 암탉 그네께르가 독수리 교수보다 훨씬 똑똑하다는 사실이다. 아내와 딸이 자기편이라는 걸 아는 그는 다음과 같은 전략을 고수한다. 즉 나의 가시 돋친 말에 관대한 침묵으로 대꾸하거나('저 영감은 맛이 갔어. 대꾸한들 무슨 의미가 있겠어?') 부드럽게 나를 조롱한다. 나는 저녁 식사 내내 그네께르가 마침내 사기꾼임이 드러나고 아내와 리자가 자기들의 잘못을 깨닫게 되고 내가 그들을 힐책하는 장면을 상상한다. 무덤을 코앞에 두고 그런 몰상식한 꿈을 꾸다니! 인간이 어느 정도까지 야비해질 수 있는지 그저 놀라울 따름이다!

이전에는 남들한테 들어서만 알고 있던 추악한 오해가 지금은 나한테 실제로 일어난다. 창피하지만 며칠 전 식사 후 발생한 사건을 적어보련다.

나는 파이프를 피우며 내 방에 앉아 있다. 여느 때처럼 아내가 들어와 앉더니 넌지시 아직 날씨도 따뜻하고 시간적 여유도 있으니 하리꼬프에 가서 우리의 그네께르가 어떤 인간인지 알아보면 너무나 좋지 않겠냐며 운을 뗀다.

"좋아요. 갑시다." 나는 동의한다.

내 말에 기분이 좋아진 아내는 일어나 문가로 가다 말고 돌연 되돌아와 덧붙인다.

"그런데, 여보 한가지 부탁이 더 있어요. 당신이 들으면 화내시겠지만 그래도 알려드리는 게 제 의무란 생각이 들어요…… 용서하세요, 스쩨빤 이바니치. 이웃 사람들이나 지인들이 모두들 벌써부터 당신이 까쨔한테 너무 자주 간다고 입방아를 찧어대고 있어요. 물론 걔는 영리하고 교육도 받을 만큼 받았으니 걔와 시간을 보낸다는 게 즐거울 거라는 건 저도 인정해요. 하지만 당신 연배에, 그리고 당신과 같은 사회적 지위에서 그 아이와의 교제에서 즐거움을 찾는다는 건 왠지 좀 이상한 것 아닌가요…… 게다가 개 평판이란 것이……"

갑자기 내 뇌수에서 피가 다 빠져나가고 눈에서 불똥이 튄다. 나는 벌떡 일어서서 머리를 감싸쥐고 발을 구르며 낯선 목소리로 고래고래 소리를 질렀다.

"날 내버려둬! 내버려두라고! 썩 꺼져!"

아내가 돌연 하얗게 질려 역시 그녀의 평소 음성과 다른 이상하고 절망적인 목소리로 꺼억꺼억 비명을 지르는 것을 보니 필경 내 얼굴과 목소리가 괴물처럼 무시무시하게 변했나보다. 우리의 비명 소리에 리자와 그녜께르와 예고르가 달려왔다.

"내버려둬! 썩 꺼져! 당장!" 나는 소리친다.

마치 사지가 잘려나간 듯 다리에 감각이 없어지면서 누군가의 품 안으로 쓰러진 것 같았다. 잠시 흐느낌 소리가 들려오고 나는 두세시간 동안 의식을 잃었다.

이제 까쨔 얘기를 하자. 그녀는 매일 오후 늦게 잠깐 들러 나를 데리고 드라이브에 나선다. 물론 이웃들과 지인들이 그걸 알아차리지 못할 리 없다. 그녀는 대체로 통 크게 산다. 올여름에는 신형 무개 마차와 말을 구입했다. 널따란 정원이 딸린 값비싼 독채 별장을 임대하고는 도시에 있던 가구를 모조리 이리로 가져왔다. 두명의 하녀와 마부도 부린다…… 나는 가끔 그녀에게 묻는다.

"까쨔야, 아버지 돈을 다 낭비하고 나면 어떻게 살아갈 작정이냐?"

"그때 가서 보지요, 뭐." 그녀가 대답한다.

"얘야, 그 돈은 좀더 조심스럽게 다룰 가치가 있단다. 훌륭한 인간이 정직한 노동을 통해 번 돈이란다."

"전에도 말씀하셨어요. 잘 알아요."

우리는 들판을 지나 내가 창문 너머로 보았던 그 침엽수림을 가로질러 달린다. 나는 여전히 자연은 아름답다고 생각하지만 악마가 내 귓전에 대고 '서너달 후면 너는 죽을 것이고 네가 죽고 나면 소나무건 전나무건 하늘을 수놓은 흰 구름이건 새들이건 너 따위는 기억도 못할 거다'라고 속살거린다. 까쨔는 말을 모는 것이 즐거운 모양이다. 날씨도 좋고 내가 곁에 있는 것이 좋아 자못 흡족한 기분이다. 기분이 너무나도 좋아서 심통도 부리지 않는다.

"아저씨는 참 훌륭한 분이세요, 니꼴라이 스쩨빠니치." 그녀가 말한다. "아저씨 같은 분은 너무 드물어서 그 어떤 배우도 아저씨 역을 소화하기 어려울 거예요. 뭐, 예를 들자면, 아무리 못난 배우라도 저나 미하일 표도로비치 역은 연기할 수 있겠지만 아저씨 역을 연기할 배우는 없을 거예요. 그래서 아저씨가 부러워요, 너무나 부러워요! 저는 과연 누굴까요? 제 정체성은 무엇일까요?"

그녀는 잠시 생각하더니 다시 묻는다.

"아저씨, 저는 부정적인 현상이죠? 그렇지요?"

"그래"라고 나는 답한다.

"음…… 그럼 저는 무얼 해야 하지요?"

그녀에게 무어라 답해야 할까? '일을 하도록 해' 혹은 '네가 가진 것을 가난한 사람들에게 나누어줘' 혹은 '네 자신을 성찰해' 따위의 말은 하기 쉽고, 하기 쉽다는 바로 그 이유에서 나는 그런 식의 대답은 할 수가 없다.

나의 동료인 일반 내과의들은 치료법을 강의할 때 "특정 사례 하나하나를 개별화시킬 것"이라고 가르친다. 그들의 가르침을 따르다보면 표준적인 사례에 최적이라 알려진 교과서적 치료법이 개별적인 사례에서는 철저하게 무용지물이 될 수 있다는 걸 깨닫게 된다. 도덕적 질병도 마찬가지다.

그러나 나는 어떤 식으로든 대답을 해야만 하기에 이렇게 말한다.

"애야, 너는 지나치게 시간이 많구나. 반드시 무슨 일이든 해야 한다. 사실 말이다, 너한테 소명이 있다면 다시 배우 일을 하는 게 어떻겠니?"

"못해요."

"말투나 어조가 꼭 희생자 같구나. 그건 좀 거슬리는구나. 모든 게 네 잘못이다. 너는 사람들과 그들의 방식에 대한 분노에서 출발했지만 사람들을 바꾸고 그들의 방식을 개선하기 위해서는 아무것도 하지 않았지. 악과 싸우지도 않고 그냥 지쳐버린 거지. 너는 투쟁의 희생자가 아닌 너 자신의 유약함의 희생자야. 물론 그때는 어렸고 경험도 부족했어. 하지만 지금은 모든 게 달라질 수 있어. 정말이야, 다시 시도해보렴! 열심히 노력하다보면 신성한 예술에 기여하게 될 거야……"

"그런 뻔한 얘기는 그만두세요, 니꼴라이 스쩨빠니치." 까쨔가 내 말을 가로막았다. "한가지 분명히 그리고 영원히 약속해주세요. 배우니 여배우니 작가에 관해서는 얼마든지 말해도 좋지만 예술만큼은 건드리지 말기로 해요. 아저씨는 훌륭하고 비범한 분이지만 진심으로 신성한 예술 어쩌고 하시기에는 이해력이 모자라세요. 아저씨는 예술에 대해 감도 없고 귀도 없으세요. 평생 일을 해오셨지만 이 감을 획득할 시간은 없으셨겠지요. 일반적으로…… 아니, 예술에 관한 이 대화는 불쾌하군요!" 그녀가 신경질적으로 지껄였다. "불쾌하다고요! 예술은 이미 충분히 속악해졌으니 더이상은 사절합니다!"

"누가 속악하게 만들었나?"

"누군가는 고주망태가 되어 예술을 속악하게 만들었고, 신문은 대중한테 아부하느라 속악하게 만들었어요. 똑똑한 인간들은 철학으로 속악하게 했죠."

"철학이랑은 아무 상관도 없어."

"상관있어요. 누군가가 무언가를 철학적으로 해석하기 시작한다면 그건 즉 그가 이해하지 못하고 있다는 걸 의미해요."

분위기가 살벌해질까봐 나는 얼른 주제를 바꾸고는 잠시 동안 침묵한다. 숲을 벗어나 까쨔의 별장에 가까워질 무렵에야 나는 다시 원래의 대화로 돌아가 묻는다.

"너는 아직 내 질문에 답하지 않았다. 어째서 다시 배우가 되려 하지 않는 거냐?"

"니꼴라이 스쩨빠니치, 이건 정말 잔인하시군요!" 그녀가 버럭 소리를 지르며 갑자기 얼굴을 확 붉혔다. "제가 큰 소리로 진실을 말하길 원하시나요? 만일, 그게…… 그게 아저씨 소원이시라면 좋아요, 까짓것! 저는 재능이 없어요! 재능은 없고…… 그리고 허영심만 잔뜩 있죠! 자, 이게 답이에요!"

이렇게 내뱉은 뒤 그녀는 나에게서 고개를 획 돌리고 손이 후들거리는 것을 감추기 위해 고삐를 꽉 쥐었다.

별장이 가까워지자 대문 앞에서 초조하게 서성이며 우리를 기다리고 있는 미하일 표도로비치가 먼발치에 보였다.

"또 미하일 표도로비치군요!" 까쨔는 짜증을 내며 말한다. "제발 저 인간 좀 안 보이게 해주세요! 지겨워요, 완전히 퇴물이에요…… 정말 신물이 나네!"

미하일 표도로비치는 이미 오래전에 외국으로 떠났어야 하는데 매주 출발 날짜를 연기하고 있다. 최근 그에게서는 모종의 변화가 감지된다. 어딘지 수척해 보이고 검던 눈썹은 희끄무레해졌다. 술이 들어가면 전에 없이 해롱거리기까지 한다. 마차가 대문 앞에 이르자 그는 기쁨과 초조함을 감추지 않는다. 호들갑을 떨며 나와 까쨔가 마차에서 내리는 것을 도와주고 성급하게 질문을 쏟아내고 웃음을 질질 흘리고 두 손을 맞잡고 비벼댄다. 예전에는 그의 눈빛에서만 나타나곤 했던 그 온순하고 순수하고 애원하는 듯한 무언가가 이제는 얼굴 전체에서 흘러넘친다. 그는 기뻐하는 동시에 자신의 기쁨을 부끄러워한다. 매일 저녁 까짜를 방문하는 습관을 부끄러워하여 '볼일이 있어 지나가던 길에 잠깐 들렀어요' 같은 노골적으로 황당한 이유를 둘러대며 자신의 방문을 정당화한다.

우리 세 사람은 안으로 들어간다. 차를 마시고 나면 오랫동안 내 눈에 익숙해져온 두벌의 카드와 커다란 치즈 한덩어리와 과일과 크리미아 산 샴페인이 탁자 위에 놓인다. 우리의 대화 주제는 새로울 게 없다. 겨울에 하던 얘기와 똑같다. 언제나처럼 대학이니 학생이니 문학이니 연극이니 하는 것들이 입에 올라온다. 험담으로 인해 공기는 무겁고 탁해진다. 겨울에는 두마리였는데 이제는 세마리의 두꺼비가 구취로 공기를 오염시키고 있다. 벨벳처럼 부드러운 웃음소리와 하모니카 소리를 닮은 호호 소리 외에도 보드빌에서 장군들이 낼 법한 '헤헤헤' 같은 불쾌하고 무언가 덜그럭거리는 듯한 웃음소리가 시중드는 하녀의 귓가에 울려퍼진다.

5

천둥 번개가 치고 비바람이 몰아치는 무시무시한 밤을 민중들은 참새의 밤이라 부른다. 나의 개인적인 삶 속에도 딱 그런 밤이 있었다……

자정 조금 지나 잠에서 깨어 침대에서 벌떡 일어난다. 어쩐 일인지 곧 죽을 것 같다는 느낌이 든다. 왜 그럴까? 육체는 그 어떤 급박한 임종의 징후도 보이지 않지만 나의 영혼은 갑자기 어떤 거대하고 사악한 노을이라도 본 것처럼 공포에 짓눌린다. 나는 얼른 램프를 켜고 병째 들고 벌컥벌컥 물을 들이켠다. 열린 창문으로 보이는 밖의 날씨는 장엄하다. 건초 냄새와 무언가 대단히 향기로운 냄새가 난다. 끝이 뾰족뾰족한 울타리, 창가에 조는 듯 어른거리는 앙상한 나무들, 길, 그리고 저만치 어두운 띠처럼 둘러쳐진 숲이 보인다. 구름 한점 없는 하늘에는 지나치게 밝은 달이 조용하게 떠 있다. 나뭇잎 하나도 바스락거리지 않는 절대적인 정적. 삼라만상이 나를 지켜보며 내가 죽어가는 과정을 귀 기울여 듣고 있는 것 같다.

기괴하다. 창문을 닫고 침대로 달려간다. 맥박을 재보지만 손목에서 맥이 잡히지 않자 관자놀이를 만져보고 턱 밑을 만져보고 다시 손목을 짚어본다. 온몸이 차갑고 땀으로 끈적인다. 숨이 점점 가빠온다. 전신이 경련을 일으키고 내장이 요동을 치고 얼굴과 훌렁 벗어진 머리통은 거미줄로 뒤덮인 듯한 느낌이 든다……

어떻게 해야 하나? 가족을 불러야 하나? 아니, 그럴 필요는 없다. 아내와 리자가 온들 무엇을 할 수 있겠는가.

나는 고개를 베개에 파묻고 눈을 감은 채 기다린다, 기다린다…… 등에 한기가 돌고 등짝이 몸통 속으로 빨려들어간다. 분명 죽음이 내 뒤에서 살금살금 다가오고 있구나……

"끼비끼비!" 한밤의 정적 속에서 불현듯 끽끽거리는 소리가 울려퍼진다. 어디서 나는 소리인지 알 수가 없다. 내 가슴속에서 나오는 소리인가 아니면 길가에서 나는 소리인가?

"끼비끼비!"

맙소사, 이 얼마나 끔찍한 일인가! 물을 더 마시고 싶지만 너무나 무서워 눈도 뜰 수 없고 고개를 들 수도 없다. 이 공포는 무의식적이고 동물적인 것으로 내가 왜 무서워하는지 도저히 이해할 수 없다. 더 살고 싶어서 두려워하는 것인가, 아니면 미지의 새로운 고통이 찾아올까봐 두려워하는가?

위층에서 누군가가 내는 신음 소리인지 웃음소리인지가 천정을 통해 들려온다…… 나는 귀를 바짝 세운다. 잠시 후 층계에서 발자국 소리가 들린다. 누군가가 황급하게 계단을 내려왔다가 다시 올라간다. 1분 뒤 다시 아래층에서 발소리가 들린다. 누군가 내 방문 앞에 멈춰 서서 엿듣는 기척이 느껴진다.

"밖에 누구요?" 내가 소리친다.

문이 열리자 나는 용기를 내서 눈을 뜬다. 아내의 얼굴이 보인다. 그녀의 얼굴은 창백하고 눈은 울어서 퉁퉁 부어 있다.

"깨어 계셨군요, 니꼴라이 스쩨빠니치?" 그녀가 묻는다.

"무슨 일이오?"

"제발 리자한테 가보세요. 뭔가 큰일이 난 것 같아요……"

"알았소…… 내 가보리다……" 나는 내가 홀로가 아니라는 사실에 즐거워하며 중얼거린다. "좋아요…… 바로 가보리다."

아내의 뒤를 따라가며 그녀가 지껄이는 말을 듣는다. 하지만 흥분한 나머지 아무것도 이해하지 못한다. 그녀가 든 촛불 때문에 밝은 점들이 계단에서 춤을 춘다. 우리의 기다란 그림자는 흔들거리고 나의 발은 그녀의 치렁치렁한 가운 자락에 휘말리고 나는 연신 숨을 헐떡인다. 내 뒤를 무엇인가가 쫓아오며 내 등덜미를 잡으려는 것만 같다. '이제 곧 죽나보다, 바로 이 계단 위에서.' 나는 생각한다. '지금 당장……' 그러나 어느덧 층계와 이탈리아 창문이 늘어선 어두운 복도를 뒤로하고 우리는 리자의 방 안에 들어선다. 리자는 나이트가운만 걸친 채 맨다리를 축 늘어뜨리고 침대 위에 걸터앉아 신음을 하고 있다.

"아, 하느님 맙소사…… 아, 맙소사" 그녀는 우리가 들고 있는 촛불에 눈이 부셔 미간을 찌푸리며 중얼거린다. "난 안돼, 할 수 없어……"

"리자야, 아가야, 이게 무슨 일이냐?" 나는 말한다.

나를 보자 그녀는 와락 울음을 터뜨리며 내 목을 끌어안는다.

"아빠……" 그녀는 흐느낀다. "우리 아빠…… 사랑하는 나의 아빠…… 아빠, 저도 뭐가 잘못된 건지 모르겠어요…… 너무 힘들어요!"

그녀는 나를 얼싸안고 입을 맞추며 아기 때로 돌아간 듯 혀짤배기소리로 무언가를 종알거린다.

"얘야, 진정하거라, 제발." 나는 말한다. "울지 마라, 나도 힘들단다."

나는 딸아이에게 이불을 덮어주고 아내는 물을 따라준다. 우리 두 사람은 부산을 떨며 침대 주위를 우왕좌왕한다. 내 어깨가 그녀의 어깨를 스친다. 그리고 바로 그 순간 언젠가 우리 둘이 함께 아이들을 목욕시켰던 일이 떠오른다.

"재 좀 어떻게 해줘요, 여보!" 아내가 간청한다. "어떻게 좀 해봐요!"

내가 뭘 어떻게 할 수 있단 말인가? 아무것도 할 수 없다. 젊은 처녀의 영혼 속에 무언가 고통스러운 게 있겠지만 나는 이해할 수도 없고 알지도 못하기에 그저 중얼거릴 따름이다. "괜찮아, 괜찮아…… 다 지나갈 거야…… 어서 자거라, 어서……"

일부러 그러는 듯 갑자기 뜰에서 개가 짖는다. 처음에는 조용하고 머뭇거리며 짖는 소리가 들리고 이어서 우렁차게 짖는 소리가 들려온다. 나는 한번도 개 짖는 소리라든가 부엉이 우는 소리 같은 것에 특별한 징조의 의미를 부여한 적이 없지만 지금은 가슴이 섬뜩해진다. 그래서 서둘러 개 짖는 소리의 의미를 스스로에게 설명한다.

'이건 말도 안돼……' 나는 생각한다. '한 유기체가 다른 유기체에 영향을 미쳤을 뿐이다. 나의 지나친 신경과민이 아내와 리자와 개에게 전달된 것이야. 그뿐이야…… 이런 식의 전달이 전조와 예감으로 나타나는 거야……'

잠시 후 내 방으로 돌아와 리자를 위한 처방전을 쓰려고 하자 곧 죽을 것 같다는 예감은 들지 않는다. 그 대신 마음이 너무나 무겁고 따분해서, 심지어 조금 전에 갑자기 죽지 않은 게 아쉽다는 생각까지 든다. 한참 동안 방 가운데 미동도 없이 서서 리자를 위한 처방전에 무엇을 쓸까 골똘히 생각하지만 천정을 통해 들려오던 신음 소리가 슬며시 잦아드는 바람에 처방전은 포기한다. 하지만 나는 여전히 방 한가운데 서 있고……

죽은 듯한 정적. 어떤 작가가 표현했다시피 심지어 귓전에서 종소리처럼 울리는 것 같은 그런 정적. 시간은 서서히 흘러가고 창틀에 줄무늬처럼 어른거리는 달빛은 얼어붙기라도 한듯 그대로 있다…… 동이 트려면 아직 멀었다는 뜻이다.

울타리에 달린 문이 삐걱하더니 누군가가 살며시 뜰 안으로 들어와 앙상한 나무에서 가지를 꺾어 조심스럽게 내 창문을 두드린다.

"니꼴라이 스쩨빠니치!" 속삭이는 소리가 들린다. "아저씨!"

나는 창문을 연다. 그리고 내가 꿈을 꾸고 있다고 생각한다. 창가에는 검은 드레스를 입은 여인이 담벼락에 몸을 꼭 붙인 채 달빛을 받아 환하게 빛나며 커다란 두 눈으로 나를 바라보며 서 있다. 달빛에 비친 여성의 얼굴은 대리석으로 조각해놓은 듯 창백하고 엄격하고 환상적이다. 그녀의 턱이 떨린다.

"저예요……" 그녀가 말한다. "저요, 까짜!"

달빛 아래서는 모든 여성의 눈이 크고 검게 보인다. 그리고 누구나 실제보다 더 크고 더 창백하게 보인다. 어쩌면 그래서 내가 처음에 그녀를 못 알아본 것인지도 모른다.

"아니, 무슨 일이냐?"

"죄송해요." 그녀가 말한다. "어쩐 일인지 갑자기 참을 수 없이 힘들었어요…… 더이상 참을 수가 없어 왔어요…… 아저씨 창문에 불빛이 보이기에…… 그래서 두들겨보기로 했어요…… 죄송해요…… 오, 제가 얼마나 힘든지 그냥 알아만 주셔도 좋을 텐데요! 지금 뭐하고 계시나요?"

"아무것도…… 그냥 불면증이야."

"무슨 예감 같은 게 있었나봐요…… 아니, 그냥 헛소리예요."

그녀의 눈썹이 치켜올라가고 두 눈은 눈물로 반짝인다. 얼굴 전체가 일종의 광휘와도 같은, 오랫동안 볼 수 없었던 저 낯익은 신뢰의 표정으로 빛나고 있다.

"니꼴라이 스쩨빠니치!" 그녀는 두 팔을 내게 내밀며 간청한다. "아저씨, 제발 부탁이에요…… 제발…… 아저씨에 대한 제 존경과 우정을 경멸하지 않으신다면 제 부탁을 들어주세요!"

"그게 뭔데?"

"제 돈을 받아주세요!"

"그게 대체 무슨 소리냐! 내가 왜 네 돈을 받아?"

"어디든 가셔서 치료를 받으셔요…… 치료가 필요해요. 받으실 거죠, 네? 그렇게 해주실 거죠?"

그녀는 내 얼굴을 탐욕스러울 정도로 뚫어져라 바라보며 거듭 말한다.

"네? 받아주실 거죠?"

"애야, 그럴 수는 없단다. 고맙다." 내가 말한다.

그녀는 내게서 등을 돌리고는 고개를 푹 숙인다. 내 어조에 돈에 관한 한 더이상의 그 어떤 논의도 불허하는 단호함이 있었나보다.

"집에 가서 눈 좀 붙이렴. 내일 보자꾸나." 내가 말한다.

"아저씨는 저를 친구라 생각지 않으시는 거지요?" 그녀는 우울하게 묻는다.

"그런 말은 하지 않았다. 하지만 네 돈은 지금 내게 소용없단다."

"죄송해요……" 그녀는 한 옥타브 정도 낮은 음성으로 말한다. "이해해요…… 저 같은 여자…… 퇴물 여배우……한테서 돈 같은 걸 빌리는 건 어려우시겠지요…… 그럼, 안녕히 계세요……"

그녀는 내가 미처 잘 가라는 말을 할 새도 없이 획 돌아서서 가버렸다.

6

나는 하리꼬프에 있다.

내 현재 상태와 투쟁하는 것은 무의미할 뿐 아니라 내 능력을 넘어서는 일이므로, 나는 생의 마지막 날들은 형식적으로나마 오점 없이 만들기로 작정했다. 가족에 대한 나의 태도가 옳은 게 아니라는 것은 나도 안다. 그렇다면 그들이 원하는 대로 해주는 게 답이다. 그게 하리꼬프로 가는 것이라면 가야 한다. 게다가 최근 들어 나는 만사에 너무나 무관심해졌으므로 어디로 가든, 하리꼬프로 가든 빠리로 가든 베르지예프로 가든, 전적으로 매한가지다.

나는 정오경에 하리꼬프에 도착해 성당 근처 호텔에 방을 잡았다. 기차 안에서 멀미와 샛바람에 시달렸으므로 지금은 침대에 앉아 머리를 쥐어싸고는 틱 경련이 시작될까봐 전전긍긍하고 있다. 연줄이 닿는 교수들을 찾아가보아야 하지만 지금은 그럴 의욕도 기력도 없다.

내가 머무는 층 담당 하인이 들어와 이부자리가 제대로 잘 갖춰져 있는지 묻는다. 나는 그네께르에 관해 알아보러 이곳에 왔으므로 5분가량 하인을 붙잡아놓고는 그에 관해 질문을 퍼붓는다. 하인은 마침 하리꼬프 출신이라 이곳을 손바닥처럼 잘 알고 있지만 그네께르라는 이름의 가문은 단 하나도 기억하지 못한다. 같은 이름의 영지에 관해 물어보아도 대답은 마찬가지다.

복도의 시계가 1시를 치고, 이어서 2시, 3시를 친다…… 죽음을 기다리며 보내는 생애 마지막 몇달은 내 평생의 세월보다도 훨씬 길게 느껴진다. 이전에는 단 한번도 지금처럼 느리게 가는 시간과 화해한 적이 없다. 이전에는 역에서 기차를 기다리거나 시험 감독을 할 때 15분이라는 시간이 영원처럼 느껴졌지만 지금은 밤새도록 침대에 미동도 없이 앉아 철저하게 심드렁한 태도로 생각한다, 내일 밤도 또 다음날 밤도 똑같이 길고 무채색일 것이라고……

복도의 시계가 5시를 치고, 6시를 치고, 7시를 친다…… 어두워진다.

뺨에 둔탁한 통증이 느껴진다. 틱 경련이 시작되고 있다는 뜻이다. 무엇에라도 정신을 쏟아야 하기에 내가 아직 삶에 관심이 있던 시절에 가졌던 관점을 되살려본다. 그리고 그 관점에서 자문해본다. 나, 유명 인사이자 3등 문관인 나는 왜 이 작은 호텔 방, 낯선 회색 담요가 덮인 침대에 앉아 있는 걸까? 나는 왜 저 싸구려 양철 세면기를 바라보고 복도에서 낡아빠진 시계가 쩔걱거리는 소리를 듣고 있는 걸까? 이 모든 것이 정녕 나의 명성, 그리고 나의 지고한 위상에 합당한 것인가? 나는 이 질문들에 냉소로 답한다. 젊은 시절에는 순진하게도 명사들이 누리는 최고의 위상과 명성의 의미를 과장해서 생각했었지만 이제는 나의 순진함이 우스꽝스럽기만 하다. 나는 유명하다. 사람들은 경외감을 가지고 내 이름을 언급하며, 나의 초상화는 『니바』와 『삽화로 보는 세계』[37]에 실렸으며, 심지어 어느 독일 잡지에는 내 일대기가 실리기까지 했다. 그러나 이 모든게 무슨 소용인가? 나는 홀로 낯선 도시의 낯선 침대에 걸터앉아 쿡쿡 쑤셔오는 뺨을 손바닥으로 문지르고 있다. 가족 간의 말다툼, 무자비한 빚쟁이들, 예의라고는 모르는 열차 종업원, 불편한 신분증 제도,[38] 비싸기만 하고 영양가는 없는 식당 음식, 일상사가 되어 버린 무지와 무례한 행동거지 ─ 이 모든 것, 그리고 일일이 열거하기에는 시간이 부족한 그밖의 많은 것들 때문에 나는 짜증이 난다. 하지만 자기가 태어난 동네를 벗어나지 못한 여느 소시민도 짜증 나기는 마찬가지일 것이다. 그렇다면 내가 차지한 최상의 위치는 어떤 식으로 표출되는가? 그래, 내가 어마어마한 유명 인사, 조국의 자부심이자 영웅이라 쳐보자. 신문마다 내 병세를 알리고 내

---

37 두가지 다 당시 러시아에서 발간되던 잡지 제목이다.
38 러시아에서는 국내 여행 시에도 여권에 해당되는 신분증을 소지해야 했다.

동료와 학생과 대중이 쓴 위로의 편지가 쇄도한다고 쳐보자. 하지만 이 모든 것이 내가 낯선 침대에서 고통과 철저한 고독 속에서 죽는 것을 막아주지는 못할 것이다…… 물론 그 누구의 잘못도 아니지만, 죄 많은 나는 내 유명한 이름이 싫다. 꼭 나를 배신한 것만 같은 느낌이 들어서다.

10시경에 잠이 들었다. 틱 경련에도 불구하고 아주 깊은 잠에 빠졌다. 아무도 깨우지 않았더라면 꽤 오랫동안 잘 수 있었을 것이다. 그런데 밤 1시가 좀 넘자 갑자기 문을 두드리는 소리가 들려온다.

"누구시오?"

"전보입니다!"

"내일 전해주면 안되나." 나는 하인에게서 전보를 받아들면서 툴툴거린다. "이제 다시 잠들긴 글렀구먼."

"죄송합니다, 선생님. 불빛이 있기에 아직 취침 전인 줄 알았습니다."

전보를 펼치자 보낸 이의 서명이 제일 먼저 눈에 들어왔다. 아내였다. 대체 이 사람이 뭘 원하는 거지?

"어제 리자가 그네께르와 비밀 결혼함. 귀가 요망."

전보를 읽으며 순간적으로 공포에 휩싸인다. 나를 두렵게 하는 것은 리자와 그네께르가 저지른 짓이 아니라 그들의 결혼 소식을 접하며 내가 느끼는 무관심이다. 철학자와 현자는 무관심하다고들 말한다. 천만에. 무관심은 영혼의 마비이자 때 이른 죽음이다.

다시 침대에 누워 소일거리 삼아 생각을 만들어내기 시작한다.

이제 무슨 생각을 해야 하지? 이미 모든 생각을 다 했기에 지금 새삼스럽게 생각을 부추길 수 있는 건 아무것도 없다.

새벽이 밝아온다. 무릎을 팔로 감싼 채 하릴없이 침대 위에 걸터앉아 나 자신을 알아보려고 노력한다. '너 자신을 알라'──이 얼마나 훌륭하고 유용한 충고인가. 다만 고대인들이 이 충고의 활용 방도를 제시할 생각을 못했다는 것은 심히 유감스럽다.

예전에 내가 나 자신이나 다른 누군가를 알고 싶다는 생각이 들 때면 조건에 따라 달라지는 행동보다는 소망을 참조하곤 했다. 무얼 원하는지 말하라, 그러면 네가 누군지 말해주지.

지금 나는 스스로에게 묻는다. 너는 뭘 원하나?

나는 우리의 아내들과 자식들과 친구들과 학생들이 우리 안에 있는 이름이나 간판이나 상표가 아닌 평범한 인간을 사랑해주기 원한다. 그밖에? 조력자와 후계자가 있으면 좋겠다. 또? 100년 뒤에 깨어나 도대체 과학이 어떤 모습일지 그냥 흘끗이라도 보고 싶다…… 한 10년만 더 살고 싶다…… 또 뭐가 있나?

더이상은 없다. 오랫동안 생각하고 또 생각하지만 더이상은 아무것도 생각해낼 수가 없다. 내가 아무리 많이 생각해도, 그리고 내 생각의 범위가 아무리 넓어도, 내 소망은 무언가 아주 중심적인 어떤 것, 대단히 중요한 어떤 것을 결여한다. 그걸 분명히 느낄 수 있다. 과학에 대한 나의 애착, 더 살고 싶다는 나의 소망, 낯선 침대에 앉아 스스로를 알려고 하는 시도, 이 모든 생각과 감정, 그리고 내가 삼라만상과 관련하여 정립하는 개념들에는 모든 것을 하나의 전체로 엮어주는 공통적인 무언가가 빠져 있다. 내 안에서는 감정과 생각이 개별적으로 존재한다. 따라서 아무리 능숙한 분석가라 할지라도 과학과 연극과 문학과 학생들에 관한 내 의견, 그리고 내 상상력이 그리는 온갖 그림에서 살아 있는 인간의 신이라 알려진, 혹은 공통이념이라 알려진 어떤 것을 발견할 수 없을 것이다.

그리고 만일 그것이 없다면 아무것도 없는 것이다.

그것이 없기에 불치병, 죽음에 대한 공포, 그리고 사람들과 상황의 영향이 이전에 나의 세계관이라 여겨졌던 모든 것, 그리고 내 삶의 의미와 기쁨의 근원이었던 모든 것을 뒤엎어 산산이 부서뜨리는 것이다. 그러므로 내가 생의 마지막 몇달을 노예나 미개인에게나 걸맞은 생각과 감정으로 먹칠을 하는 것도, 모든 것에 무관심한 것도, 그리고 새벽이 오는 것도 알아채지 못하는 것도 전혀 놀라운 일이 아니다. 그 어떤 외부의 영향보다 더 고상하고 더 강력한 무언가를 결여할 때, 인간은 감기에만 걸려도 균형을 잃고 모든 새에게서 올빼미를 보고 모든 소리에서 개 짖는 소리를 듣기 시작한다. 그리고 그러한 순간이면 그의 모든 비관주의 혹은 낙관주의는 크고 작은 다른 생각들과 함께 오로지 어떤 징후로서의 의미만 가질 뿐 그 이상은 아무런 의미도 없다.

나는 패배했다. 그렇다면 더이상 말하는 것도 생각하는 것도 의미가 없다. 그냥 퍼질러앉아 조용히 뭐가 오든 오기를 기다릴 수밖에.

아침이 되자 객실 담당 하인이 차와 지역 신문을 가져다준다. 나는 기계적으로 제1면의 광고와 사설과 사회면과 다른 신문 잡지의 발췌 기사를 훑어본다…… 사회면에 다음과 같은 기사가 실려 있다. "어제 급행열차 편으로 우리의 저명한 학자이자 명예교수인 니꼴라이 스쩨빠노비치 아무개 씨가 하리꼬프에 도착하여 모모 호텔에 여장을 풀었다."

확실히 위대한 이름들은 그 이름의 주인과는 상관없이 독자적으로 살도록 창조되었나보다. 이제 나의 이름은 평화롭게 하리꼬프를 거닐고 있다. 약 석달 뒤 나는 이미 이끼에 뒤덮여 있겠지만 내 이름은 묘석 위에 황금 글씨로 새겨져 태양처럼 빛날 것이다……

가볍게 문을 노크하는 소리가 들린다. 누군가 나를 원하고 있다.

"누구시오? 들어오시오!"

문이 열리자 나는 소스라쳐 놀라 뒷걸음치며 서둘러 가운의 앞섶을 여민다. 내 앞에 서 있는 사람은 까쨔다.

"안녕하세요." 그녀는 계단을 올라오느라 가쁜 숨을 내쉬며 말한다. "제가 올 줄은 모르셨지요? 네…… 저도 왔어요."

그녀는 자리에 앉아 나에게 눈길도 주지 않으며 더듬더듬 말을 계속한다.

"어서 와라 하는 인사도 안해주시나요? 저도 왔어요…… 오늘…… 이 호텔에 묵으신다는 걸 알고 뵈러 왔어요."

"정말 반갑구나." 나는 어깨를 으쓱하며 말한다. "하지만 놀랐다…… 꼭 하늘에서 뚝 떨어진 것 같구나. 여긴 웬일이냐?"

"저요? 그냥…… 그냥 작정하고 왔어요."

침묵. 그녀는 갑자기 벌떡 일어나 나에게로 다가온다.

"니꼴라이 스쩨빠니치!" 그녀는 얼굴이 하얗게 질린 채 가슴께에 두 손을 깍지 끼듯 맞잡고 외친다. "니꼴라이 스쩨빠니치! 저는 더이상 이렇게 살 수 없어요! 못 살아요! 제발, 지금 당장 말씀해주세요. 어떻게 해야 하지요? 제가 무얼 해야 할지 말씀해주세요!"

"내가 무슨 말을 할 수 있겠니?" 나는 쩔쩔맨다. "아무 말도 할 수가 없다."

"제발, 말씀해주세요!" 그녀는 숨을 헐떡이며 온몸을 부들부들 떨며 말을 계속한다. "맹세코 더이상은 이렇게 살 수 없어요! 진이 다 빠졌어요!"

그녀는 의자에 털썩 주저앉아 흐느끼기 시작한다. 고개를 뒤로 젖히고 두 손을 쥐어짜듯 움켜쥐고 발을 구른다. 모자가 벗겨져 끈에 대롱대롱 매달리고 머리는 산발이 된다.

"도와주세요! 도와주세요!" 그녀는 간청한다. "더이상은 못 살겠어요!"

그녀가 가방에서 손수건을 꺼내자 몇장의 편지가 함께 딸려 나오더니 무릎을 스치면서 바닥으로 떨어진다. 나는 편지를 줍다가 그중 하나에서 미하일 표도로비치의 필체를 발견하고 의도치 않게 어떤 단어의 일부를 읽게 된다. "열정적⋯⋯"

"내가 할 수 있는 말이 없구나, 까쨔야."

"도와주세요!" 그녀는 내 손을 잡아 입을 맞추며 흐느낀다. "아저씨는 제 아버지시고 제 유일한 친구잖아요! 아는 것도 많고 교육도 많이 받으셨고 살기도 오래 사셨잖아요! 가르치시기도 했잖아요! 말씀해주세요. 어떻게 해야 하지요?"

"진심으로, 까쨔야, 나도 모른다⋯⋯"

나는 당황스럽고 혼돈스럽고 그녀의 흐느낌에 마음이 약해져서 똑바로 서 있기조차 어렵다.

"까쨔야, 아침 먹으러 가자꾸나." 나는 억지로 미소를 지으며 말한다. "이제 그만 뚝 그치거라."

나는 곧이어 착 가라앉은 음성으로 덧붙인다.

"조만간 나는 이 세상에 없을 것이다, 까쨔⋯⋯"

"한마디만요, 한마디만 해주세요!" 그녀는 나에게 두 팔을 내밀며 운다. "저 어떻게 해요?"

"너란 녀석은 정말 괴짜구나⋯⋯" 나는 중얼거린다. "정말 이해할 수 없구나. 그토록 영리한 녀석이 갑자기 이게 뭐냐! 질질 짜기나 하고⋯⋯"

침묵이 찾아온다. 까쨔는 머리를 매만지고 모자를 쓰고 편지들을 구겨서 가방 속에 집어넣는다. 이 모든 것을 조용히 서두르는 기색 없이 한다. 그녀의 얼굴도 가슴도 장갑도 눈물에 젖었지만 표정만큼은 벌써 건조하고 엄격하다⋯⋯ 그녀를 바라보는 동안 내가 그녀보다 행복하다는 사실 때문에 부끄러워진다. 동료 철학자들이 공통이념이라 부르는 것이 내 안에 없다는 걸 나는 인생의 황혼에, 죽음을 목전에 둔 최근에 와서야 알아차렸다. 그런데 이 가엾은 녀석의 영혼은 이제까지도 안식이란 걸 몰랐지만 앞으로도 평생, 한평생 모를 것이다!

"까쨔야, 아침 먹자꾸나." 나는 말한다.

"고맙지만, 싫어요." 그녀는 차갑게 대답한다.

침묵 속에서 또 1분이 지나간다.

"나는 하리꼬프가 싫다." 내가 말한다. "너무 잿빛이야. 잿빛 도시라고나 할까."

"네, 어쩌면요…… 멋대가리가 없죠…… 오래 머물진 않을 거예요…… 지나가는 길에 들렀어요. 오늘 바로 떠날 거예요."

"어디로 가려고?"

"크리미아요…… 그러니까, 깝까스요."

"그렇구나. 거기 얼마나 있을 건데?"

"저도 몰라요."

까쨔는 일어나 차가운 미소를 짓고는 나를 외면한 채 손만 쑥 내민다.

나는 묻고 싶다. '그러니까 내 장례식에는 안 올 거구나?' 그러나 그녀의 눈은 나를 쳐다보지 않고 그녀의 손은 낯선 이의 손처럼 차디차다. 나는 말없이 문까지 바래다준다…… 까쨔는 내 방에서 나가 뒤도 안 돌아보고 기다란 복도를 걸어간다. 내가 자기를 눈으로 좇고 있다는 걸 아니까 어쩌면 모퉁이에서 돌아볼 것이다.

아니, 그녀는 돌아보지 않았다. 검은 옷자락이 마지막으로 잠깐 펄럭하더니 발소리가 잦아들었다…… 안녕, 나의 보석이여!

검은 옷의 수도사*
Чёрный монах

1

안드레이 바실리치 꼬브린 박사는 과로한 나머지 신경쇠약에
걸렸다. 따로 치료를 받는 대신 의사 친구와 와인 한잔 기울이는
자리에서 슬쩍 병 얘기를 비쳤더니 봄과 여름을 시골에서 보내라
는 조언이 돌아왔다. 마침 따냐 뻬소쯔까야한테서 보리숩까 마을
을 방문해달라고 간청하는 장문의 편지가 와 있던 터였다. 그래서
그는 이참에 진짜로 떠나기로 작정했다.

그는 우선 본가가 있는 꼬브린까 마을로 가서 ── 이는 4월에 있
었던 일이다 ── 석주 동안 홀로 지냈다. 그런 다음 도로 사정이 나

아지기가 무섭게 마차를 타고 옛날에 자신을 키워준 후견인이자 러시아의 유명한 원예가인 뻬소쯔끼의 집을 방문했다. 꼬브린까 마을에서 뻬소쯔끼 일가가 살고 있는 보리숍까 마을까지는 70킬로미터[1] 정도밖에 안되었다. 스프링 달린 편안한 마차를 타고 봄날의 폭신한 시골길을 달리는 것은 더할 나위 없이 즐거웠다.

거대한 뻬소쯔끼 저택에는 둥근 기둥과 군데군데 회칠이 벗겨진 사자상이 죽 늘어서 있었고 프록코트를 입은 하인이 현관에서 보초를 섰다. 엄격한 영국 스타일의 구식 정원은 어딘지 음울한 느낌을 주었다. 정원은 저택에서부터 1킬로미터나 떨어진 강까지 펼쳐져 있었는데, 정원이 끝나는 가파른 진흙투성이 강기슭에는 소나무들이 털북숭이 짐승의 앞발처럼 보이는 뿌리를 몽땅 내보이며 자라고 있었다. 그 아래서는 강물이 외롭게 반짝이고 도요새 떼가 애처롭게 끼룩거리며 날아다녀 보는 이로 하여금 걸음을 멈추고 발라드라도 쓰고 싶은 심정이 되게 만들곤 했다. 반면에 저택 주변 부지와 양묘장을 포함해 무려 33헥타르에 달하는 과수원에는 심지어 우중충한 날씨에도 즐겁고 낙천적인 분위기가 감돌고 있었다. 뻬소쯔끼의 정원에는 놀라운 장미와 백합과 동백꽃, 눈처럼 새하얀 색에서부터 숯검정처럼 새까만 색에 이르기까지 온갖 색깔을 자랑하는 튤립이 만발해 있었다. 꼬브린은 그런 다채로운 꽃들은 다른 어떤 곳에서도 본 적이 없었다. 봄이 이제 막 시작된 참이라

---

1 원문에서는 미터법 이전의 러시아 단위를 사용하지만 이 책에서는 가독성을 높이기 위해 모두 미터법으로 환산해서 번역했다.

진짜 화려한 꽃들의 향연은 아직 온실에 숨어 있었지만 정원을 거닐다 보면, 특히나 꽃잎 하나하나에 이슬이 반짝이는 이른 아침 무렵에는 오솔길과 화단 여기저기 피어 있는 꽃들만으로도 감미로운 색채의 왕국에 있는 듯한 기분을 충분히 느낄 수 있었다.

뻬소쯔끼가 경멸조로 그까짓 것들이라 부르는 정원의 데코는 어린 꼬브린에게 동화 속 나라와도 같은 인상을 심어주곤 했다. 그곳에는 실로 엄청난 변덕과 세련된 기괴함과 자연을 향한 조롱이 있었다! 시렁에 촘촘히 엮인 과일나무의 대열, 양버들을 닮은 배나무, 둥그런 공 모양의 참나무와 보리수, 사과나무로 만든 차양, 아치, 꽃나무로 이루어진 모노그램, 나무로 만든 샹들리에가 빼곡하게 들어차 있었고 심지어 자두나무로 만든 '1862'란 숫자가 뻬소쯔끼가 원예에 입문한 연도를 말해주며 버티고 서 있었다. 또 종려나무처럼 튼튼하고 쭉쭉 뻗은 나무들이 아름답고 위풍당당한 자태를 뽐내며 자라고 있지만, 가까이 가서 유심히 들여다보면 닥지닥지 열린 구스베리 열매와 까치밥나무 열매가 보이는 것이었다. 그러나 무엇보다도 이 정원에 즐거운 분위기와 활기찬 모습을 더해주는 것은 끊임없는 움직임이다. 이른 아침부터 저녁까지 나무와 덤불 주변과 오솔길과 화단에는 외바퀴 손수레와 삽과 물뿌리개를 든 사람들이 개미떼처럼 바글거렸다……

꼬브린은 밤 9시가 넘어 뻬소쯔끼 저택에 도착했다. 따냐와 그녀의 아버지 예고르 쎄묘니치는 좌불안석이었다. 별이 빛나는 맑은 하늘과 온도계가 다음날 새벽 기온이 영하로 뚝 떨어질 거라고 예고해주기 때문이었다. 게다가 정원사 이반 까를리치가 읍내로 떠나는 바람에 도움을 청할 사람이 아무도 없었다. 그들은 저녁 식사 중에도 오로지 다음날 닥칠 새벽 서리 얘기만 했다. 따냐가 깨어 있다가 자정 무렵 정원으로 나가 별일 없는지 살펴보고, 예고르 쎄묘니치는 3시, 아니면 그보다 더 일찍 기상한다는 것이 그들의 계획이었다.

꼬브린은 따냐와 내내 같이 있다가 자정이 지나 함께 정원으로 나가보았다. 추웠다. 마당에서는 벌써부터 심하게 탄내가 났다. 예고르 쎄묘니치에게 매년 수천 루블의 순이익을 가져다주기 때문에 물주라 불리는 드넓은 과수원에는 지독한 냄새를 풍기는 검은 연기가 자욱하게 끼어 있었다. 이 연기는 나무들을 감싸주어 그 수천 루블을 서리로부터 지켜주는 역할을 했다. 군대의 대열처럼 똑바로 줄을 맞춰 질서 정연하게 심긴 나무들은 체스 판을 방불케 했다. 나무들의 똑같은 키와 완벽하게 동일한 우듬지와 줄기, 그 엄격하고 현학적인 규칙성은 전체적인 풍경을 단조롭고 심지어 지루하게까지 만들었다. 꼬브린과 따냐는 거름과 지푸라기와 온갖 쓰레기를 태우는 연기를 뚫고 나무들의 대열 사이를 지나가다가 이따금씩 연기 속에서 그림자처럼 우왕좌왕하는 일꾼들과 마주쳤다. 벚나무와 자두나무 그리고 몇종류의 사과나무에는 꽃이 피었지만 과수원 전체가 시커먼 연기에 잠겨버려 꼬브린은 양묘원 근처에 이르러서야 비로소 크게 숨을 내쉬었다.

"어렸을 때도 여기서 연기 때문에 재채기를 하곤 했었지." 그는 어깨를 으쓱하며 말했다.

"그런데 아직까지도 이 연기가 어떻게 서리를 막아주는지 난 잘 모르겠어."

"연기는 구름이 없을 때 구름 역할을 한답니다." 따냐가 말했다.

"어째서 구름이 있어야 하는데?"

"구름 낀 흐린 날에는 새벽 서리가 못 내려오거든요."

"아하!"

그는 웃음을 터뜨리며 그녀의 손을 잡았다. 차갑게 얼어붙은 동글납작한 얼굴에 서린 엄청나게 진지한 표정, 가느다란 검은 눈썹, 고개를 돌리는 것조차 힘들 정도로 잔뜩 깃을 세워 입은 코트, 그리고 이슬에 젖을까봐 스커트를 추켜올려 입은 그녀의 호리호리하고 우아한 자태를 보며 그는 가슴이 뭉클해졌다.

"세상에, 벌써 다 큰 아가씨가 되었구나!" 그가 말했다. "내가 마지막으로 이곳을 다녀갈 때만 해도, 그러니까 그게 5년 전이었던가, 아직 코흘리개였었는데. 배짝 마른데다가 다리는 껑충하게 길고 맨머리에 요렇게 짧은 치마를 입고 다녔었지. 그래서 내가 왜가리라고 놀렸더랬지…… 세월이 참 무서워!"

"그래요. 5년이나 되었어요!" 따냐는 한숨을 푹 쉬었다. "그동안 정말 많은 시간이 흘러갔지요." 그녀는 그의 얼굴을 똑바로 들여다보며 아연 활기차게 말하기 시작했다. "안드류샤,[2] 솔직하게 말해

---

2 러시아 이름은 다양한 애칭을 갖는다. 친한 사이에서는 이름 대신 애칭으로 부른다. 안드류샤는 안드레이의 애칭이다. 따냐 역시 따찌야나의 애칭이다. 한 이름

주세요, 혹시 우리와 남남처럼 되신 건 아닌가요? 하긴 물으나 마나 한 얘기겠지요. 당신은 남자고 이미 당신만의 흥미진진한 삶을 살고 있고요, 또 성공도 하셨고…… 우리한테서 멀어지는 건 당연하지요! 하지만 안드류샤, 그렇다 하더라도 저는 당신이 우리를 한식구처럼 생각해주었으면 좋겠어요. 우리는 그러기를 바랄 자격이 있잖아요."

"그렇게 생각하고 있단다, 따냐."

"정말이에요?"

"그럼, 정말이고말고."

"우리 집에 당신 사진이 너무 많아 놀라셨을 거예요. 아시겠지만 아빠는 당신을 숭배해요. 가끔씩은 저보다 당신을 더 사랑하는 것 같다니까요. 무척이나 자랑스러워하고 계세요. 당신은 학자이고, 대단한 사람이고, 성공가도를 달리고 있으니까요. 아빠는 자신이 당신을 키운 덕분에 당신이 이렇게 성공했다고 믿고 계세요. 저는 그렇게 생각하시도록 놔둬요. 그야 뭐 아빠 자유니까요."

벌써 동이 터오고 있었다. 나무꼭대기와 연기의 소용돌이가 대기 중에 선명하게 그 윤곽을 드러내기 시작했다. 꾀꼬리가 노래하고 있었고 들판에서는 메추라기 울음소리가 들려왔다.

"이제 자러 가야겠어요. 춥기도 하고요." 따냐는 그와 팔짱을 끼며 말했다. "와주어서 고마워요, 안드류샤. 여기 이웃들은 모두 지

이 다른 상황에서 엇비슷한 다른 이름으로 언급될 때 별도의 지적이 없으면 애칭이라 생각해도 좋을 것이다.

루해요. 그나마도 별로 없지만요. 있는 거라고는 정원, 정원, 정원뿐이에요. 더는 아무것도 없어요." 그녀는 웃음을 터뜨렸다. "나무 기둥, 반토막짜리 나무 기둥, 아뽀르뜨 사과, 프랑스 산 사과, 중부 러시아 산 사과, 아접하기, 접목하기…… 우리의 삶은 온통 다, 모조리 다 정원으로 가버려 저는 꿈속에서도 사과나 배만 본답니다. 물론 그건 좋은 일이고, 유용한 일이기도 하지만 가끔은 그냥 기분 전환 삼아서라도 다른 게 있으면 좋겠다는 생각을 해요. 지금도 기억나요. 당신이 방학 때, 아니면 그냥 불쑥 찾아오시면 집안이 확 밝아지고 공기도 깨끗해지는 것 같았어요. 램프 갓이나 가구에서 덮개를 벗겨낸 것처럼요. 그때는 꼬맹이였지만 그래도 다 알아차렸어요."

그녀는 오랫동안 격정적으로 이야기했다. 그는 왠지 여름 동안 이 작고 여리고 수다스러운 존재에게 끌려 마음을 뺏기고 사랑에 빠지게 될 것 같다고 생각했다. 자기네 두 사람이 처한 상황에서는 그게 가능하면서도 자연스러운 일이라는 생각까지 들었다! 그렇게 생각하자 우습기도 하고 애틋한 마음이 들기도 했다. 그는 몸을 숙여 사랑스럽고 근심 어린 얼굴을 바라보며 나지막하게 흥얼거렸다.

오네긴, 숨기지 않겠네

나는 미칠 듯이 따쩨야나를 사랑한다네[3]

----

[3] 차이꼽스끼의 오페라 「예브게니 오네긴」에서 따쩨야나의 남편 그레민이 부르는 아리아의 한 구절.

그들이 집에 도착했을 때 예고르 쎄묘니치는 이미 일어나 있었다. 꼬브린은 잠 생각이 싹 달아나 노인과 두런두런 이야기를 나누다가 그와 함께 다시 정원으로 나갔다. 훤칠한 키에 어깨가 넓고 배가 상당히 나온 예고르 쎄묘니치는 늘 헉헉거리면서도 너무나 걸음이 빨라 그와 보조를 맞추기란 불가능했다. 그의 얼굴에는 늘 극도의 근심이 서려 있었고, 언제나 어디론가 서둘러 가고 있었으며 1분만 늦어도 필경 모든 게 끝장이 날 거라는 듯한 표정을 짓고 있었다!

"여보게, 이것 좀 보게나……" 그가 숨을 고르려고 잠깐 걸음을 멈추며 말했다. "지표면에는 보다시피 서리가 앉아 있지. 하지만 막대기에 온도계를 달아 한 4미터 정도 높이 올려보면 공중의 온도는 따뜻하다네. ……왜 그런지 아나?"

"전혀 모르겠는데요." 꼬브린은 말해놓고 웃어버렸다.

"흠…… 하긴, 뭐, 뭐든 다 알 수는 없지. 아무리 머릿속이 넓다 해도 무엇이든 다 집어넣을 수야 없지. 자네는 철학 쪽인가?"

"네. 심리학 강의도 하지만 전공은 아무래도 철학이지요."

"지겹지 않나?"

"천만에요, 그것 덕분에 사는데요."

"그럼 다행이고……" 예고르 쎄묘니치는 심각한 표정으로 희끗희끗한 볼수염을 쓰다듬으며 중얼거렸다. "정말 다행이야. 자네 생각만 하면 기분이 좋아져…… 정말로 좋아져……"

그러다가 그는 갑자기 귀를 쫑긋이 세우더니 무시무시한 표정
이 되어 옆길로 달려갔고 순식간에 연기구름을 뚫고는 나무 뒤쪽
으로 사라졌다.

"어떤 놈이 사과나무에 말을 매어둔 거냐?" 영혼을 갈기갈기 찢
을 듯한 처절한 비명 소리가 들려왔다. "어떤 양아치 악당 놈이 말
을 사과나무에 매어놓았냐고? 젠장, 젠장! 다 망쳐놓았어, 다 얼어
터졌어. 깽판을 쳤어, 죄다 못쓰게 해놨어! 이제 과수원은 망했어!
쫄딱 망했다고! 젠장!"

그는 지치고 자존심이 상한 표정으로 꼬브린에게 돌아왔다.

"이런 염병 앓을 놈들하고 무슨 일을 할 수 있겠어?" 그는 양팔
을 벌리며 울먹이는 목소리로 말했다. "쓰쫍까 녀석이 밤에 거름
을 날라 오면서 말을 사과나무에 매놓았어! 그 악당 놈이 고삐를
어찌나 꽉 감아놓았던지 나무껍질이 세군데나 갈라지고 터졌다고.
세상에 이런 일이 어딨냐고! 놈을 다그쳤더니 이 바보 천치 같은
놈은 그냥 눈깔만 끔벅이고 서 있는 거야! 갈아 마셔도 시원치 않
을 놈!"

그는 좀 진정한 뒤 꼬브린을 꼭 껴안더니 볼에 입을 맞추었다.

"그래, 아무렴, 아무렴……" 그는 중얼거렸다. "자네가 와주어서
얼마나 기쁜지 몰라. 이루 말로 다 할 수 없이 기뻐…… 고맙네."

그런 다음 그는 예의 그 잰걸음과 근심 어린 표정으로 과수원을
돌아다니며 이전의 피후견인 청년에게 그 모든 온실과 건조실과
유실수 보호 차양, 그리고 자신의 입으로 이 시대의 기적이라 부르

는 양봉장 두채를 보여주었다.

그들이 여기저기 돌아다니는 동안 태양은 이미 중천에 떠올라 정원을 환하게 밝혀주었다. 날씨도 포근해졌다. 화창하고 즐겁고 긴 하루가 되리라는 예감이 들었다. 꼬브린은 지금은 아직 5월 초순일 따름이며 그의 앞에는 그토록 화창하고 즐겁고 긴 여름이 고스란히 남아 있다는 것을 상기했다. 그러자 갑자기 가슴속에서 어린 시절 이 정원을 뛰어다닐 때 맛보았던 그 행복하고 순수한 감정이 솟구쳤다. 그래서 그도 노인을 얼싸안고 다정하게 입맞춤을 했다. 가슴이 뭉클해진 두 사람은 집으로 가서 오래된 도자기 찻잔에 차를 따라 크림을 곁들여 마시며 찰지고 풍미가 근사한 빵을 먹었다. 이 소소한 것들이 또다시 꼬브린에게 어린 시절과 청소년 시절을 상기시켰다. 아름다운 현재와 잠에서 깨어난 과거의 인상이 함께 어우러져 마음속은 복잡하면서도 행복했다.

그는 따냐가 일어날 때까지 기다렸다가 함께 커피를 마시고 산책을 한 다음 자기 방으로 돌아와 연구에 착수했다. 집중해서 책을 읽으며 중요한 부분은 메모를 했다. 가끔가다 눈을 들어 열린 창문 밖을 내다보거나 책상 위 화병에 꽂힌, 이슬이 맺혀 아직도 촉촉하고 싱싱한 꽃들을 바라보다가 다시 책으로 눈을 돌렸다. 그의 내부에서는 핏줄 하나하나가 만족감에 전율하며 뛰어노는 것 같았다.

2

시골에서도 그는 도시에 있을 때처럼 어딘지 긴장되고 불안한 삶을 계속해나갔다. 그는 많이 읽고 많이 썼으며 이탈리아어 공부도 했다. 산책할 때도 책상 앞으로 되돌아가 공부할 생각에 기뻐했다. 그는 너무나 잠을 적게 자서 모두를 놀라게 했다. 뜻하지 않게 오후에 한 30분쯤 졸았다면 그날 밤에는 아예 날밤을 새웠으며 그러고도 마치 아무 일도 없었다는 듯이 활기차고 명랑했다.

그는 말을 무척 많이 했고 와인을 마셨고 값비싼 궐련을 피웠다. 뻬소쯔끼 네 집에는 매일은 아니지만 꽤나 자주 이웃집 아가씨들이 놀러와 따냐와 피아노도 치고 노래도 부르곤 했다. 어쩌다가는 바이올린을 썩 잘 켜는 이웃집 청년이 놀러오기도 했다. 꼬브린은 음악과 노래를 너무 열중해서 듣다가 녹초가 될 때도 있었는데 그 육체적 표징은 두 눈이 감기고 고개가 한옆으로 툭 떨어지는 것으로 나타났다.

어느날 그는 이브닝 티를 마신 뒤 발코니에서 책을 읽고 있었다. 이날 객실에서는 소프라노인 따냐와 콘트랄토인 그녀의 이웃집 친구 아가씨, 그리고 바이올린을 잘 켜는 청년이 브라가[4]의 유명한 세레나데를 연습하고 있었다. 꼬브린은 귀를 기울여 들어보았다. 가사는 분명 러시아어였지만 무슨 뜻인지 하나도 이해할 수가 없었

---

4 Gaetano Braga(1829~1907). 이탈리아 작곡가이자 첼리스트. 체호프는 그의 세레나데 「발라키아의 전설」(Wallachian Legend)을 특히 좋아했다고 전해진다.

다. 그는 결국 독서를 중단하고 귀를 곤두세워 듣고 난 뒤에야 알아들었다. 병적인 상상력을 지닌 어느 소녀가 밤중에 정원에서 신비한 소리가 나는 것을 듣는다, 그 소리는 너무나 아름답고 신기하여 보통 사람들은 이해할 수 없다, 그래서 그 신비한 화성은 천국으로 되돌아간다, 대략 그런 내용이었다. 꼬브린의 눈이 감기기 시작했다. 그는 벌떡 일어나 비몽사몽간에 객실과 응접실을 왔다 갔다 했다. 그리고 노래 연습이 잠시 중단된 틈을 타 따냐의 팔짱을 끼고 발코니로 나갔다.

"오늘은 아침부터 어떤 전설 하나가 뇌리에 눌어붙어 있어." 그가 말했다. "어디서 읽었는지, 아니면 주위들었는지 도통 기억은 안 나지만 아무튼 너무나 이상하고 너무나 불합리한 전설이지. 가장 이상한 점은 분명한 게 아무것도 없다는 거야. 한 천년쯤 전에 어떤 수도사가 있었는데 시꺼먼 법의를 입고서 어딘가 시리아나 아라비아 같은 곳의 광야를 걸어가고 있었대…… 그런데 그 수도사가 걷고 있던 장소에서 몇 킬로미터 떨어진 어느 호수에서 또다른 검은 옷의 수도사가 물 위를 천천히 걷는 것을 어부들이 보았다는 거야. 이 두번째 수도사는 환영이었어. 자, 이제 이 전설이 무시하는 광학의 법칙 같은 것은 깡그리 잊어버리고 더 들어봐. 환영에서 또 하나의 환영이 생겨나고 그 두번째 환영에서 또 세번째 환영이 생겨나는 거야. 이런 식으로 검은 옷의 수도사 환영은 대기의 한 층에서 다른 층으로 끝없이 생겨나기 시작했어. 아프리카에서도 보이고, 에스빠냐에서도 보이고, 인도에서도 보이고, 극동 시베리아에서도 보이고…… 마침내 수도사의 환영은 지구의 대기권을 벗어났는데 아직도 소멸 가능한 조건에 다다르지 못해서 우주를 여기저기 떠돌고 있어. 어쩌면 지금쯤은 화성이나 무슨 남십자성 같은 행성에서 수도사가 보일지도 모르지. 그런데 따냐, 이 전설의 핵심, 가장 중요한 부분은 이거야. 뭐냐 하면, 수도사가 광야를 거닐던 때부터 정확하게 천년이 지난 뒤, 수도사는 다시 지구의 대기권 안으로 돌아와 사람들 눈에 보이기 시작한다는 거야. 그런데 이 천년의 세월이 거의 다 된 것 같아. 전설에 따르면 우리는 당장 오늘이나 내일쯤 이 검은 옷의 수도사를 보게 될 거래."

"참 이상한 환영이네요." 따냐는 이 전설이란 것이 별로 마음에 들지 않아 한마디 툭 던졌다.

"그런데 정말이지 가장 놀라운 점은 어쩌다가 내 머릿속에 이 전설이 들어오게 되었는지 아무리 생각해도 기억이 나지 않는다는 거야. 책에서 읽었을까? 누구한테 들었을까? 아니면 꿈에서 검은 옷의 수도사를 본 걸까? 하늘에 맹세코 기억이 안 나. 그렇지만 이 전설을 잊을 수가 없어. 오늘도 하루 종일 그 생각만 했어."

그는 따냐를 손님들에게 돌려보내고 밖으로 나가 이 생각 저 생각을 하며 화단 근처를 어슬렁거렸다. 벌써 해가 지고 있었다. 방금 전에 물을 주었는지 꽃에서는 눅눅하고 신경에 거슬리는 냄새가 났다. 집 안에서는 다시 노래를 부르기 시작했다. 멀리서 들려오는 바이올린 소리는 꼭 사람 목소리 같았다. 꼬브린은 어디서 그 전설을 읽었는지, 아니면 들었는지 기억해내려고 안간힘을 쓰며 천천히 공원 쪽으로 가다가 부지불식간에 강변까지 내려갔다.

그는 뿌리를 드러낸 소나무 숲을 지나 가파른 기슭으로 이어지는 오솔길을 걸어 물가로 내려갔다. 그 바람에 도요새들이 놀라 꽥꽥거리고 오리 두마리가 푸드덕거리며 도망갔다. 저물어가는 태양의 마지막 빛줄기가 음울한 소나무에 조금쯤은 광휘를 더해주었지만 강물의 표면에는 영락없는 어둠이 내려앉았다. 꼬브린은 외나무다리를 지나 강을 건너갔다. 눈앞에는 아직 꽃 피기 전의 어린 호밀로 뒤덮인 광활한 들판이 펼쳐져 있었다. 인가는커녕 저 멀리까지 인적이 완전히 끊겨, 오솔길을 따라가면 지금 막 꼴딱 넘어간 해가 있는 곳, 저녁노을이 그토록 광활하고 장엄하게 타오르는 저 신비한 미지의 세계에 당도할 것만 같았다.

'아, 정말 넓고 조용하구나. 가슴이 확 트인다!' 오솔길을 걸어가며 꼬브린은 생각했다. '온 세상이 나를 보고 있는 것 같아. 숨어서 나를 지켜보며 내가 자기를 이해해주길 기다리는 것 같아……'

이때 호밀밭에 물결이 일렁이더니 가벼운 저녁 바람이 꼬브린의 맨머리를 부드럽게 스쳐갔다. 잠시 후 다시 인 바람은 이번에는 아까보다 더 세게 불었다. 호밀밭이 쏴악 소리를 내며 물결치고 뒤편에서는 소나무 숲이 공허하게 울부짖었다. 꼬브린은 깜짝 놀라 돌연 걸음을 멈췄다. 지평선에 돌풍 같기도 하고 회오리바람 같기도 한 거대한 검은 기둥이 땅에서 하늘까지 솟구쳐올랐다. 윤곽은 분명치 않았지만 첫눈에도 그 기둥이 제자리에 서 있는 것이 아니라 무서운 속도로 움직이고 있다는 것을 알 수 있었다. 기둥은 바로 이곳, 꼬브린을 향해 정면으로 몰려오고 있었는데, 가까이 오면 올수록 그것은 점점 더 작아지고 점점 더 형체가 분명해지는 것이었다. 꼬브린은 몰려오는 검은 기둥에게 길을 내주려고 호밀밭 쪽으로 비켜섰다. 그러자……

검은 법의를 입은 수도사가 흰 수염과 검은 눈썹을 휘날리며 두 팔을 십자가처럼 가슴에 포갠 채 휘익 지나가는 것 아닌가…… 아무것도 신지 않은 그의 두 발은 지표면에서 떨어져 있었다. 한 6미터가량 지나간 뒤 그는 꼬브린을 돌아보며 고개를 끄덕이고는 다정하면서도 교활한 미소를 지었다. 야위고 창백한, 무섭도록 창백한 얼굴이었다! 수도사는 이제 다시 점점 커져 강을 건너 조용히 진흙투성이 강기슭과 소나무 숲을 가로질러 연기처럼 사라져버렸다.

"아, 그랬었구나." 꼬브린은 중얼거렸다. "전설은 사실이었구나."

꼬브린은 검은 법의뿐 아니라 수도사의 얼굴과 눈까지 지근거리에서 분명하게 볼 수 있었다는 사실 하나만으로도 만족했다. 그래서 이 기이한 현상을 스스로에게 납득시키려는 시도조차 않고 즐거운 흥분에 휩싸여 집으로 돌아왔다.

마당과 정원에서는 사람들이 평화로이 오갔고 집 안에서는 연주하는 소리가 들렸다. 이는 즉 오로지 꼬브린만이 수도사를 보았다는 뜻이다. 따냐와 예고르 쎄묘니치에게 모든 것을 다 말하고 싶다는 충동을 강하게 느꼈지만 그들이 자신의 얘기를 헛소리라 치부하고 경악할 거라는 생각이 들었다. 그냥 아무 말도 안하는 것이 나을 듯했다. 그는 흥에 겨워 큰소리로 웃고 노래하고 마주르카를

추었다. 손님들도 따냐도 모두 그의 얼굴에 오늘따라 특별한 광채와 영감이 서려 있다는 걸 알아차렸다. 그들은 그가 참으로 재미있는 사람이라고 생각했다.

3

저녁 식사 후 손님들이 다 돌아가자 그는 자기 방으로 가 소파에 누웠다. 수도사에 관해 생각을 할 참이었다. 그런데 잠시 후 따냐가 들어왔다.

"안드류샤, 아빠가 쓴 논문 좀 읽어보세요." 한 뭉텅이의 소책자와 인쇄물을 내밀며 그녀가 말했다. "멋진 글이에요. 아빠는 정말 잘 쓰세요."

"잘도 쓰겠다!" 그녀의 뒤를 따라 들어온 예고르 쎄묘니치가 어색한 표정으로 씩 웃으며 말했다. 민망한 생각이 들었던 것이다. "저 아이 말 듣지 말게, 읽지도 말고! 하지만 자고 싶다면 읽어도 돼. 최고의 수면제일 테니까."

"내 생각에는 정말 훌륭한 논문들이에요." 따냐는 의기양양하게 말했다. "안드류샤, 읽어보시고 더 자주 쓰시라고 아빠 좀 설득해주세요. 아빠라면 원예학 교과서도 너끈히 쓰실 수 있을 거예요."

예고르 쎄묘니치는 꾸민 듯한 너털웃음을 터뜨리고 얼굴을 붉혔고 당황한 저자들이 늘 하는 상투적인 말을 늘어놓기 시작했다.

그러나 마침내 그도 두 손을 들었다.

"그렇다면 먼저 고셰⁵의 논문이랑 여기 이 러시아 소논문들을 읽어보게." 그는 떨리는 손으로 소책자를 넘겨가며 웅얼거렸다. "안 그러면 무슨 소린지 하나도 모를걸. 내 반박문을 읽으려면 대체 내가 무엇에 반대하는지부터 알아야겠지. 그렇지만, 뭐 다 헛소리야…… 지루하기 짝이 없는 얘기들이지. 자, 이제 잘 시간이로구먼."

따냐는 나갔다. 예고르 쎄묘니치는 소파 위의 꼬브린 옆으로 다가앉더니 깊은 한숨을 쉬었다.

"그래, 이보게나……" 그는 한동안 잠자코 있다가 말문을 열었다. "우리 박사 도련님. 나로 말할 것 같으면 논문도 쓰고 전람회에도 참석하고 훈장도 받지…… 뻬소쯔끼 네 사과는 머리통만 하다고 말들 하지. 뻬소쯔끼는 정원으로 한 재산 모았다는 말도 하지. 한마디로 말해서 나는 명망 높은 부호 꼬추베이⁶다, 이런 말씀이야. 그렇지만 이런 의문이 생겨. 대체 이 모든 게 무슨 소용인가? 정원은 진짜로 근사해…… 그냥 정원이 아니야. 고상한 국가적 의미를 갖는 일종의 전문 기관이지. 그러니까 그건 이를테면 러시아 산업과 러시아 경제의 새로운 시대로 들어가는 첫걸음이나 마찬가지이기 때문이지. 그렇지만 무엇 때문에? 무슨 목적으로?"

---

5 Nikolaus Gaucher(1846~1911). 프랑스 태생의 저명한 원예가. 그의 저술은 러시아어로도 번역된 바 있다.

6 뿌시낀의 서사시 「뽈따바」(Полтава)에 등장하는 인물. 뻬소쯔끼의 말은 이 서사시의 첫번째 연 제1행 "꼬추베이는 명망 높은 부호이니"를 그대로 인용한 것이다.

"일 자체에 의미가 있는 게 아닐까요."

"그런 뜻으로 물은 게 아니네. 그럼 이렇게 물어보지. 내가 죽으면 정원은 어떻게 될까? 내가 없으면 한달도 못 가서 자네가 지금 보는 것과 같은 모습은 사라질 걸세. 성공 비결은 내 정원이 크다거나 일꾼들이 많다거나 하는 데 있는 게 아닐세. 내가 일을 사랑한다는 것이 비결이지. 이해하겠나? 나는 정원 일을 어쩌면 나 자신보다 더 사랑하는 것 같네. 날 좀 보게나. 나는 뭐든 다 내가 하지. 아침부터 밤까지 일해. 접목도 내가 하고 가지치기도 내가 하고 심는 일도 다 내가 해. 뭐든 다 내가 해. 누군가 나를 도와주기라도 하면 나는 공연히 샘이 나고 무례할 정도로 심기가 불편해져. 비결이란 것은 모조리 사랑에 있는 거야. 다시 말해서 주인장의 기민한 눈, 주인장의 작업복에 있는 거야. 그리고 왜 있잖은가, 누구네 집에 한시간가량 놀러 갔는데 정원에 혹시라도 무슨 일이 일어날까 걱정이 되어 안달복달하는 그런 마음가짐, 그게 바로 비결이란 말일세. 그렇지만 내가 죽으면 누가 돌보지? 누가 일을 하지? 정원사? 일꾼들? 응? 내가 워낙 자네를 좋아하니까 말해줌세. 우리 일에서 최고의 적은 토끼도 아니고 풍뎅이도 아니고 서리도 아니야. 바로 아무런 애정도 없는 인간들이야."

"그럼 따냐는요?" 꼬브린은 웃으며 질문을 던졌다. "따냐가 토끼만도 못하다는 말씀은 아니실 테죠. 정원 일도 잘 알고 또 일에 대한 애정도 있잖습니까."

"그래, 걔는 머리도 있고 애정도 있지. 내가 죽은 뒤에 걔가 정원을 맡아 운영을 하게 된다면 물론 그보다 더 다행한 일은 없겠지. 하지만, 맙소사, 걔가 시집을 가버리면 어떻게 되지?" 예고르 쎄묘니치는 공포에 질린 눈으로 꼬브린을 쳐다보며 속삭이듯 말을 이어갔다. "바로 그게 문제란 말이야! 시집을 가고 새끼들이 줄줄이 태어나면 무슨 정신에 정원 생각을 하겠냐고! 내가 제일 무서운 게 이거야. 걔가 웬 놈팡이한테 시집을 갔는데 그 놈팡이가 욕심을 부려가지고서는 장사치 여편네들한테 정원을 임대하는 거지. 그렇게 되면 첫해에 바로 쫄딱 망하는 거지. 이 바닥에서 여편네들은 완전히 역병 같은 것들이라고!"

예고르 쎄묘니치는 한숨을 푹 쉬고는 잠시 입을 다물었다.

"어쩌면 이 또한 이기적인 생각일지 몰라. 하지만 솔직히 말해서 따냐가 시집 같은 것은 가지 않았으면 좋겠네. 걔가 시집간다고 할까봐 걱정이야! 알겠지만, 우리 집에 웬 뺀질이가 드나들며 깽깽이를 켜대지. 물론 따냐가 녀석한테 시집가지 않으리라는 걸 알아, 잘 알아. 그런데도 난 녀석 꼬락서니만 봐도 속이 뒤집혀! 그래, 나는 엄청난 괴짜야, 나도 인정하네."

예고르 쎄묘니치는 벌떡 일어나서 초조하게 방 안을 왔다 갔다 했다. 분명 무언가 대단히 중요한 것을 말하고 싶긴 한데 아직 결심이 서지 않은 듯했다.

"나는 자네를 너무나 사랑한다네. 그래서 자네하고는 터놓고 얘기하고 싶어." 그는 마침내 결심을 한 듯 양손을 주머니에 쑤셔 넣으며 말했다. "민감한 사안이 생기면 나는 단순하게 접근해서 솔직하게 털어놓는 편이네. 소위 말하는 내숭 떠는 일은 할 수가 없네. 내 까놓고 말함세. 자네는 내가 딸년을 내주는 게 두렵지 않은 유일한 사람일세. 머리도 좋고 정도 많으니 내 사랑하는 사업을 망하게 놔두진 않겠지. 물론 진짜 이유는 내가 자네를 아들처럼 사랑한다는 것이겠지만…… 자네가 자랑스러워. 자네랑 따냐가 무슨 연애 같은 걸 하게 된다면 어떨까? 나야 뭐, 무척이나 기쁘겠지. 심지어 행복하겠지. 정말 인간 대 인간으로 탁 까놓고 솔직하게 말하는 걸세.”

꼬브린은 웃었다. 예고르 쎄묘니치는 나가려고 문을 열었다가 문지방에서 걸음을 멈췄다.

“자네랑 따냐 사이에서 아들이 태어난다면 나는 녀석을 원예가로 키울 걸세.” 그는 잠시 생각을 하더니 덧붙였다. “하지만 이것도 다 부질없는 망상이지…… 그럼 잘 자게나.”

혼자 남은 꼬브린은 좀더 편안하게 누워 논문을 읽기 시작했다. 한 논문의 제목은 이랬다. ‘과도기 재배에 관하여’. 다른 논문의 제목은 ‘새 정원의 토양 갈아엎기에 관한 Z 씨의 주장 및 그에 대한 몇가지 제언’, 그리고 또다른 논문의 제목은 ‘동면 중인 나무 싹의 접목에 관한 또다른 의견’이었으며 나머지도 모두 그런 식이었다. 하지만 거기 담긴 것은 너무나도 불안하고 불규칙한 어조, 그리고 신경질적인, 거의 병적인 격정이었다! 여기 지극히 평화로운 제목과 지극히 평범한 내용의 논문, 예컨대 러시아 산 안또노프 사과에 관한 논문이 있다. 그런데 예고르 쎄묘니치는 그런 평범한 논문을 라틴어 'Audiatur altera pars'[7]로 시작해서 'Sapienti sat'[8]로 마무리 짓는다. 그리고 이 두가지 진술 사이에 있는 본문에 '저 높은 강단에서 자연을 내려다보는 우리의 고명하신 원예가 제씨의 학문적 무지' 혹은 '문외한과 애호가들이 만들어준 성공을 만끽하는' 고셰 씨에 대한 온갖 독설을 솟구치게 해놓았고 과일을 훔치느라 나무를 못쓰게 만드는 농부들을 이제는 채찍으로 벌할 수도 없다는 사실에 대한 사뭇 동떨어지고 위선적인 유감을 덧붙여놓았다.

'원예는 아름답고, 평화롭고 건강한 업이지만 여기에도 격정과 전투가 있구나.' 꼬브린은 생각했다. '어떤 영역에서건, 어떤 활동 무대에서건 관념적인 인간이란 예민하고 고도로 민감한 종족임에 틀림없어. 하긴 그게 필요한지도 모르지만.'

그는 예고르 쎄묘니치의 논문을 극찬했던 따냐를 떠올렸다. 자그마한 키, 창백한 피부, 쇄골이 다 드러나도록 깡마른 몸. 언제나 어딘가를 바라보며 무언가를 추구하고 있는 듯한 크고 검고 영리해 보이는 두 눈. 아버지처럼 서두르는 듯한 잰 걸음걸이. 말을 무척 많이 하고 말싸움을 좋아하고 싸울 때는 언제나 별로 중요하지도 않은 구절을 과장된 표정과 손짓을 섞어 내뱉는다. 분명 극도로 신경이 날카로운 아가씨이리라.

꼬브린은 계속 읽어나갔지만 아무것도 이해할 수가 없어 포기했다. 잠시 전에 마주르카를 추고 음악을 들을 때 느꼈던 유쾌한

---

7 '상대편 의견도 들어보시라'라는 뜻.
8 '지혜가 있다면 알 것이로다'라는 뜻.

흥분이 이제는 그를 지치게 하고 여러가지 생각을 불러일으켰다. 그는 벌떡 일어나 방 안을 거닐며 검은 옷의 수도사에 대해 생각했다. 불현듯 만일 이 이상하고 초자연적인 수도사를 오로지 자기만 보았다면, 자기는 병에 걸려 환각 상태까지 간 것일지도 모른다는 생각이 들었다. 이러한 추정은 그를 놀라게 했지만 그것도 잠시뿐이었다.

'뭐 어때, 난 괜찮은데. 그리고 누구한테 해를 끼친 것도 아니고. 내가 환각 상태라 해도 아무것도 잘못된 게 없어.' 이렇게 생각하자 다시 기분이 좋아졌다.

그는 소파에 앉아 자신의 전 존재를 채우고 있는 이해할 수 없는 기쁨을 억누르며 두 손으로 얼굴을 감싸 쥐었다가 벌떡 일어서서 다시 방 안을 왔다 갔다 하다가 책상 앞에 앉아 책을 펼쳤다. 그러나 책에 들어 있는 사상들이 마음에 들지 않았다. 그는 무언가 거대한 것, 무한한 것, 영혼을 뒤흔드는 것을 원했다. 새벽녘이 되어서야 그는 옷을 갈아입고 마지못해 침대에 누웠다. 자야만 했다!

그러나 예고르 쎄묘니치가 정원으로 나가는 발소리가 들리자 꼬브린은 하인을 불러 와인을 가져오게 했다. 기분 좋게 라피뜨 주를 몇잔 마신 뒤 이불을 머리까지 뒤집어쓰고 누웠다. 의식이 점점 흐려졌다. 그는 곧 곯아떨어졌다.

4

예고르 쎄묘니치와 따냐는 곧잘 험한 말을 주고받으며 싸우곤
했다.

그날 아침에도 그들은 무슨 일인가 때문에 말다툼을 했다. 따냐
는 엉엉 울면서 자기 방으로 들어가버렸다. 그녀는 차도 거르고 저
녁 식사도 걸렀다. 예고르 쎄묘니치는 처음에 당당하고 거만한 몸
짓으로, 마치 이 세상에서 제일 중요한 것은 정의와 질서라는 걸 가
르치기라도 하듯 돌아다녔다. 그러나 곧 본성은 못 숨기겠던지 풀
이 확 죽어버렸다. 그리하여 구슬픈 얼굴로 정원을 돌아다니며 한
숨만 푹푹 내쉬었다. 빵 한조각 입에 대지 않고 "젠장할, 젠장할!"
하는 소리만 중얼거렸다. 마침내 죄의식과 후회에서 오는 고통을
견디다 못해 그는 안에서 잠긴 문을 두드리며 소심하게 불렀다.

"따냐, 따냐!"

문 안쪽에서는 울다가 지친 따냐의 힘없는, 그러나 단호한 목소
리가 들려왔다.

"그냥 내버려두세요, 제발요."

주인들의 고뇌는 집안 전체에, 심지어 정원 일꾼들에게까지 번
져갔다. 꼬브린은 자신만의 흥미로운 작업에 열중해 있었지만 결
국 그도 불편하고 지겨워졌다. 어떻게든 집안에 펴져 있는 우울한
분위기를 걷어내기 위해 그는 두 사람 사이에 끼어들기로 마음먹
고 날이 어둡기 전에 따냐의 방문을 두드렸다. 문이 열렸다.

"아이구, 참 잘났구나!" 그는 농담조로 말문을 열었지만 울어서 퉁퉁 붓고 붉으죽죽하게 변한 따냐의 처량한 얼굴을 보고는 내심 놀랐다. "아니 그렇게 심각한 일이었나? 나 원 참!"

"아빠 때문에 제가 얼마나 힘든지 알기나 하세요!" 그녀가 입을 열자 커다란 두 눈에서 닭똥 같은 뜨거운 눈물이 뚝뚝 떨어졌다. "너무나 힘들었다고요." 그녀는 두 손을 마주잡고 비비 틀며 계속 말했다. "전 아무 말도 안했다고요…… 아무 말도요…… 그냥 한마디, 필요도 없는 일꾼은 고용할 이유가 없다고…… 일용직으로도 충분하다면…… 사실…… 말이야 바른 말이지…… 벌써 일주일 동안 일꾼들은 아무것도 안하고 빈둥대고 있었다고요…… 저는…… 그러니까…… 딱 요 말만 했거든요…… 그런데 아빠는 화를 버럭 내더니 저한테…… 저한테…… 그런 욕을, 그런 막말을 퍼부어대는 거예요. 대체 왜 그러시냔 말이에요!"

"됐어, 됐어." 꼬브린은 그녀의 머리 매무새를 고쳐주며 말했다. "그래, 두 사람이 한바탕했고, 좀 울고 그런 거 아니냐. 그렇다고 두고두고 화를 내는 건 나쁜 일이야. ……아버님이 따냐를 얼마나 사랑하는지 안다면 더욱 그렇지."

"아빠는 제 인생을…… 완전히 망쳐버렸어요." 따냐는 흐느끼며 말을 이어갔다. "그러고도 저는 막말에다…… 욕설이나 들어야 해요. 아빠는 저를 이 집의 식충이라 생각하세요. 그러라고 하지요. 아빠 말이 맞아요. 저는 내일 당장 이 집에서 나가 전신국에 취직할 거예요…… 아빠더러……"

"저런, 저런, 저런…… 그만 울어, 따냐. 자, 뚝. 따냐와 아버님 둘다 성질이 불같아. 화도 버럭버럭 잘 내고. 그러니 두 사람이 똑같이 잘못한 거야. 같이 가자, 내가 화해시켜줄게."

꼬브린은 다정하게 그리고 타이르듯이 말했다. 그러나 그녀는 어깨를 들썩이고 두 손을 마주 쥐고 비비 틀며 마치 진짜 무서운 불행이 닥치기라도 한 것처럼 계속 울었다. 아무것도 아닌 일로 그토록 서러워하는 모습을 보니 꼬브린은 더욱더 측은한 생각이 들었다. 그녀의 슬픔은 대수롭지 않은 것이지만 그것 때문에 그녀가 겪는 고통은 심각한 것이기에 더욱더 애처롭게 여겨졌다. 아무것도 아닌 하찮은 일에도 이 존재는 하루 종일, 아니 어쩜 평생 동안 불행할 수도 있겠구나! 꼬브린은 따냐를 다독거리면서 이 세상 천지에 자기를 한 식구처럼, 피붙이처럼 사랑해줄 사람은 이 아가씨와 그녀의 아버지밖에는 없다는 생각을 했다. 만일 이 두 사람이 없었더라면 핏덩이 때 부모를 여읜 그는 오로지 혈육지간에만 가능한 저 진실한 애정, 저 순수하고 무조건적인 사랑이 무언지도 모르고 생을 마칠 뻔했다. 그는 어깨를 들썩이며 흐느끼는 소녀의 신경이 자신의 병적이고 예리한 신경에 마치 자석에 쇠가 끌리듯 끌리고 있다는 것을 느꼈다. 그는 아마도 뺨이 불그레하고 건강하고 튼튼한 처녀는 결코 사랑하지 못했을 것이다. 반면 창백하고 허약하고 불행한 따냐는 그의 마음에 쏙 들었다.

그는 마음에서 우러나 그녀의 머리와 어깨를 쓰다듬어주고 두 손을 꼭 쥐어준 다음 눈물을 닦아주었다…… 마침내 그녀는 울음을 그쳤다. 그러고도 한참 동안 꼬브린에게 자기 입장이 한번 되어 봐달라고 하소연하면서 아버지에 대해, 이 집에서 살아야만 하는 자신의 견딜 수 없이 힘든 삶에 대해 불평을 늘어놓았고, 그러고 나서는 조금씩 웃기 시작했다. 그러다가 하느님께서 자기한테 왜 이렇게 못된 성질을 주셨는지 모르겠다며 한숨을 푹 내쉬더니 마침내 큰 소리로 폭소를 터뜨리고는 자기는 바보 천치라며 방에서 뛰쳐나갔다.

잠시 후 꼬브린이 정원으로 나가보니 예고르 쎄묘니치와 따냐는 언제 그랬냐는 듯이 나란히 오솔길을 산책하고 있었다. 두 사람 모두 허기가 져서 검은 빵에 소금을 곁들여 먹었다.

5

꼬브린은 중재자 역할을 성공적으로 해낸 것에 뿌듯해하며 정원으로 나갔다. 이 생각 저 생각 하며 벤치에 앉아 있노라니 마차가 덜컥거리는 소리와 여자의 웃음소리가 들려왔다. 손님이 왔다는 뜻이었다. 땅거미가 정원에 길게 드리울 무렵 바이올린 소리와 노랫소리가 희미하게 들려오자 그는 검은 수도사를 떠올렸다. 저 기이한 광학적 현상은 지금 어디를, 어떤 나라를, 아니면 어떤 행성을 지나가고 있을까.

그가 전설을 기억하면서 호밀밭에서 보았던 검은 환영을 상상

속에서 그려보기 시작하자 맞은편 소나무 숲 뒤에서 바스락 소리도 없이 중키의 한 남자가 나타났다. 아무것도 쓰지 않은 백발에 두 발은 걸인처럼 맨발이었고 온통 검은 옷을 입었으며 죽은 듯이 창백한 얼굴에 검은 눈썹만이 그린 듯이 선명했다.

이 걸인 혹은 순례자는 상냥하게 고개를 끄덕이며 소리 없이 벤치에 다가와 앉았다. 꼬브린은 그가 검은 옷의 수도사라는 것을 알아차렸다. 잠시 동안 두 사람은 서로를 지긋이 바라보았다. 꼬브린은 놀란 표정으로, 그리고 수도사는 지난번처럼 다정하면서도 어딘지 모르게 교활한, 무언가 숨기는 듯한 표정으로 서로를 응시했다.

"하지만 선생은 신기루 아닌가." 꼬브린이 말문을 열었다. "어째서 여기 한 장소에 앉아 있는 거지? 그건 전설과도 부합하지 않는데."

"아무려나, 상관없다네." 수도사는 잠깐 머뭇거리는가 싶더니 그에게 얼굴을 돌리며 조용히 대답했다. "전설, 신기루, 그리고 나, 이 모든 게 자네의 흥분된 상상에서 나온 걸세. 나는 유령이라고."

"그렇다면, 선생은 존재하지 않는다는 얘기인가?" 꼬브린이 물었다.

"마음대로 생각하게." 수도사는 대답한 다음 희미하게 미소 지었다. "나는 자네의 상상 속에 존재해. 그런데 자네의 상상이란 자연의 일부야. 그러니까 나는 자연 속에 존재하는 셈이지."

"선생의 얼굴에는 노숙하고 현명하고 고도로 풍부한 표정이 있어. 정말로 천년 이상 살아온 사람처럼." 꼬브린이 말했다. "나는 내 상상력이 그런 현상을 창조할 수 있으리라고는 생각지 못했어.

그런데 어째서 나를 그토록 흐뭇한 표정으로 보시는지? 내가 마음에 드시나?"

"그렇다네. 자네는 신에게 선택받은 자들이라 불려 마땅한 소수 중의 한 사람일세. 자네는 영원한 진실에 봉사하게 되어 있어. 자네의 생각, 의도, 놀라운 학식, 그리고 자네의 삶 전체는 지혜롭고 아름다운 것, 즉 영원한 것에 바쳐졌어. 그래서 그것들에는 거룩한 천상의 봉인이 찍혀 있는 거지."

"영원한 진리라 말하지만…… 인간이 영원히 살 수 없는데 영원한 진리라는 걸 깨달을 수 있을까? 그리고 그게 필요할까?"

"영원한 생명은 존재한다네." 수도사가 말했다.

"그렇다면 선생은 인간의 불멸을 믿는 건가?"

"물론이지. 자네를 비롯한 모든 인간을 기다리고 있는 것은 위대하고 찬란한 미래야. 지상에 자네 같은 사람이 많으면 많을수록 그 미래는 빨리 실현되지. 자네 같은 사람들, 즉 의식적으로 자유롭게 살면서 최고의 원칙에 헌신하는 그런 사람들이 없었더라면 인류란 것 자체가 무의미했을 거야. 그저 자연의 이치대로 진화해가면서 지상에서의 역사가 끝나기만 오래오래 기다려야 했을 테지. 자네는 인류를 수천년 빨리 영원한 진리의 왕국으로 인도할 걸세. 바로 여기에 자네의 소명이 있는 거지. 자네는 보통 사람들 안에 잠재된 신의 축복을 체현하고 있는 거야."

"그렇다면 영원한 삶의 목적은 무엇이지?" 꼬브린이 물었다.

"무릇 모든 삶의 목적이 그렇듯 영원한 삶의 목적도 즐거움이야.

진정한 즐거움은 깨달음에 있어. 그런데 영원한 삶은 깨달음을 위해 고갈되지 않는 샘물을 제공하지. '내 아버지의 집에는 거처할 곳이 많다'[9]는 성경 말씀도 바로 이런 의미지."

"선생 얘기는 듣기만 해도 기분이 좋아지는군!" 꼬브린은 만족에 겨운 듯 두 손을 부비며 외쳤다.

"나도 무척 기쁘군."

"하지만 나는 알고 있어, 선생이 떠나고 나면 선생의 본질에 관한 의문이 나를 괴롭히리라는 것을. 선생은 유령이자 환영이야. 그러니까 나는 정상인이 아니며 정신병에 걸렸다는 뜻이겠지?"

"설령 그렇다고 치세. 그래서 뭐 어쨌다는 건가? 자네는 아파. 능력보다 더 많이 일해서 기력이 소진된 거지. 이는 곧 자네가 자신의 건강을 이상의 제물로 바쳤고 머지않아 목숨까지 바칠 거라는 뜻이야. 이보다 더 훌륭한 게 어디 있나? 천부적인 재능을 타고난 고결한 인물들은 대체로 이를 지향하지."

"내가 정신병에 걸렸다는 걸 알면서도 내가 나 자신을 믿을 수 있을까?"

"자네는 어째서 세상의 신뢰를 받는 천재들은 유령을 볼 리가 없다고 확신하는 거지? 요즘에는 학자들도 천재와 광기는 한통속이라고 말들 하지. 이보게, 오로지 평범한 인간 군상들이나 건강하고 정상적인 거야. 삶의 목표를 현재에서만 찾는 인간들, 그러니까

---

9 「요한의 복음서」 14장 2절. 여기서 수도사는 성경 구절을 맥락과 상관없이 인용하고 있다.

군중들만이 이 신경증적인 시대와 과로와 퇴화 및 기타 등등에 대한 걱정 때문에 심하게 괴로워하는 법이지.”

“하지만 로마인들이 말했잖아, ‘Mens sana in corpore sano’[10]라고.”

“로마인들이나 그리스인들이 말한 게 모두 옳은 건 아니야. 고양된 기분, 흥분, 황홀감, 요컨대 예언자와 시인과 이념의 순교자들을 평범한 인간들과 구별해주는 모든 것은 인간의 동물적인 측면, 그러니까 그의 물리적인 건강에는 반대되는 것들이지. 다시 한번 말하지만 만일 건강하고 정상적인 인간이 되고 싶다면 군중한테 가게나.”

“거 참 신기하군. 선생은 종종 내 머릿속에 떠오르는 생각들을 그대로 지껄이고 있으니.” 꼬브린이 말했다. “마치 내 비밀스러운 생각들을 엿보고 엿들은 것 같아. 하지만 내 얘기는 이제 그만두지. 선생이 말한 영원한 진리란 대체 어떤 것이지?”

수도사는 대답하지 않았다. 꼬브린은 그를 바라보았으나 그의 얼굴을 식별할 수가 없었다. 그의 윤곽이 안개에 싸인 듯 희미해지면서 머리와 팔이 사라졌다. 몸통이 벤치와 하나가 되고 이어서 저녁노을과 뒤섞이더니 마침내 그는 완전히 사라져버렸다.

“환각은 끝났어!” 꼬브린은 이렇게 말하고 웃었다. “안타까운 일이야.”

---

10 ‘건강한 육체에 건강한 정신이 깃든다’.

그는 행복하고 즐거운 기분이 되어 집으로 돌아갔다. 검은 옷의 수도사가 그에게 한 몇 마디 말은 그의 허영심만을 만족시킨 것이 아니라 그의 영혼 전체, 그의 전 존재를 만족시켰다. 선택받은 사람이 된다는 것, 영원한 진리를 섬긴다는 것, 수천년을 앞당겨 인류를 신의 왕국에 들어갈 수 있게 만들어줄 사람 중의 하나가 되는 것, 인류를 수천년 동안의 불필요한 투쟁과 죄와 고통에서 벗어나게 해줄 사람들의 대열에 합류하는 것, 청춘과 힘과 건강, 즉 모든 것을 이상에 바치는 것, 공동의 선을 위해 죽을 각오가 되어 있는 것 ── 이 얼마나 고결하고 행복한 운명이란 말인가! 순결과 순수와 노고로 점철된 그의 과거가 주마등처럼 펼쳐지면서 그는 자기가 배웠던 것, 그리고 자기가 가르쳤던 모든 것을 기억해냈고 결국 수도사의 말에는 요만큼의 과장도 없었다는 결론에 도달했다.

따냐가 정원을 가로질러 그에게로 다가왔다. 그녀는 이미 다른 옷으로 갈아입고 있었다. "여기 계셨어요?" 그녀가 말했다. "그런 줄도 모르고 우리는 계속 찾아다녔어요…… 그런데 무슨 일이 있었어요?" 그녀는 희열로 가득 찬 그의 빛나는 얼굴과 눈물이 그렁그렁한 두 눈을 보며 깜짝 놀라 물었다. "안드류샤, 당신 정말 이상해 보여요."

"뿌듯해." 꼬브린은 그녀의 어깨에 손을 얹으며 말했다. "아니 뿌듯하다기보다 행복해! 따냐, 너는 너무나 멋진 아가씨야. 나의 따냐 아가씨, 기뻐, 기뻐서 죽을 지경이야!"

그는 미친듯이 그녀의 두 손에 입맞추며 계속 지껄였다.

"방금 기적처럼 찬란한 천국의 시간을 맛보았어. 그렇지만 모든 걸 다 얘기할 수는 없어. 내 얘기를 믿지 않을 거야. 아니면 나더러 미쳤다고 하겠지. 네 얘기를 하자, 우리 예쁜 따냐! 나는 널 사랑해, 그리고 벌써 그 사랑에 익숙해졌어. 네 가까이 있는 것, 하루에도 열번이나 너랑 만나는 것, 이것이 내 영혼의 필수품이 되어버렸어. 여길 떠나면 너 없이 어찌 살 수 있을지 모르겠구나."

"에이!" 따냐가 웃음을 터뜨렸다. "이틀만 지나면 우리를 까맣게 잊으실걸요. 우리야 별 볼 일 없는 사람들이고 당신은 대단한 분이 잖아요."

"아냐, 난 진심이야!" 그가 말했다. "너를 데려가겠어, 따냐. 나와 같이 가주겠니? 응? 내 사람이 되어주겠니?"

"아이, 참!" 따냐는 또다시 웃으려 했지만 웃음이 나오는 대신 홍조가 얼굴에 번졌다.

그녀는 숨을 할딱이며 저택 쪽이 아니라 정원 안쪽을 향해 잰걸 음으로 걸어갔다.

"전 그런 건 생각도 못했어요…… 정말로요!" 크게 상심이라도 한 듯 따냐는 두 손을 꽉 움켜쥐며 말했다.

꼬브린은 그녀의 뒤를 좇아가며 연신 그 희열에 찬 빛나는 얼굴 로 주절거렸다.

"나는 내 전 존재를 압도할 사랑을 원해. 그리고 그 사랑을 줄 수 있는 사람은 오직 너밖에 없어, 따냐. 나는 행복해! 행복해서 죽을 지경이야!"

그녀는 너무나 놀라서 고양이처럼 몸을 바싹 웅크렸고 덕분에 갑자기 10년은 늙은 것 같았다. 그러나 그의 눈에는 무척 아름답게 보였고 그는 솟구쳐오는 기쁨을 큰 소리로 외쳤다.

"이 아가씨는 너무 예뻐!"

6

꼬브린으로부터 두 사람 사이에 로맨스가 진행 중일 뿐 아니라 결혼까지 약속되어 있다는 얘기를 전해들은 예고르 쎄묘니치는 흥분을 감추려 안간힘을 쓰며 오랫동안 방 안을 이 구석에서 저 구석으로 걸어다녔다. 두 손이 부들부들 떨리고 목은 부풀어올라 불그죽죽했다. 그는 경주용 마차를 대령시켜 어디론가 총총히 떠나갔다. 모자를 귀까지 푹 눌러쓰고 미친듯이 말에 채찍질하는 아버지의 모습을 본 따냐는 그의 상태를 알아차리고는 자기 방에 틀어박혀 하루 종일 울기만 했다.

온실에서는 이미 복숭아와 자두가 탐스럽게 익어 있었다. 이 보드랍고 변덕스러운 과일을 포장해서 모스끄바로 보내는 것은 엄청난 주의와 노동을 요하는 성가신 일이었다. 여름이 무덥고 건조했기 때문에 나무 한그루 한그루에 물을 주는 데 많은 시간과 노동력이 소모되었다. 또 애벌레들이 떼거지로 나타나는 바람에 일꾼들은 물론이거니와 예고르 쎄묘니치와 따냐까지도 맨손으로 벌레들을 짓눌러 죽여야 해서 꼬브린은 질색을 했다. 게다가 가을 과실과 묘목 주문이 쇄도해서 서신 왕래가 줄줄이 이어졌다. 또 하필이면 그 누구도 단 1분도 쉴 틈이 없는 이 가장 바쁜 때에 가을걷이가 시작되어 정원 일손을 절반 이상 그쪽으로 빼앗겼다. 얼굴이 새까맣게 그을고 진이 다 빠진 예고르 쎄묘니치는 악에 받쳐 정원으로 들판으로 뛰어다니며 자기는 이제 산산이 부서졌다고, 이제 곧 제 손으로 이마에 총알을 박고야 말 것이라고 소리소리 질러댔다.

그런데 이 모든 것에다가 뻬소쯔끼 가문이 매우 중요하게 여기는 혼수 준비까지 겹쳤다. 가위가 절걱대는 소리와 재봉틀이 덜컥거리는 소리와 인두에서 칙칙 뿜어져 나오는 열기와 예민하고 상처받기 쉬운 재봉사의 변덕 때문에 식구들은 모두 머리가 돌 지경이었다. 게다가 마치 일부러 그러는 듯 놀아주고 먹여주고 심지어 재워주기까지 해야 하는 손님들이 매일같이 몰려들었다. 그러나 이 모든 중노동의 시간은 마치 안개 속을 지나듯 슬그머니 흘러가 버렸다. 따냐는 열네살 때부터 웬일인지 꼬브린이 자기와 틀림없이 결혼할 것이라고 믿고는 있었지만, 그래도 사랑과 행복에 급습당한 느낌이었다. 놀라웠고 당황스러웠고 자기 자신을 믿을 수가 없었…… 어떤 때는 갑자기 너무나 행복에 겨워 구름 위로 날아가 하느님께 기도를 드리고 싶은 심정이었다. 또 어떤 때는 8월이면 태어나고 자란 둥지와 작별을 하고 아버지를 혼자 남겨두어야 한다는 사실을 상기했다. 또 어떤 때는 뜬금없이 자기는 보잘것없고 하찮으며 꼬브린 같은 위대한 인물과는 걸맞지 않다는 생각이

들기도 했다. 그럴 때면 자기 방에 들어가 문을 걸어 잠그고 몇시간씩 서럽게 울었다. 손님이 오면 갑자기 꼬브린이 특별나게 잘생겨 보여 모든 여자들이 그에게 반해 자기를 부러워한다는 생각이들었고 그럴 때면 마치 온 세상을 정복한 듯 자부심과 환희로 가슴이 벅차올랐다. 그러다가도 그가 만일 어떤 아가씨에게 조금이라도 다정한 미소를 보낼라치면 질투에 치를 떨며 자기 방으로 뛰어들어가 또다시 눈물을 쏟았다. 그녀는 이 새로운 느낌에 완전히 사로잡혀 그냥 기계적으로 아버지를 도울 뿐, 복숭아도 애벌레도 일꾼들도 알아채지 못했고 또 시간이 그렇게 빨리 흘러가는 것도 눈치채지 못했다.

예고르 쎄묘니치에게도 같은 일이 일어나고 있었다. 그는 아침부터 밤까지 일했고 항상 어디론가 바삐 갔고 짜증을 부리고 성을 냈지만 이 모든 일을 무슨 주술에 걸린 사람처럼 비몽사몽간에 해냈다. 그의 내부에는 마치 두 사람이 존재하는 것 같았다. 하나는 진짜 예고르 쎄묘니치로 그는 정원사 이반 까를리치가 이런저런 문제들을 보고하면 버럭 화를 내고 낙심한 나머지 두 손으로 머리를 감싸쥐었다. 또다른, 제2의 예고르 쎄묘니치는 마치 술 취한 사람처럼 사업 얘기 도중에 갑자기 말을 끊고 정원사의 어깨를 툭툭 치며 웅얼거렸다.

"뭐니 뭐니 해도 핏줄은 속일 수가 없다네. 꼬브린의 모친은 고상하고 현명하고 멋진 여성이었어. 그분의 천사처럼 순결하고 밝고 선량한 얼굴을 보는 것은 커다란 기쁨이었지. 그림도 잘 그리고 시도 잘 쓰고 다섯 나라 외국어를 말했고 노래도 잘 불렀었어……
고인의 명복을 빌어마지 않네. 그분은 가엾게도 폐렴으로 돌아가
셨지."

　제2의 예고르 쎄묘니치는 한숨을 내쉬고는 잠시 말을 멈추었다
가 계속했다.

　"그 친구는 꼬마 때부터 우리 집에서 자랐는데 그 친구 얼굴도
똑같이 천사처럼 밝고 선량했다네. 눈빛도, 행동거지도, 말투도 꼭
자기 엄마처럼 부드럽고 우아했지. 머리? 언제나 그 총기로 우릴
놀라게 했어. 괜히 문학 박사겠나! 암, 그렇고말고! 이반 까를리치,
한번 생각해보게, 10년 후엔 그 친구가 어떻게 될지! 우리는 범접
도 못하게 될 걸세!"

　그러나 진짜 예고르 쎄묘니치는 여기서 제정신을 차리고는 무
서운 표정으로 머리를 감싸쥐고 절규했다. "이런 빌어먹을! 다 망
쳤어, 완전히 망했어, 다 말아먹었어! 내 정원은 이제 망했어! 끝장
이 났다고!"

　그러나 꼬브린은 이 모든 아수라장은 안중에도 없이 이전처럼
열심히 연구에 매진했다. 사랑은 불길에 기름을 부은 격이었다. 따
냐와 만나고 나면 그는 언제나 행복하고 환희에 가득 차 자기 방으
로 돌아가 방금 전에 따냐와 입맞춤하던 그 열정, 그녀에게 사랑을
맹세한 바로 그 열정으로 책 혹은 원고에 정신을 쏟아부었다. 검은
옷의 수도사가 말한 신에게 선택받은 자들, 영원한 진리, 인류의 찬
란한 미래 등등은 그의 연구에 특별하고 비범한 의미를 부여했고

그의 영혼을 자긍심과 자존감으로 가득 채워주었다. 그는 일주일에 한두번씩 정원이나 집 안에서 검은 옷의 수도사와 만나 장시간 담소를 나누기도 했는데, 이미 수도사의 환영은 오로지 이상에 헌신하는 걸출하고 선택받은 사람들에게만 보인다는 것을 철석같이 믿고 있었기에 놀라기는커녕 오히려 기뻐 날뛸 지경이었다.

한번은 수도사가 식사 도중에 나타나 식당 창가에 걸터앉은 적도 있었다. 꼬브린은 무척이나 기뻤고 아주 교묘하게 수도사도 흥미를 느낄 만한 주제를 가지고 예고르 쎄묘니치와 따냐를 상대로 대화를 이끌어나갔다. 검은 옷의 수도사는 경청하며 친근하게 고개를 끄덕였다. 예고르 쎄묘니치와 따냐 역시 경청하며 즐겁게 미소 지었는데 꼬브린이 자기들이 아닌 환영과 말을 하고 있다고는 추호도 의심하지 않았다.

성모승천 대축일 금식제[11]가 어느 틈에 다가오더니 금식제가 끝나자 곧이어 결혼식 날이 닥쳤다. 예고르 쎄묘니치의 집요한 열망에 따라 결혼식은 '신바람 나게', 그러니까 이틀 낮 이틀 밤을 주구장창 밑 빠진 독에 술 붓기 식으로 치러졌다. 3000루블어치나 먹고 마셔댔지만 고용 악단의 끔찍한 연주와 고래고래 외치는 건배 소리와 우왕좌왕하는 하인들과 소음과 북새통 덕분에 사람들은 값비싼 술맛도, 모스끄바에서 주문해온 안주 맛도 제대로 음미하지 못했다.

---

11 러시아 정교 구력으로 8월 15일인 성모승천 대축일을 기념하기 위해 8월 1일부터 2주간 지내는 금식제.

7

길고 긴 겨울밤, 꼬브린은 침대에 누워 프랑스 소설을 읽고 있었다. 도시 생활에 적응하지 못해 저녁마다 두통에 시달리는 불쌍한 따냐는 한참 전에 잠이 들어 간간이 앞뒤가 안 맞는 말을 비몽사몽간에 웅얼거렸다.

시계가 3시를 쳤다. 꼬브린은 촛불을 끄고 잠을 청했다. 오랫동안 눈을 감고 뒤척였지만 잠이 오지 않았다. 침실 안이 너무 덥고 따냐가 잠꼬대를 해서 그런 것 같았다. 4시 반에 그는 다시 촛불을 켰다. 그러자 침대 옆 안락의자에 앉아 있는 검은 옷의 수도사가 눈에 들어왔다.

"안녕하신가." 수도사는 이렇게 말하고는 잠시 입을 다물었다가 질문을 던졌다. "지금 무슨 생각을 하고 있는 건가?"

"명예에 관해서." 꼬브린은 대답했다. "방금 읽고 있던 프랑스 소설에 젊은 학자가 등장하는데, 그 친구는 너무나도 명예에 집착한 나머지 어리석은 일을 저지르고 소멸해가. 나는 그의 집착을 이해할 수 없어."

"그건 자네가 현명하기 때문이야. 자네는 명예라는 것을 그다지 재미없는 장난감이라도 되는 듯 무심하게 대하고 있지."

"그건 맞는 말이야."

"자네는 명성이란 것에 매력을 못 느껴. 사실 자네의 이름을 묘석에 새긴다 해도 시간이 그 묘비명과 금도금을 다 지워버리겠지. 그렇다면 그게 가문의 영광이 되겠나, 재미를 주겠나, 아니면 교훈을 주겠나? 그래, 다행스럽게도 인간의 형편없는 기억력이 그 이름들을 모두 감당하기에는 자네 같은 인물이 너무 많지."

"그건 그래." 꼬브린은 동의했다. "어쨌거나 그 이름들을 기억할 필요가 어디 있겠나? 하지만 이제 다른 얘길 하지. 이를테면 행복 같은 것. 행복이란 무엇일까?"

시계가 5시를 칠 때 그는 두 다리를 양탄자에 내려뜨린 채 침대에 걸터앉아 수도사에게 말하고 있었다.

"옛날에 어느 행복한 사람이 결국에는 자신의 행복에 겁이 났지. 행복이 너무 컸던 거야! 그자는 신들을 달래기 위해 자기가 좋아하는 반지를 제물로 바쳤어. 그 얘기 알지? 나도 그 폴리크라테스[12]처럼 내 행복에 대해 슬슬 불안해지기 시작했어. 아침부터 밤까지 오로지 기쁘기만 하다는 것이, 오로지 기쁨만이 다른 감정들을 압도하며 나를 가득 채우고 있다는 것이 너무 이상해. 슬픔이 뭔지, 고뇌가 뭔지, 권태가 뭔지 나는 몰라. 가령, 지금 불면증에 시달려 잠도 제대로 못 자고 있지만 따분하지가 않아. 심각한 상태야. 이상하

---

12 사모스 섬의 군주(BC 538~522). 헤로도토스의 『역사』 제9권에 그에 관한 전설이 수록되어 있다. 이 독재자가 지나치게 성공적이자 그의 우방이었던 이집트의 파라오 아마시스 2세는 그에게 운명의 역전이 두려우니 가장 아끼는 보물을 바다에 던져버리는 게 좋겠다고 충고했다. 그래서 그는 아끼는 보석 반지를 바다에 던져버렸는데 커다란 물고기가 그걸 집어삼켰다. 어느날 폴리크라테스 궁전의 요리사는 군주에게 바치려고 커다란 물고기를 잡았는데 물고기 뱃속에서 반지가 나왔다. 폴리크라테스는 자신의 변치 않는 행운을 자랑했다.

다는 생각이 들기 시작했어."

"아니 어째서?" 수도사는 놀랍다는 듯이 되받았다. "기쁨이라는 게 무슨 초자연적인 감정이라도 되나? 기쁘다는 게 인간의 정상적인 상태가 되지 말라는 법이라도 있나? 인간이 정신적, 도덕적 발전의 궤적에서 위로 올라갈수록, 자유로워질수록, 인생에서 얻는 만족은 더욱 커지게 마련이야. 소크라테스, 디오게네스, 마르쿠스 아우렐리우스는 모두 슬픔이 아닌 기쁨을 경험했지. 그리고 어느 사도께서도 '항상 기뻐하라'[13]고 말씀하셨지. 그러니 기뻐해, 그러면 행복해질 테니까."

"그러다가 신들이 돌연 노여워하면 어쩌지?" 꼬브린은 농담조로 말을 건네며 키득거렸다. "신들이 나한테서 안락함을 앗아가고 그 대신 추위와 굶주림에 시달리게 한다면 별로 기쁘지 않을 것 같은데."

이때 따냐가 잠에서 깨어나 경악과 공포에 질린 얼굴로 남편을 바라보았다. 그는 안락의자를 향해 이야기하고 손짓하며 웃고 있었다. 그의 두 눈은 광채를 발했고 그의 웃음소리는 어딘지 괴기했다.

"안드류샤, 지금 누구랑 이야기하는 거예요?" 그녀는 그가 수도사를 향해 내민 팔을 잡아채며 물었다. "안드류샤, 거기 누가 있다고 그러세요?"

"뭐라고? 누구냐니?" 꼬브린은 허둥댔다. "여기 있잖아…… 여

<hr />

13 「데살로니카인들에게 보낸 첫째 편지」 5장 16절 "언제나 기뻐하십시오"를 인용한 것임.

기 앉아 있잖아." 그는 검은 옷의 수도사를 가리키며 말했다.

"여긴 아무도 없어요…… 아무도요! 안드류샤, 당신은 아픈 거예요!"

따냐는 남편을 얼싸안으며 마치 허깨비로부터 보호하기라도 하듯 그에게 달라붙어 손으로 그의 눈을 가렸다.

"당신 병이 난 거예요!" 그녀는 온몸을 부들부들 떨며 오열했다. "미안해요, 여보, 내 사랑. 저는 이미 한참 전에 당신 영혼이 무엇 때문인지는 모르지만 여하튼 망가졌다는 걸 눈치챘어요…… 당신은 마음에 병이 난 거예요, 안드류샤……"

그녀의 떨림이 그에게 전해졌다. 그는 이미 텅 비어버린 안락의자를 다시 한번 바라보더니 갑자기 팔다리에 힘이 쭉 빠지는 것을 느끼고는 겁에 질려 옷을 입기 시작했다.

"별일 아니야, 따냐, 별일 아니라고……" 그는 부들부들 떨며 웅얼거렸다. "사실 난 좀 아프기는 해…… 인정할 때가 되었지."

"저는 벌써 오래전에 눈치챘어요…… 아빠도 눈치채셨구요." 복받치는 울음을 억지로 삼키며 그녀가 말했다. "당신은 혼자서 중얼거리고 공연히 히죽히죽 웃기도 하고…… 잠도 안 자고요. 오, 하느님, 하느님, 저희를 좀 살려주세요!" 그녀는 공포에 떨며 말했다. "하지만 겁내지 마세요, 안드류샤. 겁내지 마세요, 제발. 겁내지 마세요……"

그녀도 옷을 입기 시작했다. 꼬브린은 그녀를 바라보며 이제야 비로소 자신이 처한 상황의 위험성을 모두 알아차렸고 검은 옷의 수도사, 그리고 그와 나누는 대화가 무엇을 의미하는지도 알아차렸다. 이제 자기가 미쳤다는 사실을 분명하게 깨달은 것이다.

두 사람은 무엇 때문인지는 모르지만 좌우간 옷을 갈아입고는 응접실로 나갔다. 그녀가 앞서고 그가 뒤를 따라갔다. 응접실에는 그들을 방문 중인 예고르 쎼묘니치가 촛불을 들고 서 있었다. 울음소리에 잠에서 깨어 가운을 걸치고 나온 것이다.

"안드류샤, 겁내지 말아요." 따냐는 열병에 걸린 사람처럼 덜덜 떨며 말했다. "겁내지 말아요…… 아빠, 이건 모두 지나갈 거예요…… 다 지나갈 거예요……"

꼬브린은 너무나 흥분해서 말을 할 수가 없었다. 그는 장인에게 장난스러운 어조로 말하고 싶었다. '축하해주세요, 저는 보시다시피 미쳤답니다.' 그러나 그저 입술만 씰룩거리며 무섭게 일그러진 미소를 지었을 뿐이다.

9시에 그들은 꼬브린에게 재킷과 털 코트를 입히고 숄로 둘둘 말아 마차에 태워 의사에게 데려갔다. 그는 치료받기 시작했다.

8

다시 여름이 되었고 의사는 꼬브린에게 시골에 가라고 조언했다. 그는 이제 많이 좋아져 더이상 검은 옷의 수도사를 보는 일은 없어졌다. 다만 체력을 보강하는 일만이 남았다. 시골에서 장인과 함께 살며 우유를 많이 마셨고, 하루에 두시간만 공부했으며, 술도 담배도 다 멀리했다.

성 일리야의 날[14] 전야에 집안에서는 저녁 성찬예배식이 거행되었다. 부제가 신부에게 향합을 건네자 오래된 넓은 거실에서는 무덤 냄새가 났다. 꼬브린은 지루해졌다. 정원으로 나가 화려한 꽃들에는 눈길도 주지 않고 어슬렁거리다가 잠시 벤치에 앉았다. 다시 벌떡 일어나 안마당을 가로질러 걷다가 강가에 다다르자 아래로 내려가 강물을 바라보며 상념에 잠겼다. 털북숭이 뿌리를 드러낸 음울한 소나무들이 작년에는 바로 여기서 그토록 젊고 즐겁고 활기찬 그를 바라보았건만, 이제는 바스락 소리도 없이 미동도 없이 조용히 서 있었다. 그를 알아보지 못한 것 같았다. 사실 그는 머리를 짧게 잘라 그 길고 멋졌던 머리카락은 간데없었고 걸음걸이에는 힘이 없었으며 얼굴은 작년에 비해 살이 좀 올랐지만 안색은 더 창백했다.

그는 외나무다리를 건너 맞은편 강기슭으로 갔다. 작년에 호밀밭이던 곳에 이제는 추수한 귀릿단들이 줄지어 놓여 있었다. 해는 이미 졌고, 지평선에는 붉은 노을이 다음날의 광풍을 예고하며 넓게 퍼져 타오르고 있었다. 고요했다. 작년에 검은 옷의 수도사가 처음으로 나타났던 방향을 바라보며 꼬브린은 노을이 사라질 때까지 20분가량 서 있었다.

---

14 정교회 축일 중 하나. 구력으로 7월 20일.

불만족스럽고 무기력한 상태로 집에 돌아와보니 저녁 성찬예배는 끝나 있었다. 예고르 쎄묘니치와 따냐는 테라스 층계에 앉아 차를 마시고 있었다. 그들은 무언가에 관해 말하고 있다가 꼬브린을 보더니 돌연 입을 꾹 다물었다. 그들의 표정으로 미루어 꼬브린은 그들이 자기 얘기를 하고 있었다고 확신했다.

"당신 우유 마실 시간이에요." 따냐가 남편에게 말했다.

"아니, 일없어." 꼬브린은 층계의 맨 아래 단에 앉으며 말했다. "너나 마셔. 난 싫어."

따냐는 걱정스레 아버지와 눈짓을 주고받으며 죄지은 사람처럼 말했다.

"우유가 몸에 좋다는 걸 당신도 아시잖아요."

"그래, 엄청 좋지!" 꼬브린은 코웃음을 쳤다. "축하합니다, 금요일 이후 몸무게가 한근이나 늘었습니다요." 그는 두 손으로 머리를 꼭 감싸쥐고 음울하게 내뱉었다. "어째서, 어째서 당신들은 나를 치료한다고 했지? 브롬화칼륨, 휴식, 뜨거운 목욕, 감시 감독, 내가 한모금 넘길 때마다, 한걸음 내디딜 때마다 안달복달하기, 이 모든 것이 결국 나를 멍청이로 만들 거라고. 그래, 나 미쳤었어. 과대망상증이 있었어. 하지만 그때는 즐거웠고 건강했고 행복했어. 나는 재미있고 창조적인 인간이었지. 지금 나는 좀더 합리적이고 좀더 튼튼하게 되었어. 하지만 그 대신 그냥 보통 사람이 되었어. 평범한 놈이 되었어. 사는 게 지겨워…… 아, 당신들 나한테 정말로 잔인했어! 그래, 나는 허깨비를 보았어. 하지만 그게 누구한테 해가 되었나? 대답해봐, 수도사가 누구한테 해를 끼쳤냐고?"

"맙소사, 그게 무슨 말인가!" 예고르 쎄묘니치는 한숨을 푹 내쉬었다. "차마 듣고 있을 수가 없군."

"그럼 듣지 마세요."

꼬브린은 사람들, 특히 예고르 쎄묘니치와 함께 있으면 짜증이 났다. 꼬브린은 메마르고 쌀쌀맞고 무례하게 그의 말에 대꾸했으며 오로지 경멸과 증오만을 담은 눈길로 그를 보았다. 예고르 쎄묘니치는 너무 당황스러워서 자기가 잘못한 게 없다는 걸 알면서도 죄지은 사람처럼 헛기침을 했다. 두 사람의 다정하고 친밀했던 관계가 어쩌다가 이렇게 확 달라졌는지를 도무지 이해할 수 없는 따냐는 아버지에게 바싹 다가가 걱정스레 그의 두 눈을 들여다보았다. 그녀는 이해하고 싶었지만 아무것도 이해할 수 없었다. 다만 자기들의 부부 관계는 날마다 점점 더 악화되어간다는 것, 아버지는 최근 들어 몰라보게 늙어버렸다는 것, 그리고 꼬브린은 신경질적이고 변덕스럽고 아무것도 아닌 일에 트집이나 잡는 무뚝뚝한 인간이 되어버렸다는 사실만을 확실하게 깨달았다. 그녀는 이제 웃는 것도 노래 부르는 것도 할 수 없었다. 식사 때는 아무것도 목구멍으로 넘기지 못했고 밤에는 혹시라도 무슨 무서운 일이라도 일어날까봐 한잠도 못 잤다. 한번은 너무나 지쳐버린 나머지 점심 식사 때부터 저녁 무렵까지 혼절해 누워 있기까지 했다. 저녁 성찬예배 때 그녀는 아버지가 울고 있다고 생각했지만 자기들 세 사람이 테라스에 앉아 있는 이 시간만큼은 그 일에 관해 생각하지 않으려고 안간힘을 다하고 있었다.

"부처와 마호메트와 셰익스피어는 얼마나 행복했을까! 선량하신 친척들과 의사들이 황홀경과 영감을 치료하려 달려들지 않았으니 말이야!" 꼬브린이 말했다. "만일 마호메트가 신경쇠약을 고치려고 브롬화칼륨을 삼키고 하루에 두시간만 공부하고 우유만 마셨더라면 그 놀라운 인물이 죽은 뒤에는 남은 게 별로 없었을 거라고. 키우던 강아지가 죽은 것처럼 말이야. 선량한 친척들과 의사들 덕분에 인류는 멍청이가 되고 범용은 천재 취급받고 문명은 쇠락할 거야." 꼬브린은 짜증을 내며 덧붙였다. "내가 당신들한테 얼마나 고마워하고 있는지 알아주셨으면 좋겠어!"

그는 너무나 울화통이 치밀어서 무언가 극단적인 말을 하게 될까봐 벌떡 일어나 부리나케 집으로 갔다. 사위는 고요했고 정원에서 연초와 얄라파 향기가 열린 창문을 통해 들어왔다. 드넓고 어두운 응접실 바닥과 피아노 위에 달빛이 녹색 얼룩처럼 어른거렸다. 꼬브린은 얄라파 향기가 풍기고 창문에는 달빛이 어른거렸던 작년 여름의 그 황홀한 기쁨이 생각났다. 작년의 기분을 되살리기 위해 그는 재빨리 자기 서재로 가 독한 궐련을 피우고 하인에게 포도주를 가져오게 했다. 그러나 담배 맛은 소태같이 쓰고 불쾌했으며 포도주 역시 작년과 같은 그런 맛이 아니었다. 습관에서 벗어난다는 것이 바로 이런 것이었다! 담배와 두모금의 포도주로 머리가 빙빙 돌고 가슴이 무섭게 두근거렸기 때문에 그는 브롬화칼륨을 삼켜야 했다.

잠자리에 들기 전에 따냐가 그에게 말했다.

"아빠는 당신을 숭배하고 계세요. 당신은 무엇 때문인지 아빠한테 화를 내지만 그건 아빠를 죽이는 일이에요. 잘 보세요. 아빠는 하루가 다르게, 아니 한시간이 다르게 늙어가고 계세요. 제발, 안드류샤, 제발 부탁이에요. 돌아가신 당신 아버님을 생각해서라도, 제 마음의 평화를 생각해서라도, 아빠한테 상냥하게 대해주세요!"

"그럴 수도 없고 그러기도 싫어."

"아니, 왜요?" 따냐는 온몸을 부들부들 떨며 물었다. "얘기해주세요, 왜죠?"

"그냥 맘에 안 들어, 그게 다야." 꼬브린은 아무렇게나 대답하고는 어깨를 으쓱했다. "하지만 장인어른 얘기는 하지 말자. 당신 아버지니까."

"도저히, 도저히 이해할 수 없어요!" 따냐는 관자놀이를 지그시 누른 채 한곳을 응시하며 말했다. "우리 집에서 알 수 없고 끔찍한 일이 벌어지고 있어요. 당신은 변했어요. 원래의 당신과 전혀 다른 사람이 되어버렸어요. ……현명하고 비범한 당신이 아무것도 아닌 일로 짜증을 내고 시시한 실랑이에 끼어들고…… 그런 허접한 것들이 당신을 힘들게 하다니, 때로 너무 놀라서 이 사람이 정말 당신이란 말인가 하고 의심하게 돼요. 아니, 아니, 화내지 마세요." 그녀는 제 말에 자기가 놀라 그의 손에 입을 맞추며 계속 말했다. "당신은 현명하고 친절하고 선량한 사람이에요. 그러니 아빠한테 잘해주실 거예요. 아빠는 선량한 분이세요!"

"장인어른은 선량하지 않아, 그저 무골호인일 따름이지. 당신 아버지 같은 인간들, 보드빌에 나올 법한 피둥피둥하고 사람 좋고 지나치게 손님 좋아하는 괴짜 영감들을 한때는 나도 인생에서건 보드빌에서건 소설에서건 좋아하기도 하고 재미있어하기도 했지만 지금은 그저 혐오스러워. 그자들은 뼛속까지 이기적인 족속들이야. 무엇보다도 혐오스러운 것은 그들의 실컷 처먹어 피둥피둥한 면상과 기름 낀 위장에서 나오는 순전히 황소 같은, 멧돼지 같은 낙관주의야."

따냐는 침대에 앉아 베개에 고개를 파묻었다.

"이건 고문이야." 그녀가 중얼거렸다. 목소리로 미루어 그녀는 이미 지칠 대로 지쳐 더이상 말하기도 어려운 상태였다. "지난겨울부터 지금까지 한시도 편할 날이 없었어…… 이건 정말 너무 끔찍해, 오 하느님! 너무 힘들어요……"

"그래, 물론, 나는 헤로데야. 그리고 당신과 당신 아버지는 이집트의 아이들이지.[15] 암, 그렇고말고!"

그의 얼굴은 추악하고 혐오스러워 보였다. 증오와 경멸의 표정은 그와 어울리지 않았다. 따냐는 이미 한참 전에 그의 얼굴에서 무언가가 빠져 있다는 것을 눈치챘었다. 머리를 깎은 뒤로는 얼굴마저 변한 것 같았다. 따냐는 그에게 무언가 모욕적인 말을 해주고

---

15 여기서 꼬브린은 횡설수설하며 연관 없는 두개의 이야기를 뒤섞어 아무렇게나 내뱉고 있다. 헤로데가 죽이라고 명령한 것은 이집트의 아이들이 아니라 베들레헴 인근의 두살 미만 아기들이었다. 이집트의 아이들은 아마도 모세 이야기에서 가져온 것 같다.

싶었으나 그 순간 자기 안에 있는 적의를 발견하고는 소스라치게
놀라 침실에서 나가버렸다.

9

꼬브린은 단독으로 강좌를 맡게 되었다. 개강일은 12월 2일로
정해졌고 대학 내 복도에는 강의 안내문이 나붙었다. 그러나 개강
당일 그는 학생부장에게 전보를 보내 지병으로 강의가 어렵다고
알렸다.

그는 출혈성 기관지염을 앓았다. 늘 조금씩 각혈을 했지만 한달
에 두어번은 피를 콸콸 쏟았고 그럴 경우 완전히 탈진하여 혼수상
태가 되곤 했다. 죽은 어머니도 똑같은 병을 앓았지만 10년 아니면
그 이상 생존했다는 것을 알고 있었기 때문에 특별히 놀라지는 않
았다. 의사들은 별로 위험한 것이 아니라며 그를 안심시켜주었고
너무 걱정하지 말고 건강한 생활 습관을 유지하되 말은 가급적 적
게 하라고 조언했다.

1월에도 같은 이유에서 강의는 취소되었다. 2월은 새로 강의를
시작하기엔 너무 늦은 시점이라 강의는 이듬해로 연기되었다.

이제 그는 이미 따냐가 아닌 다른 여성과 동거하고 있었다. 그
여성은 그보다 두살 연상으로 그를 마치 어린아이처럼 보살펴주
었다. 그의 기분은 편안하고 유순했다. 그는 기꺼이 동거녀의 뜻을

따랐다. 그래서 바르바라 니꼴라예브나 — 이게 그 동거녀의 이름이었다 — 가 크리미아 지방으로 가자고 했을 때 그 여행이 아무런 득이 되지 않으리라는 걸 예감하면서도 그러마고 했다.

그들은 저녁때 쎄바스또뽈에 도착해 호텔에 묵었다. 일단 휴식을 취한 뒤 다음날 얄따로 갈 예정이었다. 그들은 둘 다 노독으로 기진맥진했다. 바르바라 니꼴라예브나는 차를 실컷 마시고 자리에 눕더니 곧 곯아떨어졌다. 그러나 꼬브린은 잠자리에 들지 않았다. 역으로 떠나기 한시간 전에 집으로 따냐의 편지가 왔는데 그 편지를 뜯어볼 엄두가 나지 않았었다. 그래서 편지는 아직 그의 옆 주머니에 들어 있었다. 그 편지 생각을 하면 불안하고 불쾌했다. 솔직히 말해서, 그는 내심 따냐와의 결혼은 실수라고 생각했으며 그녀와 완전히 갈라서게 된 것을 다행이라고 여겼다. 마지막에 가서는 결국 산송장처럼 변해 뚫어지게 쏘아보는 커다랗고 명민한 두 눈 외에는 모든 것이 죽어버린 듯한 그 여자에 관한 기억은 연민과 자괴감만을 불러일으켰다. 봉투에 쓰인 글씨는 그가 2년쯤 전 얼마나 부당하고 잔인했었는지를, 그리고 아무 죄도 없는 사람들에게 얼마나 심하게 자신의 정신적 공허와 권태와 고독과 삶에 대한 불만을 퍼부었는가를 생각나게 했다. 그는 또 어느날인가 와병 중에 썼던 모든 학위 논문과 학술 논문을 갈기갈기 찢어 창밖으로 버렸던 일을 기억해냈다. 찢어진 종이 쪼가리들은 바람에 휘날려 나뭇가지와 꽃 사이에 주렁주렁 걸렸었다. 자기가 쓴 모든 글의 행간에서 그는 아무런 근거도 없는 이상한 주장, 경박한 격정, 뻔뻔함과 과대망상을 읽었고 그러다보니 마치 자기가 저지른 죄악의 기록을 읽는 듯한 느낌이 들었다. 마지막 노트가 갈가리 찢겨 창밖으로 날아가자 그는 돌연 이유 없이 울화가 치밀고 울적해져서 아내에게 달려가 심하게 불쾌한 말들을 퍼부었다. 오 하느님, 그는 얼마나 그녀를 괴롭혔던가! 한번은 오로지 따냐에게 고통을 주겠다는 일념에서 예고르 쎄묘니치가 딸과 결혼해달라고 애걸복걸하여 자기네 로맨스에서 추잡한 역할을 수행했다고 떠들어댔다. 예고르 쎄묘니치는 우연히 이 말을 엿듣고 방 안으로 쳐들어왔지만 너무나 상심한 나머지 한마디도 못하고 발을 동동 구르며 마치 혀가 잘려나가기라도 한 듯 이상한 소리로 울부짖었다. 그런 아버지의 모습을 본 따냐는 찢어지는 듯한 비명을 지르고는 기절해버렸다. 추악한 장면이었다.

낯익은 필체를 보자 이 모든 일이 기억 속에서 되살아났다. 꼬브린은 발코니로 나갔다. 날씨는 평온하고 따사로웠으며 비릿한 바다 내음이 풍겨왔다. 황홀하게 아름다운 작은 만은 불빛과 달빛이 반사되어 뭐라 형언하기 어려운, 푸른빛과 녹색이 부드럽고 잔잔하게 어울린 그런 색채를 띠고 있었다. 바다는 군데군데 푸르른 유산동 색깔을 띠었고 어떤 곳에는 달빛이 너무 진해서 작은 만은 온통 물 대신 빛으로 출렁이는 듯했다. 이 얼마나 신비한 색채의 조화이며, 얼마나 평화롭고 고요하고 장엄한 분위기란 말인가! 여자 목소리와 웃음소리가 또렷이 들려오는 것을 보니 발코니 밑의 아래층에서는 창문을 열어놓은 것 같았다. 아마도 파티가 열리고 있으리라.

꼬브린은 가까스로 마음을 다잡아 편지를 뜯고는 호텔 방으로 돌아가 읽기 시작했다.

방금 아빠가 돌아가셨어. 아빠를 죽인 건 당신이니 당신 덕분이라 해야겠네. 우리 정원은 망해가고 있어. 벌써부터 낯선 사람들이 와서 주인 행세를 하고 있으니, 불쌍한 아빠가 생전에 걱정하셨던 바로 그 일이 일어나고 있는 거지. 이 또한 당신 덕분이네. 내 온힘을 다해 당신을 증오해. 당신이 어서 빨리 죽기만을 바라고 있어. 이 괴로움을 누가 알까! 내 영혼은 견딜 수 없는 고통으로 활활 타오르고 있어…… 당신을 저주해. 당신이 특별한 사람, 천재라 생각했고 당신을 사랑했지만 당신이란 사람은 그냥 미친놈일 뿐이었어……

꼬브린은 더이상 읽을 수가 없어 편지를 갈기갈기 찢어 휙 던져버렸다. 공포와 비슷한 불안감이 엄습해왔다. 칸막이 저편에서 쿨쿨 자고 있는 바르바라 니꼴라예브나의 씩씩거리는 숨소리가 들려왔다. 아래층에서는 여자 목소리와 하하거리는 웃음소리가 들려왔지만 그는 호텔 전체에 살아 있는 사람은 자기 혼자인 것 같은 느낌이 들었다. 슬픔으로 다 죽게 된 저 불행한 따냐가 편지에서 그를 저주하며 죽기만 바란다고 썼기 때문에 그는 불안해졌다. 또 지난 2년간 그 자신과 친지들의 삶을 만신창이로 만든 저 미지의 힘이 또다시 호텔 방에 들어와 자신을 제압할까봐 무서워 문 쪽을 힐끔거렸다.

그는 경험상 신경이 분산될 때는 일이 최선의 치료책이라는 것을 알고 있었다. 책상 앞에 앉아 무엇이 되었건 한가지 생각에 집중해야만 했다. 그는 빨간 서류 가방에서 공책을 꺼냈다. 공책에는 크리미아에서 할 일이 없어 지루할 경우를 대비해 생각해둔 조그마한 편찬 작업의 개요가 대충 적혀 있었다. 책상 앞에 앉아 이 개요에 몰두하자 평온하고 순종적이고 무심한 기분이 되돌아오는 것만 같았다. 개요가 적힌 공책은 인생무상에 대한 상념까지 일깨웠다. 그는 지극히 평범하고 하찮은 행복의 댓가로 삶이라는 것이 인간에게 얼마나 많은 것을 요구하는지를 생각했다. 예를 들어보자. 마흔이나 다 되어 강의 자리를 얻어 평범한 교수가 되고 매가리 없고 지겹고 어려운 언어로 뻔히 다 아는, 게다가 남에게 빌려온 사상을 전달하기 위해, 요컨대 고만고만한 학자의 자리에 올라서기 위해 그, 꼬브린은 15년간 공부하고 밤낮으로 연구하고, 심각한 정신질환을 앓고, 불행한 결혼을 파탄으로 마감하고, 기억하기조차 싫은 온갖 어리석고 부당한 일을 저질러야 했던 것이다. 이제 꼬브린은 자신이 평범 그 자체임을 분명하게 깨달았으며 이 사실과 기꺼이 화해했다. 인간은 누구나 자기 자신에 대해 만족해야 한다고 생각했기 때문이다.

개요 덕분에 그는 안정을 되찾았지만 마룻바닥에 희끗희끗하게 흩어져 있는 편지 조각들이 몰입을 방해했다. 그는 책상에서 일어나 편지 조각들을 주워서 창밖으로 던져버렸다. 그러나 바다에서 불어온 산들바람이 종잇조각들을 창틀 여기저기에 흩뿌려놓았다.

또다시 공포와도 비슷한 불안이 엄습해오고 호텔 전체에 살아 있는 사람은 자기 혼자뿐이라는 생각이 들었다…… 그는 발코니로 나갔다. 작은 만은 마치 살아 있는 생명체인 양 수천개의 담청색, 군청색, 하늘색, 불타는 붉은색의 눈을 깜빡이며 그를 유혹했다. 사실 무덥고 답답한 날씨여서 수영하는 것도 나쁘지 않을 듯했다.

갑자기 발코니 밑 아래층에서 바이올린 소리가 들리더니 두 여자가 감미로운 음성으로 노래를 부르기 시작했다. 어딘지 귀에 익은 노래였다. 아래층에서 부르는 로망스는 어떤 소녀에 관한 것이었다. 공상이라는 병에 걸린 소녀는 한밤중에 정원에서 들려오는 신비한 소리를 듣고는 그것이 우리 필멸의 인간은 이해할 수 없는 신성한 화음이라는 걸 알아챈다…… 꼬브린은 숨이 콱 막히며 슬픔으로 심장이 찢어질 듯했다. 이미 오래 전에 잊어버렸던 어떤 신비하고 달콤한 기쁨이 그의 가슴속에서 끓어오르기 시작했다.

회오리바람 혹은 돌개바람과 비슷한 높다랗고 시커먼 기둥이 만의 저쪽 기슭에 나타났다. 그것은 무서운 속도로 만을 가로질러 호텔 쪽으로 몰려오면서 점점 작아지고 더욱더 시꺼멓게 변했다. 꼬브린은 간신히 그것을 피해 한쪽으로 비켜났다…… 백발을 휘날리는 검은 눈썹의 수도사가 두 손을 십자가처럼 가슴 위에 얹은 채 맨발과 맨머리로 그의 곁을 휘익 지나 방 한가운데 우뚝 섰다.

"자네는 왜 내 말을 믿지 않았나?" 그가 꼬브린을 다정하게 바라보며 꾸짖듯이 물었다. "그때 자네가 천재라고 한 내 말을 믿었더라면 지난 2년을 그토록 슬프고 힘들게 보내지 않아도 되었을 걸세."

꼬브린은 이제 자신이 신의 선택을 받은 천재라는 사실을 믿었고 검은 옷의 수도사와 전에 나누었던 모든 이야기들을 생생하게 기억했다. 무언가 말하고 싶었지만 목구멍에서 피가 솟구쳐 가슴팍까지 흘러넘쳤다. 어찌할 바를 몰라 두 손으로 가슴을 문질렀고 조끼는 곧 피범벅이 되었다. 그는 칸막이 뒤에서 자고 있는 바르바라 니꼴라예브나를 부르려고 안간힘을 다해 외쳤다.

"따냐!"

바닥에 쓰러진 그는 손을 짚고 일어서며 다시 외쳤다.

"따냐!"

그는 따냐를 불렀고, 이슬 맺힌 화려한 꽃으로 가득 찬 정원과 공원을 불렀고, 털북숭이 뿌리를 드러낸 소나무와 호밀밭을 불렀고, 자신의 탁월한 학문과 젊음과 용기와 기쁨을 불렀고, 그토록 아름다웠던 삶을 소리쳐 불렀다. 얼굴 옆 바닥에 흥건하게 고인 커다란 피 웅덩이가 눈에 들어왔다. 이제는 기력이 소진해 단 한마디 말도 할 수 없었지만 형언할 수 없는 무한한 행복감이 그의 전 존재를 가득 채웠다. 발코니 아래에서 세레나데를 연주하는 소리가 들려왔고 검은 옷의 수도사가 그에게 소곤소곤 알려주었다. 그는 천재이며 허약한 육신이 균형을 상실해서 더이상 천재를 위한 껍질이 되어줄 수 없기에, 오로지 그 이유 하나 때문에 죽어가고 있다고.

바르바라 니꼴라예브나가 잠에서 깨어 칸막이 밖으로 나왔을 때 꼬브린은 이미 죽어 있었다. 그의 얼굴에는 복된 미소가 서려 있었다.

개를 데리고 다니는 부인

Дама с собачкой

1

해변에 새 얼굴이 등장했다는 소문이 퍼졌다. 개를 데리고 다니는 부인이라고 했다. 얄따에 벌써 2주째 묵고 있어 이곳 생활에 익숙해진 드미뜨리 드미뜨리치 구로프 역시 새 인물에 관심을 갖기 시작했다. 그는 베르네 야외 까페[1]에 앉아 중키에다가 금발인 젊은 부인이 베레모를 쓰고 해변을 거니는 모습을 바라보았다. 그녀 뒤에는 흰색 스피츠가 깡총거리며 따라가고 있었다.

1 당시 얄따 해변 가까이에 있던 까페 겸 상점. 아이스크림과 디저트를 팔았다.

그뒤 구로프는 하루에도 몇번씩 시내 대공원이나 근린공원에서 여자와 마주쳤다. 그녀는 똑같은 베레모를 쓰고 혼자서 하얀 스피츠를 데리고 걸어다녔다. 모두들 그녀가 누구인지 몰라서 그냥 개를 데리고 다니는 부인이라 불렀다.

'남편도 없고 아는 사람도 없이 혼자 지내는 거라면 알음알이로 안면을 터도 나쁠 것 없겠는데.' 구로프는 생각했다.

구로프는 아직 마흔이 채 안되었지만 벌써 열두살 난 딸과 중학교에 다니는 아들이 둘이나 있었다. 그는 어린 나이에, 아직 대학교 2학년일 때 결혼을 했고 이제 아내는 그보다 스무살은 더 늙어 보였다. 아내는 시커먼 눈썹에 키가 훤칠한 여자로 고지식하고 권위적이고 당당했으며 스스로 생각하듯 머릿속에 든 것이 많았다. 그녀는 독서를 많이 했으며 글을 쓸 때는 경음부호를 쓰지 않았으며 남편을 드미뜨리가 아닌 '디미뜨리'로 불렀다.[2] 그는 내심 아내가 아둔하고 편협하고 천박하다고 생각했지만 한편으로는 또 그런 아내가 무섭기도 해서 집에 있는 것을 싫어했다. 그의 바람기는 이미 오래전에 시작된 것으로 그동안 수시로 외도를 했다. 아마도 그 때문인지 그는 여성에 대해 거의 언제나 나쁘게 평가했으며 모임에서 여자들 얘기가 나오면 그들을 가리켜 "열등한 족속!"이라 못 박았다.

---

2 1917년 맞춤법 개정으로 경음부호가 단어 말미에서 제거되었지만 일부 앞서는 지식인들은 그 이전부터 경음부호를 쓰지 않았다. 드미뜨리를 디미뜨리라 부르는 것은 일종의 애정 표현이다.

그는 여자관계에서 이미 충분히 매운 맛을 보았기 때문에 여자를 무어라 부르든 자기 마음이라 생각했지만 그러면서도 그 '열등한 족속'이 없으면 단 이틀도 살 수가 없었다. 그는 남자들이 모인 자리에서는 지루해하고 불편해했으며 과묵하고 쌀쌀맞았다. 그러나 여자들과 함께할 때는 편안했고 무슨 얘기를 나눠야 할지, 어떻게 처신해야 할지를 잘 알았다. 심지어 그네들과는 말없이 그냥 있는 것도 힘들지 않았다. 그의 외모, 그의 성격, 그리고 그의 본질 전체에는 무언가 종잡을 수 없이 매력적인 점이 있어서 그는 쉽사리 여자들과 친해졌고 그들을 사로잡았다. 그도 이 점을 잘 알고 있었는데 사실 그 자신도 어떤 알 수 없는 힘에 이끌려 여자들과 가까워졌던 것이다.

사실상 쓰디쓴 경험이랄 수밖에 없는 무수한 여성 편력을 통해 그는 이미 오래전에 한가지 사실을 깨달았다. 요컨대, 여성과의 모든 교제는 처음에는 인생을 다채롭고 유쾌하게 해주는 일종의 가볍고 신나는 모험이 될 수 있지만 신사들, 특히 굼뜨고 우유부단한 모스끄바 신사들에게는 예외 없이 극도로 복잡한 문제를 야기하고 결국에 가서는 고통스러운 상황으로 이어진다는 사실을 깨달았던 것이다. 그러나 흥미로운 여성과 새롭게 만날 때면 이 경험은 어쩐 일인지 기억 속에서 사라지고 그는 다시 생의 의욕으로 넘쳐 모든 것을 단순하고 재미있게만 여겼다.

아무튼 어느날 저녁 무렵, 그는 야외 식당에서 식사를 하고 있었는데 베레모를 쓴 부인이 그의 옆 테이블에 앉으려고 천천히 다가

왔다. 그녀의 표정, 걸음걸이, 옷차림과 헤어스타일은 그녀가 점잖은 계층 출신이며 유부녀이며 이곳 얄따에는 혼자서 처음 왔으며 현재 심심해하고 있다는 것을 말해주었다. 이 지방의 문란한 도덕에 관한 갖가지 스토리에는 거짓말이 많이 섞여 있었으므로 구로프는 그런 이야기 따위는 경멸했다. 기회만 되면 얼마든지 패덕을 저지를 인간들이 그런 이야기를 지어낸다는 것도 익히 알고 있었다. 그러나 그녀가 그와 세걸음 떨어진 옆 테이블에 앉자 그는 손쉬운 정복 스토리라든가 산으로의 밀월여행 스토리 같은 것들을 기억해냈고 불현듯 빠르고 덧없는 밀애, 이름도 모르고 성도 모르는 낯선 여자와의 로맨스에 관한 매혹적인 상상에 사로잡혔다.

그는 상냥하게 스피츠를 자기 쪽으로 불렀고 스피츠가 다가오자 손가락으로 약을 올렸다. 스피츠가 으르렁거리자 구로프는 다시 약을 올렸다.

부인은 그를 쳐다보더니 즉시 시선을 아래로 떨구었다.

"안 물어요." 그녀는 한마디 하고는 얼굴을 붉혔다.

"뼈다귀를 줘도 될까요?" 그녀가 괜찮다는 뜻으로 고개를 끄덕이자 그는 공손하게 물었다. "얄따에 오신지는 오래 되었습니까?"

"닷새 정도 되었어요."

"저는 벌써 2주나 되어갑니다."

잠시 침묵이 흘렀다.

"시간이 너무 빨리 지나가네요. 그런데 여긴 너무 따분해요." 그녀는 그에게 눈도 주지 않으며 말했다.

"여기가 따분하다는 건 모두들 그냥 습관적으로 하는 말이랍니다. 벨료프나 지즈드라³ 같은 데 살면서도 지루한 줄 모르던 사람도 여기만 오면 '아, 너무 따분해, 이 먼지 좀 봐!' 이런단 말입니다. 자기가 뭐 그라나다⁴쯤에서 살다 온 줄 안다니까요."

그녀는 웃음을 터뜨렸다. 그런 다음 두 사람은 다시 모르는 사람들처럼 말없이 식사를 계속했다. 그러나 식사 후에 그들은 나란히 발걸음을 옮기며, 어디로 가든 무슨 얘기를 하든 개의치 않는 자유롭고 여유로운 사람들 간에 오갈 법한 가벼운 농담조의 대화를 나누기 시작했다. 그들은 함께 거닐며 바다색이 정말로 신기하다는 얘기를 했다. 바다는 너무나도 부드럽고 따사로운 라일락 빛이었고 수표면 위에는 금빛 월광이 줄무늬처럼 어른거렸다. 그들은 또 무더운 낮이 지나가버리더니 공기가 숨 막힐 듯 답답하다는 얘기도 했다. 구로프는 자기는 모스끄바 사람이며 대학에서는 인문학을 전공으로 했지만 지금은 은행에 근무한다고 말했다. 한때는 사립 오페라단에서 가수로 활동할 준비도 했지만 포기했고 현재 모스끄바에 집이 두채 있다는 얘기도 했다…… 그가 여자한테서 알아낸 것은, 그녀는 뻬쩨르부르그에서 자랐지만 S시로 시집와서 2년째 살고 있으며 얄따에는 앞으로도 한달간 더 있을 예정이며 어쩌면 역시 휴양을 원하고 있는 남편이 뒤따라 올지도 모른다는 것 등이었다. 그녀는 남편의 근무지가 현청 소속인지 아니면 현의

---

3 벨료프, 지즈드라 둘 다 지방 소도시의 이름이다.
4 에스빠냐 안달루시아 지방의 고도(古都)이자 유명한 관광지.

지방자치회 소속인지 도무지 설명할 길이 없었고 자신도 이 점을 우습게 생각했다. 구로프는 그녀의 이름이 안나 쎄르게예브나라는 것도 알아냈다.

나중에 자기 방으로 돌아온 구로프는 그녀를 머릿속에 그리며 어쩌면 다음날 그녀가 자기와 만나줄지도 모른다고 생각했다. 아니, 반드시 그럴 거라고 생각했다. 그는 문득 그녀가 바로 얼마 전만 해도 학생이었다는 것, 지금의 자기 딸과 똑같이 학교에 다니고 있었다는 것을 상기했다. 또 그녀가 웃으면서 낯선 사람과 대화를 나눌 때 얼마나 수줍고 멋쩍어했는가를 기억해냈다. 그녀는 한 남성이 도저히 알아채지 않기란 불가능한 음흉한 목적 하나만 가지고 자기 뒤를 따르고, 자기를 바라보고, 자기와 말을 섞는 이 상황에 난생 처음 홀로 놓인 것이 분명했다. 그는 또 그녀의 가느다랗고 섬약한 목과 아름다운 회색 눈을 기억했다.

'어쨌거나 그 여자한테는 무언가 애틋한 게 있단 말이야.' 그는 이렇게 생각하곤 잠이 들었다.

2

그녀와 알게 된 지 일주일이 지났다. 그날은 휴일이었다. 방 안은 후덥지근했고 밖에서는 회오리바람이 몰아쳐 먼지가 뽀얗게 일어나고 모자가 날아다녔다. 구로프는 하루 종일 목이 말라 수시로 까페를 오가며 안나 쎄르게예브나에게 시럽을 탄 생수를 권하기도 하고 아이스크림을 권하기도 했다. 달리 할 수 있는 일이 없었다.

저녁이 되어 바람이 조금 수그러들자 그들은 증기선이 들어오는 것을 보러 방파제로 갔다. 선착장은 산책 나온 사람들로 바글바글했다. 누군가를 마중 나온 사람들이 꽃다발을 들고 모여 있었다. 여기서는 화려한 얄따 군중의 두가지 특징이 확연하게 눈에 들어왔다. 나이 지긋한 부인네들이 젊은 여성처럼 차려입었고 장군들이 무척 많았다.

풍랑이 심해 증기선은 해가 진 뒤에서야 뒤늦게 들어왔고 방파제에 닿기 전에 오랫동안 선회했다. 안나 쎄르게예브나는 아는 사람을 찾기라도 하듯이 오페라글라스로 증기선과 군중을 살펴보았다. 구로프에게 말을 걸 때면 두 눈에서 빛이 났다. 그녀는 끊임없이 조잘거렸고 불쑥불쑥 질문을 던졌지만 자기가 질문한 것도 금방 잊어버리곤 했다. 그러다가 그녀는 군중 속에서 오페라글라스를 잃어버렸다.

화려한 군중은 흩어져 이미 주위에는 아무도 없었고 바람은 완전히 잦아들었지만 구로프와 안나 쎄르게예브나는 마치 증기선에서 누군가가 내리기를 기대하는 사람들처럼 그 자리에 서 있었다. 안나 쎄르게예브나는 조잘거리던 것을 멈추고 구로프에게는 눈길도 주지 않은 채 꽃향기를 들이마셨다.

"저녁이 되니 날씨가 좀 나아졌군요." 구로프가 말했다. "이제 어디로 갈까요? 어디로든 좀 가야겠지요?"

그녀는 아무 대답도 하지 않았다.

그는 그녀를 뚫어지게 바라보다가 갑자기 그녀를 끌어안고 입술에 키스했다. 꽃향기와 축축한 기운이 그를 엄습해왔다. 그는 순간적으로 혹시 누가 보고 있지나 않은가 해서 소심하게 주위를 둘러보았다.

"당신 방으로 갑시다." 그가 조용히 말했다.

그리고 두 사람은 재빨리 자리를 떴다.

그녀의 방은 후덥지근했고 그녀가 일본 상점에서 산 향수 냄새가 진동을 했다. 그녀를 바라보며 구로프는 '세상에는 참으로 별의별 만남이 다 있구나!' 하고 생각했다. 그는 과거에 만난 천진난만하고 선량한 여인들, 자신이 선사해준 무척 짧지만 행복한 시간에 감사하고 사랑에 기뻐하는 여인들에 대한 추억을 간직하고 있었다. 그런가 하면 그와는 달리, 이를테면 그의 아내처럼, 진심도 없이 쓸데없는 말을 늘어놓고, 허세와 히스테리를 부리며 사랑을 하고, 자기들이 나눈 것은 사랑도 열정도 아니고 그보다 좀더 의미 있는 것이라는 듯한 표정을 짓는 여자들도 기억했다. 또 두세명의 무척 아름답고 차가운 여자들도 기억했는데, 그들은 불현듯 탐욕스러운 표정을 지으며 인생이 그들에게 제공하는 것 이상의 것을 쟁취하고 싶다는 집요한 욕망을 드러냈다. 그들은 그다지 젊지도 않고 변덕스럽고 분별력도 없고 고압적이고 어리석은 여자들로, 일단 그들에 대한 감정이 식어버리자 그들의 미모는 그에게서 증오를 불러일으켰고 속옷에 붙은 레이스마저 생선 비늘처럼 보였다.

그런데 지금 눈앞의 여자는 여전히 수줍어하고 있다. 젊음과 경험 부족에서 오는 미숙함과 어수룩한 감정을 보이고 있다. 또 누군가가 갑자기 문을 두드리기라도 한 듯 당혹스러워하고 있다. 안나 쎄르게예브나, 즉 이 '개를 데리고 다니는 부인'은 방금 일어난 일로 자신이 타락이라도 한 듯 그 일에 관해 어딘지 특별하고 대단히 진지하게 생각하는 듯했다. 구로프에게는 그것이 참으로 이상하고도 부적절하게 여겨졌다. 그녀의 얼굴은 시들어 축 처진 듯했고 볼 양옆으로 길게 늘어뜨린 머리는 어딘지 서글퍼 보였다. 우울한 자태로 상념에 잠겨 있는 모습이 꼭 옛 그림에 등장하는 탕녀처럼 보였다.

"안 좋아요." 그녀가 말했다. "이제 당신이 먼저 저를 존중하지 않으시겠지요."

호텔 방 탁자 위에는 수박이 놓여 있었다. 구로프는 한조각을 잘라 천천히 먹기 시작했다. 침묵 속에서 최소한 반시간가량 지나갔다.

안나 쎄르게예브나에게는 감동적인 점이 있었다. 그녀한테서는 젊고 소박하고 정숙한 여성의 순수함이 느껴졌다. 탁자 위의 초 한 자루만이 그녀의 얼굴을 희미하게 비추고 있었지만 그녀의 내면이 편치 않다는 것은 쉽게 알 수 있었다.

"어째서 내가 당신을 더이상 존중하지 않을 거라는 거지?" 구로프가 물었다. "당신은 자기가 무슨 말을 하고 있는지도 모르는군."

"하느님, 절 용서하소서!" 그녀는 눈에 눈물이 그렁그렁한 채 말했다. "정말 끔찍한 일이에요."

 "당신은 그저 합리화하고 있는 거야."

 "무엇으로 합리화한단 말인가요? 저는 추잡하고 나쁜 여자예요. 저 자신을 경멸하고 있어요. 합리화 같은 것은 생각도 안해요. 저는 남편을 속인 게 아니라 저 자신을 속인 거예요. 이번만 그런 게 아니라 이미 오래전부터 속여왔어요. 제 남편은 어쩌면 성실하고 선량한 사람일지 몰라요. 하지만 그 사람은 어쨌거나 하인이에요! 그 사람이 거기서 무슨 일을 하는지, 어떻게 근무하는지 알 수 없지만 한가지, 그이가 하인이란 건 알아요. 그 사람과 결혼했을 때 저는 스무살이었어요. 호기심 때문에 안달을 했고 무언가 더 나은 것을 원했어요. 저는 제 자신에게 말했지요, 세상에는 이것과는 다른 삶도 있을 거야. 한번 제대로 살아보고 싶었어요! 살고, 또 살고 싶었어요…… 호기심으로 활활 타올랐어요…… 당신은 이해할 수 없을 거예요. 하지만 맹세코 저는 더이상 스스로를 감당할 수 없을 정도가 되었어요. 제 안에서 무슨 일인가가 일어나고 있었고 더이상 견딜 수가 없어 남편한테 아프다고 말하고 이리로 온 거예요. ……그런데 미친 여자처럼 열에 들떠 마냥 쏘다니더니…… 이제는 누구나가 경멸할 만한 속되고 너절한 여자가 되고 말았어요.

 구로프는 이미 여자의 이야기를 들어주는 게 지겨워졌다. 그녀의 나이브한 어조와 너무나도 갑작스럽고 부적절한 참회에 짜증이 났다. 두 눈에 어린 눈물만 아니었어도 여자가 농담을 하고 있거나 아니면 연기를 하고 있다고 생각했을 것이다.

"이해할 수가 없군. 도대체 뭘 원하는 거지?" 구로프가 조용히 말했다.

그녀는 그의 가슴에 얼굴을 파묻고는 그를 끌어안았다.

"절 믿어주세요, 제발……" 그녀가 말했다. "저는 정직하고 깨끗한 삶을 원해요. 죄 짓는 건 싫어요. 제가 지금 무슨 짓을 저지르고 있는지 저 자신도 모르겠어요. 사람들은 이럴 경우 그냥 마귀에 홀렸다고 말하지요. 저도 지금 마귀에 홀렸다고밖에는 달리 말할 수가 없어요."

"그만해, 됐다고……" 그가 중얼거렸다.

그는 겁에 질려 얼어붙은 듯한 눈동자를 바라보며 그녀에게 입을 맞추고 조용히 다정하게 달래주었다. 그러자 그녀는 조금씩 진정하여 다시 명랑해지고 쾌활함을 되찾았다. 두 사람은 웃기 시작했다.

얼마 후 그들은 밖으로 나왔다. 해변에는 아무도 없었다. 삼나무가 빼곡하게 들어찬 도시는 죽은 듯했지만 파도는 여전히 철썩거리며 해안가에 부딪혀왔다. 보트 한대가 파도에 흔들리고 있었고 작은 등불이 보트 위에서 졸린 듯 명멸했다.

그들은 마부를 찾아내서 오레안다[5]로 갔다.

"방금 아래층 현관에서 당신 성을 알아냈어. 흑판에 폰 디데리츠라고 쓰여 있던데. 당신 남편, 독일 사람인가?" 구로프가 물었다.

---

5 얄따에서 남서쪽으로 약 6킬로미터 정도 떨어진 곳에 있는 해양 공원. 전망이 무척 좋은 곳으로 알려져 있으며, 비잔틴 양식으로 지어진 성당이 있다.

"아뇨, 아마도 할아버지가 독일인이었던 것 같아요. 하지만 그 사람은 정교 신자예요."

오레안다에서 그들은 성당 근처의 벤치에 앉아 말없이 바다를 내려다보았다. 새벽 안개에 가려 얄따는 거의 보이지 않았고 산꼭대기에는 흰 구름이 미동도 없이 걸려 있었다. 잎새가 바람에 이는 소리도 들리지 않았고 매미들만 맴맴 울어댔다. 아래쪽에서 몰려오는 단조롭고 공허한 파도 소리는 우리를 기다리고 있는 항구한 꿈과 안식에 관해 말해주고 있었다. 아직 얄따도 오레안다도 없던 때에도 저 밑에서는 그렇게 파도가 울었을 것이고, 지금도 울고 있으며, 앞으로 우리가 사라진 뒤에도 그렇게 무심하고 공허하게 울어댈 것이다. 어쩌면 이 변함없음, 우리 개개인의 삶과 죽음에 대한 이 완벽한 무관심이 우리의 영원한 구원과 끊임없이 움직이는 지상의 삶과 중단 없는 완성을 약속해주는지도 모른다. 새벽의 여명 속에서 너무나도 아름답게 보이는 젊은 여성과 나란히 앉아 있노라니 구로프는 마음이 평온해지면서 바다와 산과 구름과 드넓은 창공이 그리는 동화처럼 아름다운 광경에 매혹되었다. 우리 스스로가 존재의 고결한 목적과 자신의 인간적 가치에 관해 잊은 채 생각하고 저지르는 일들을 제외한다면 이 세상 모든 것은 본질적으로 얼마나 아름다운가.

야경꾼인 듯한 사람이 다가와 그들을 한번 힐끗 보더니 사라졌다. 이 사소한 일마저도 신비스럽고 아름답게 여겨졌다. 페오도시아[6]를 출발한 증기선이 조명 대신 새벽의 여명으로 불을 밝힌 채

다가오는 것이 보였다.

"풀잎에 이슬이 맺혔네요." 안나 쎄르게예브나가 침묵 끝에 말문을 열었다.

"그렇군. 이제 돌아갑시다."

그들은 시내로 돌아왔다.

그때부터 그들은 매일 정오에 해변에서 만나 함께 늦은 아침을 들고 점심도 같이 먹고 산책하고 바다를 즐겼다. 그녀는 간밤에 잠을 잘 못 잤다는 둥, 심장 박동이 불규칙하다는 둥 하소연을 했고 때론 질투심 때문에, 때론 그가 자신을 충분히 존중하지 않을지도 모른다는 의구심에서 오는 공포 때문에 항상 동일한 질문을 퍼부어댔다. 구로프는 근처에 아무도 없을 때면 사거리나 정원에서 갑자기 그녀를 끌어안고는 열정적으로 입을 맞추었다. 완벽한 휴식, 열기, 바다 냄새, 그리고 항상 눈앞에서 어른거리는 저 잘 차려입고 배부르고 할 일 없는 인간들 사이에서 혹시라도 누가 볼까봐 조심스럽게 두리번거리며 백주에 하는 입맞춤은 그를 새 사람으로 거듭나게 한 것 같았다. 그는 안나 쎄르게예브나에게 그녀가 얼마나 아름답고 매력적인지 말했다. 그리고 걷잡을 수 없는 격정에 휩싸여 그녀한테서 한걸음도 떨어지지 않으려 했다. 그녀는 종종 상념에 잠겨 그가 자신을 존중하지도 사랑하지도 않으며 그냥 천박한 여자로 여기고 있을 따름이라는 사실을 인정하라며 집요하게 졸라

─────────────

6 크리미아 반도 동쪽 해안가에 있는 휴양지.

댔다. 그들은 거의 매일 저녁 느지막하게 오레안다든 폭포든 어디든 교외로 나갔다. 그들의 밤 나들이는 행복했으며 예외 없이 아름답고 장엄한 인상을 남겼다.

그들은 그녀의 남편이 올 거라고 예상했다. 그러나 남편한테서는 눈병이 났으니 가급적 빨리 돌아오기 바란다는 편지가 왔다. 안나 쎄르게예브나는 서둘렀다.

"잘 되었어요. 저는 가야겠어요." 그녀는 구로프에게 말했다. "이런 게 운명이란 거죠."

그녀를 배웅하기 위해 그는 그녀와 함께 마차에 올라탔다. 마차는 하루 종일 달렸다. 그녀는 특급 열차에 자리를 잡고는 두번째 벨이 울리자 말했다.

"한번만 더 당신을 보게 해줘요…… 한번만 더. 이렇게요."

그녀는 울지 않았지만 슬퍼 보였고 얼굴은 병자처럼 경련을 일으키고 있었다.

"당신 생각 할 거예요…… 추억 속에 간직할게요." 그녀가 말했다. "신의 가호가 함께하길. 저를 나쁘게 기억하지 마세요. 우린 이제 영원히 헤어져요. 그래야만 해요. 처음부터 만나지 말았어야 할 사람들이니까요. 신의 가호를 빌어요."

기차는 재빨리 출발했고 곧 불빛도 사라졌다. 잠시 후에는 굉음도 들리지 않았다. 마치 이 달콤한 미망迷妄과 광기를 가급적 빨리 종식시키기 위해 온 세상이 일부러 담합을 한 것 같았다. 홀로 플랫폼에 남겨져 어두운 저편을 바라보며 구로프는 방금 막 잠에서 깨어난 사람처럼 귀뚜라미 울음소리와 전선이 바람에 흐느끼는 소리를 들었다. 인생에서 또 한번 편력인지 모험인지를 치렀지만 그것 역시 이제는 끝났으며 추억만이 남았다…… 가슴이 먹먹했고 슬펐고 가벼운 회한을 느꼈다. 아무튼 앞으로 다시는 만나지 않게 될 이 젊은 여성은 그와 함께 있는 동안 행복해하지 않았다. 그는 그녀에게 친절했고 진실했지만 그렇다 하더라도 그녀를 대하는 그의 말투나 애무에는 가벼운 경멸과 뭐니 뭐니 해도 그녀보다 두배나 나이가 더 많은 행복한 남자의 저속한 오만이 그림자를 드리우고 있었다. 그녀는 항상 그를 선량하고 특별하고 고상한 사람이라 불렀다. 분명 그녀에게 본래 모습이 아닌 다른 모습으로 보인 셈인데, 이는 즉 그가 부지불식간에 그녀를 기만했다는 뜻이다……

역에서는 벌써 가을 냄새가 났고 저녁의 대기는 서늘했다.

'이제 나도 북쪽으로 가야 할 때가 되었군.' 플랫폼을 떠나며 구로프는 생각했다. '갈 때가 되었어!'

3

모스끄바의 집에는 벌써 겨울이 와 있었다. 벽난로에 불을 지폈고 아침에 아이들이 등교 준비를 하며 차를 마실 때는 너무 어두워 유모가 잠깐 동안 불을 켰다. 벌써 기온은 영하로 떨어지기 시작했다. 첫눈이 오는 바로 그날 썰매를 타고 나가 새하얀 대지와 새하얀 지붕을 바라보는 것은 즐거운 일이다. 깨끗하고 부드러운 공기를 들이마시면 유년 시절의 추억이 생각난다. 서리를 맞아 하얗게 변한 늙은 보리수나무와 자작나무는 선량한 표정을 짓고 있어 삼나무나 종려나무보다 친근하게 느껴진다. 그 곁에 있으면 산이니 바다니 하는 것들은 생각도 안 난다.

모스끄바 사람 구로프는 맑고 추운 날 모스끄바로 돌아왔다. 털코트에 따뜻한 장갑을 끼고 뻬뜨롭까[7] 거리를 거닐 때나, 토요일 저녁 교회 종소리를 들을 때면 얼마 전에 다녀온 장소니 여행이니 하는 것은 아무런 매력도 없이 느껴졌다. 그는 조금씩 모스끄바 삶에 익숙해졌고 게걸스럽게 하루에 세종류의 신문을 읽어대면서도 원칙상 모스끄바 신문은 읽지 않는다고 떠벌렸다. 레스토랑과 클럽과 식사 모임과 기념식 초대에 마음이 끌렸고 유명한 변호사와 예술가 들이 그의 집을 드나들고 박사 클럽에서 교수들과 카드 게임을 한다는 사실을 자랑스러워했다. 그는 벌써 냄비째 나오는 쎌랸까[8] 1인분을 게 눈 감추듯 다 먹어치울 수 있었다······

구로프는 어떻게든 한달 정도 지나가면 안나 쎄르게예브나도 기억 속에서 희미해지고 다른 여자들처럼 어쩌다가 그 매혹적인 미소와 함께 꿈속에나 나타나리라고 생각했다. 그러나 한달도 더 지났고 한겨울이 되었는데도 모든 것이 기억 속에 선명했고 안나 쎄르게예브나와 헤어진 게 바로 어제 같았다. 그녀에 대한 회

---

7 모스끄바 시내의 상점가.
8 고기를 넣어 진하게 끓인 수프. '쏠랸까'라고도 한다.

상의 불길은 점점 더 세차게 타올랐다. 고요한 저녁 시간 아이들이 숙제하며 조잘대는 소리가 그의 서재까지 들려올 때, 레스토랑에서 로망스나 오르간 연주를 들을 때, 혹은 벽난로 안에서 눈보라가 윙윙대는 소리가 들려올 때면 불현듯 기억 속에서 모든 것이 되살아났다. 방파제에서 있었던 일, 산에서 맞이했던 안개 자욱한 새벽, 페오도시야에서 온 증기선, 입맞춤 같은 것들이. 그는 오랫동안 회상에 잠겨 서재를 서성이며 미소를 지었다. 그러면 회상은 꿈으로 변하고 과거는 공상 속에서 미래와 뒤섞였다. 안나 쎄르게예브나는 꿈에 나타나는 것이 아니라 그림자처럼 어디든 그를 쫓아다녔다. 눈을 감으면 그녀가 살아 숨 쉬는 듯 보였는데, 그 모습은 실제의 그녀보다 더 아름답고 더 젊고 더 다정했다. 그리고 그 자신도 얄따에서보다 더 멋지게 보였다. 그녀는 저녁마다 책장에서, 벽난로에서, 방구석에서 그를 바라보았고, 그는 그녀의 숨소리와 옷자락이 부드럽게 사각거리는 소리를 들었다. 거리에서는 여자들을 눈길로 뒤쫓으며 혹시라도 그녀와 닮은 여인이 있나 두리번거렸다.

이제는 누군가와 이 추억을 나누고 싶다는 강한 열망이 그를 괴롭혔다. 그러나 집에서는 불륜 얘기를 할 수가 없었고 집 밖에서는 얘기를 나눌 사람이 없었다. 이웃들이나 은행 사람들과 어떻게 그런 얘길 하겠는가. 그리고 무슨 얘길 한단 말인가? 과연 그들의 관계는 사랑이었는가? 안나 쎄르게예브나와의 관계에 무언가 아름답거나 시적이거나 교훈적이거나 아니면 그저 단순히 흥미로운 것이라도 있기나 했는가? 그리하여 그는 사랑에 관해, 여자들에 관해 그저 두루뭉술하게 이야기할 수밖에 없었고 아무도 그게 도대체 무슨 얘기인지 알아듣지 못했다. 오로지 그의 아내만이 시꺼먼 눈썹을 움찔거리며 뇌까렸다.

"디미뜨리, 댄디 역할 따위는 당신하고 안 어울려."

어느날 밤, 박사 클럽에서 같은 모임의 회원인 모 관리와 함께 나오다가 그는 결국 참지 못하고 이렇게 말했다.

"얄따에서 대단히 매력적인 여성과 알고 지냈답니다!"

관리는 썰매를 타고 떠나려다 말고 갑자기 획 돌아보더니 소리쳤다.

"드미뜨리 드미뜨리치!"

"네?"

"지난번에 말씀하신 게 맞네요. 철갑상어에서 상한 냄새가 나더라고요!"

너무나도 평범한 이 말이 어쩐 일인지 구로프를 갑자기 당혹스럽게 했다. 그의 말은 모욕적이고 불결하게 들렸다. 이 무슨 몰상식한 인간들인가! 이 무의미한 밤들, 이 재미없고 따분한 날들은 대체 뭐란 말인가! 광란의 카드 게임, 폭식, 만취, 늘 똑같은 수다. 불필요한 행동과 판에 박힌 듯한 이야기들이 세월의 가장 좋은 부분과 활력을 가로채가고 결국 남는 것은 꼬리도 잘리고 날개도 잘린 삶인데, 우리는 마치 정신병동이나 수인부대에 감금이라도 된 듯 거기서 도망칠 수도 빠져나올 수도 없다니!

구로프는 밤새 잠 못 이루며 괴로워하다가 다음날은 하루 종일 두통을 앓았다. 다음날 밤도 잠이 안 오기는 마찬가지였다. 그는 밤새도록 침대에 앉아 이 궁리 저 궁리 하기도 하고 방 안을 서성이기도 했다. 아이들도 지겨웠고 은행 일도 지겨웠고 어디 가는 것도 싫었고 얘기를 하는 것도 싫었다.

12월 연휴가 돌아오자 그는 여행 준비를 하고 아내에게는 어떤 젊은이의 일을 처리해주러 뻬쩨르부르그에 간다고 둘러대고 S시로 떠났다. 왜? 그 자신도 잘 몰랐다. 안나 쎄르게예브나와 만나 이야기를 나누고 가능하다면 밀회를 갖고 싶었다.

아침녘에 S시에 도착한 그는 호텔에서 가장 좋은 방을 잡았다. 바닥은 회색 군복감으로 덮여 있었고 탁자 위에는 먼지로 잿빛이 된 잉크병이 놓여 있었다. 잉크병에는 모자를 든 손을 높이 쳐든 말 탄 기수의 조각상이 달려 있었는데 머리는 부러져나가고 없었다. 호텔 문지기는 그에게 필요한 모든 정보를 주었다. 폰 디데리츠는 호텔에서 가까운 스따로 곤차르나야 거리에 있는 단독주택에 살고 있으며 전용 말까지 소유한 훌륭하고 부유한 사람으로 도시의 모든 사람이 그를 안다고 했다. 수위는 그의 이름을 드리디리츠라고 발음했다.

구로프는 천천히 스따로 곤차르나야 거리로 가서 그 집을 찾았다. 저택 바로 앞에는 못이 촘촘히 박힌 잿빛 담장이 길게 둘러쳐져 있었다.

'저런 담장이라면 도망칠 법도 하지.' 구로프는 창문과 담장을 번갈아 바라보며 생각했다.

그는 궁리를 해보았다. 오늘은 휴무일이니 남편은 필경 집에 있을 것이다. 어쨌거나 집에 불쑥 찾아가 당황스럽게 하는 것은 눈치 없는 짓이다. 쪽지를 보냈다가 그게 남편 손에 들어가면 모든 걸 망치는 셈이 된다. 그냥 우연에 맡기는 편이 제일 좋을 듯싶다. 그는 담장 근처에서 계속 서성거리며 그 우연을 기다렸다. 거지가 대문으로 들어가자 개들이 덤벼드는 것이 보였고 그다음에는 한시간쯤 후에 피아노 치는 소리가 가늘고 희미하게 들려왔다. 필경 안나 쎄르게예브나가 연주하는 것이리라. 정문 현관이 확 열리더니 웬 노파가 나왔고 그뒤를 낯익은 흰색 스피츠가 졸졸 따라 나왔다. 구로프는 강아지를 부르고 싶었지만 갑자기 심장이 두방망이질 치는 바람에 혼비백산하여 스피츠의 이름을 기억해낼 수 없었다.

그는 계속 서성거렸고 점점 더 강렬하게 잿빛 담장을 증오했으며, 너무나도 울화가 치밀어 안나 쎄르게예브나는 이제 자기를 잊어버렸고 이미 다른 놈팡이와 놀아나고 있을 것이며 아침부터 저녁까지 저 빌어먹을 담장을 바라보고 있어야 하는 젊은 여자로서는 그러는 것이 당연하다고까지 생각했다. 그는 호텔 방으로 돌아왔지만 무엇을 해야 할지 몰라 소파에 한참 동안 우두커니 앉아 있었다. 그러고는 식사를 하고 늘어지게 잤다.

잠에서 깬 그는 어두운 창문을 바라보며(벌써 날이 저물어 있었다) 생각했다. '도대체 이 무슨 어리석고 괴로운 일이란 말인가. 어쩌자고 이렇게 잤지. 이제 밤새도록 뭘 하지?'

그는 병원에나 있을 법한 싸구려 회색 담요로 덮인 침대에 앉아 짜증을 내며 스스로를 비웃었다.

"흥, 개를 데리고 다니는 부인이란 말이지…… 대단한 모험이 군…… 여기 이렇게 죽치고 앉아서 말이지."

그러다가 문득 아침에 역에서 아주 큰 글씨로 「게이샤」[9]의 초연을 알리는 포스터를 보았던 것이 기억났다. 그래서 극장으로 갔다. 초연은 반드시 관람할 것 같았다.

극장은 만원이었다. 대부분의 현 소재 극장들이 그러하듯 여기서도 담배 연기가 샹들리에보다 더 높은 데까지 자욱했고 일반석은 소란스러웠다. 공연이 시작되기 전 맨 앞줄에는 지방 멋쟁이들이 뒷짐을 진 채 서 있었다. 현지사 칸의 첫번째 자리에는 현지사 딸이 긴 모피 목도리를 두르고 앉아 있었다. 현지사 자신은 커튼 뒤로 겸손하게 몸을 숨겨 두 팔만 보였다. 커튼이 흔들리고 오케스트라가 한참 동안 조율을 했다. 관객이 들어와 자리를 찾는 동안 줄곧 구로프는 두 눈으로 게걸스럽게 그녀를 찾았다.

마침내 안나 쎄르게예브나가 들어왔다. 그녀는 세번째 줄에 앉았다. 구로프는 심장이 조여드는 듯했다. 지금 자신에게 그녀보다 더 가깝고 더 소중하고 더 중요한 사람은 이 세상에 단 한 사람도 없다는 것을 그는 분명히 깨달았다. 시골 군중 사이에 파묻혀 잘

---

9 시드니 존스(Sidney Jones, 1861~1946)의 오페레타 "The Geisha". 1897년 러시아에서 초연했으며, 체호프는 1899년 얄따 극장에서 공연했을 때 관람했을 것으로 짐작된다.

보이지도 않는 저 작은 여성, 싸구려 오페라글라스를 손에 든, 저 별 볼 일 없는 여자가 이 순간 그의 삶 전체를 채우고 있었다. 그가 지금 무엇을 바라건 간에 그녀는 그가 원하는 유일한 행복이자 기쁨이자 슬픔이었다. 구로프는 형편없는 오케스트라 소리와 시시하고 저속한 바이올린 소리를 들으며 그녀가 너무나 아름답다고 생각했다. 그는 상념과 몽상에 젖어들었다.

안나 쎄르게예브나와 함께 들어와 그녀 옆에 앉은 사람은 볼수염을 짧게 기른, 키가 장대같이 크고 약간 구부정한 젊은이였다. 그는 한걸음 내디딜 때마다 고개를 주억거려서 끊임없이 인사를 하는 것처럼 보였다. 얄따에서 안나 쎄르게예브나가 고통을 토로하며 하인이라 불렀던 바로 그 남편인 것 같았다. 실제로 그의 기다란 몸통과 볼수염, 그리고 약간 벗어진 머리에는 무언가 하인처럼 비굴한 점이 있었다. 그는 상냥하게 미소 지었고 그의 금장 옷깃에서는 하인의 번호표와도 같은 학술 배지[10]가 반짝거렸다.

첫번째 휴식 시간에 남편은 담배를 피우기 위해 나갔고 그녀는 혼자 좌석에 남았다. 역시 아래층 보통석에 앉아 있던 구로프는 그녀에게 다가가 가까스로 미소를 지으며 떨리는 목소리로 말했다.

"오랜만이군."

그를 본 그녀의 얼굴에서 핏기가 싹 가셨다. 그녀는 자기 눈을 믿을 수 없다는 듯이 공포에 질려 그를 다시 흘끗 보더니 기절하지

---

10 출신 학교 배지 혹은 그가 소속된 상류층 지식인 써클의 배지.

않기 위해 안간힘을 쓰기라도 하듯 부채와 오페라글라스를 두 손으로 꼭 부둥켜쥐었다. 두 사람은 침묵했다. 그녀는 앉아 있었고 그녀의 당황한 모습에 놀란 그는 곁에 앉아야 할지 서 있어야 할지 결정을 내릴 수가 없어 그냥 서 있었다. 바이올린과 플루트를 조율하는 소리가 울려퍼지자 그들은 갑자기 무서워졌다. 특별석의 모든 사람이 자기들을 보고 있는 것만 같았다. 그녀는 벌떡 일어나 재빨리 출구 쪽으로 갔고 그는 뒤를 따라갔다. 두 사람은 정처 없이 복도와 층계를 따라 올라가기도 하고 내려가기도 했다. 그들의 눈앞에서는 법복을 입거나 교사의 제복을 입거나 황실 제복을 입은 사람들이 어른거렸다. 그들은 모두 배지를 달고 있었다. 또 부인들과 옷걸이에 걸린 코트들이 어른거렸다. 담배꽁초 냄새를 확 퍼뜨리며 샛바람이 들어왔다. 심장이 세차게 고동치는 것을 느끼며 구로프는 생각했다. '젠장! 저 망할 놈의 인간들이랑 오케스트라는 도대체 왜……'

그 순간 불현듯 그날 저녁 역에서 안나 쎄르게예브나를 배웅할 때 모든 게 끝났다고, 그리고 다시는 그녀를 볼 수 없을 거라고 스스로에게 중얼거렸던 일이 기억났다. 하지만 끝이라는 데 이르기까지는 아직도 얼마나 먼 길을 가야 하는지!

그녀는 '계단석 입구'[11]라고 씌어진 어둡고 좁은 층계에서 걸음을 멈추었다.

---

11 러시아 극장에서 '계단석'이란 오케스트라 뒤편에 조금 높이 마련된 반원형 좌석을 말한다.

"이렇게 놀라게 하는 법이 어디 있어요!" 너무 놀라 아직도 안색이 백짓장 같은 그녀는 힘겹게 숨을 헐떡이며 말했다. "이런 법이 어디 있어요! 죽는 줄 알았어요. 도대체 왜 오셨어요? 왜요?"

"제발, 이해해줘, 안나. 제발⋯⋯" 그는 숨죽인 목소리로 재빨리 말했다. "부탁이야, 이해해줘⋯⋯"

그녀는 공포와 애원과 사랑을 담아, 마치 그의 모습을 기억 속에 확고히 새겨두기라도 하듯 뚫어지게 그를 바라보았다.

"너무 괴로웠어요!" 그녀는 그의 말은 듣지도 않고 계속 말했다. "언제나 당신 생각만 했어요. 당신 생각만으로 살았어요. 잊고 싶었어요, 정말로 잊고 싶었어요. 그런데 대체 왜 오셨나요?"

위쪽 층계참에서 두명의 학생이 담배를 피우며 아래를 내려다보고 있었지만 구로프는 아랑곳하지 않고 안나 쎄르게예브나를 끌어안았다. 그러고는 얼굴과 목과 손에 입을 맞추기 시작했다.

"도대체 이게 무슨, 이게 무슨 짓이에요!" 그녀는 공포에 질려 그를 떠밀며 말했다. "당신도 저도 미쳤어요. 오늘 떠나세요, 아니 당장 떠나세요⋯⋯ 모든 성인의 이름으로 부탁해요⋯⋯ 제발⋯⋯ 사람들이 오잖아요!"

누군가 계단을 올라오는 소리가 들렸다.

"떠나셔야만 해요." 안나 쎄르게예브나는 계속해서 속삭였다. "제 말 들리세요, 드미뜨리 드미뜨리치? 제가 모스끄바로 갈게요. 저는 한번도 행복한 적이 없었고 지금도 행복하지 않고 앞으로도 절대로 행복하지 않을 거예요! 저를 더이상 괴롭히지 마세요! 맹세코 제가 모스끄바로 갈게요. 지금은 그냥 가요! 너무나 당신을 사랑해요, 그렇지만 지금은 가세요!"

그녀는 그의 손을 꼭 쥐었다 놓고는 자꾸만 뒤를 돌아보며 재빨리 아래로 걸음을 옮겼다. 눈빛으로 미루어 보건대 그녀가 행복하지 않다는 것이 역력했다…… 구로프는 잠시 귀를 세우고 서 있다가 잠잠해진 것을 확인하고는 외투를 찾아 입고 극장을 떠났다.

4

그리하여 안나 쎄르게예브나는 모스끄바로 그를 찾아오기 시작했다. 두세달에 한번 정도 남편에게 산부인과 병 때문에 교수님과 상의해야 한다고 말하고는 S시를 떠났다. 남편은 그녀의 말을 믿기도 하고 의심하기도 했다. 모스끄바에 도착하면 그녀는 슬라뱐스끼 바자르[12]에 여장을 풀고 빨간 모자를 쓴 심부름꾼을 구로프에게 보냈다. 그러면 구로프가 그녀에게 왔다. 모스끄바에서는 아무도 이 사실을 알지 못했다.

어느 겨울 아침 그는 약속된 방식으로 그녀에게 가고 있었다(전날 밤에 심부름꾼이 찾아갔지만 그를 못 만났다). 그는 딸을 학교에 데려다주고 싶었기 때문에 딸과 함께 걸어갔다. 학교는 호텔까지

---

12 모스끄바 시내에 있는 고급 호텔 겸 레스토랑.

가는 길목에 있었다. 축축하고 커다란 눈송이가 떨어지고 있었다.

"영상 3도이지만 눈이 내리고 있지." 구로프가 딸에게 말했다. "그건 지표면만 따뜻하고 저 높은 대기권은 기온이 전혀 다르기 때문이란다."

"아빠, 그런데 왜 겨울에는 벼락이 안 쳐요?"

그는 이 점도 설명해주었다. 딸에게 이야기를 하면서 그는 생각했다. 자기는 지금 밀회 장소에 가고 있으며 아무도 이것에 관해 모르고 있고 아마도 앞으로도 결코 알지 못할 것이라고. 그에게는 두개의 삶이 있었다. 하나는 원하는 사람은 누구나 보고 알 수 있는 공공연한 삶, 관례적 진실과 관례적 기만으로 가득 찬 삶, 그의 지인이나 친구들의 삶과 완벽하게 닮은 삶이었고, 다른 하나는 비밀스럽게 흘러가는 삶이었다. 그런데 필경 우연이겠지만 어떤 기이한 상황이 전개되면서 그에게 중요하고 흥미롭고 불가피한 모든 것, 그가 스스로를 기만하지 않으면서 진실하게 하는 모든 일, 요컨대 그의 삶의 핵심은 남모르게 비밀리에 행해졌고, 그가 진실을 덮기 위해 숨어들었던 껍데기이자 그의 거짓인 모든 것, 예를 들어 은행 업무, 클럽에서의 논쟁, 그가 즐겨 말하던 그 '열등한 족속'과의 관계, 부부 동반으로 참석하는 무슨 기념일 따위는 모두 공공연하게 행해졌다. 그는 자기 기준에서 남들을 판단했기에 눈에 보이는 것을 믿지 않았고 모든 이가 밤처럼 어두운 비밀의 덮개 아래에서 진짜 삶, 가장 흥미로운 삶을 영위하고 있으려니 생각했다. 모든 사적인 실존은 비밀 속에 유지되고 있고, 어쩌면 어느정도는 바로 그렇기 때문에 교양 있는 인간은 자기의 사적인 비밀을 지키기 위해 그토록 민감하게 법석을 떠는지도 모른다.

학교에 딸을 데려다주고 구로프는 슬라뱐스끼 바자르 호텔로 갔다. 1층에서 외투를 벗고 위층으로 올라가 조용히 방문을 노크했다. 그가 좋아하는 회색 원피스를 입은 안나 쎄르게예브나가 여독과 기다림으로 초췌해진 채 웃음기 없는 표정으로 그를 바라보더니 그가 방 안에 들어서자마자 곧장 그의 품으로 달려들었다. 그들은 마치 2년 만에 다시 만난 사람들처럼 아주 오래오래 입맞춤을 했다.

"어찌 지냈소?" 그가 물었다. "뭐 새로운 일이라도 있소?"

"잠깐만요, 그러니까 그게…… 아니, 못하겠어요."

그녀는 울음이 복받쳐 말을 잇지 못했다. 그에게서 몸을 돌린 채 손수건으로 눈가를 찍어댔다.

'흠, 좀 울게 내버려두어야겠군. 그동안 앉아서 기다리지.' 그는 안락의자에 주저앉았다.

그는 벨을 눌러 차를 주문했다. 그가 앉아서 차를 홀짝이는 동안 그녀는 내내 창 쪽을 향한 채 서 있었다. 그녀는 자기들의 삶이 정말로 슬프게 엮이고 말았다는 것을 깨닫자 처량해지고 불안해져서 눈물을 쏟았다. 그들은 비밀리에만 만날 수 있고, 마치 도둑이라도 된 것처럼 사람들의 눈을 피해야만 한다! 정말로 그들의 삶은 파괴되었단 말인가?

"자, 이제 그만하지!" 그가 말했다.

그는 자신들의 이 사랑이 언제가 될지는 모르지만 아무튼 쉽게 끝나지는 않으리라는 걸 분명히 알고 있었다. 안나 쎄르게예브나는 점점 더 그에게 집착했고 그를 숭배했기에, 그녀에게 이 모든 것이 언젠가는 끝나게 되어 있다는 말을 한다는 것은 상상할 수도 없는 일이었다. 말한다 해도 그녀는 믿지 않았을 것이다.

그는 그녀에게 다가가 어깨를 끌어안고 가벼운 말을 섞어가며 다독거려주었다. 그 순간 그는 거울에 비친 자신의 모습을 보았다.

머리는 벌써 희끗해지기 시작했다. 자신이 최근 몇년 새에 이토록 늙고 쇠락해졌다는 게 믿기지 않았다. 그의 두 손이 얹혀 있는 따스한 어깨가 바르르 떨리고 있었다. 그는 지금은 이토록 따스하고 아름답지만 필경 그의 삶처럼 벌써 퇴색과 쇠락의 시작점에 가까워지고 있을 이 여인의 삶에 연민을 느꼈다. 그녀는 도대체 왜 그를 이토록 사랑하는 것일까? 그는 여자들에게 언제나 그 자신이 아닌 다른 사람으로 보였고, 여자들은 그에게서 그가 아닌 다른 사람, 그들이 자기네 인생에서 애타게 찾아 헤매던 어떤 사람, 그들의 상상력이 만들어낸 그 사람을 사랑했다. 그들은 나중에 자기네가 실수했다는 것을 깨달은 후에도 여전히 그를 사랑했다. 그런데 그들 중 단 한 사람도 그와 함께하는 동안 행복해하지 않았다. 세월은 흘러가고 그는 여자들과 만나고 관계를 맺고 헤어졌지만 사랑한 적은 한번도 없었다. 그걸 무어라 부르든 상관없지만 절대로 사랑은 아니었다.

그리고 머리가 희끗해지기 시작한 지금에서야 그는 진짜 제대로 된 사랑을 난생 처음 시작하게 된 것이다.

안나 쎄르게예브나와 그는 아주 가까운 사람들처럼, 한 식구처럼, 남편과 아내처럼, 친한 친구처럼 그렇게 서로를 사랑했다. 그들은 운명이 자기들에게 서로를 점지해주었다고 여겼기에 도대체 왜 자기들이 각자 다른 사람과 결혼을 했는지 이해할 수가 없었다.

그들은 마치 붙잡혀서 각기 다른 새장에 갇힌 암수 한쌍의 철새 같았다. 그들은 상대방이 과거에 저지른 부끄러운 일들을 용서했고 현재에 일어나고 있는 모든 일을 용서했다. 그리고 사랑 덕분에 자기네 둘 다 변했다고 느꼈다.

전에는 이러한 서글픈 순간이면 그는 머릿속에 떠오르는 온갖 논리로 스스로를 안심시키려 했지만, 지금은 그런 논리 따위는 떠오르지도 않았다. 그저 깊은 연민을 느꼈으며 진실하고 다정한 사람이 되고 싶을 뿐이었다……

"자, 이제 그만, 우리 숙녀님." 그가 말했다. "그만큼 울었으면 되었어. 이제 같이 얘기 좀 하자. 뭔가 방도가 있겠지."

그런 다음 그들은 오랫동안 머리를 맞대고 각기 다른 도시에서 살며 오랫동안 만나지도 못하는 이 상황, 숨고 속일 수밖에 없는 이 상황에서 벗어날 길에 관해 이야기했다. 어떻게 하면 이 견딜 수 없는 속박에서 벗어날 수 있을까?

"어떻게 하지? 어떻게?" 그는 머리를 감싸쥐며 물었다. "어떻게 하지?"

그는 조금만 더 견디면 해결책이 나올 것이고 그렇게 되면 새롭고 아름다운 삶이 시작될 거라고 생각했다. 그리고 두 사람 모두 분명하게 깨달았다, 종착지까지는 아직도 멀었으며 가장 어렵고 복잡한 일은 이제 방금 막 시작되었을 뿐이라는 것을.

모호하고 슬픈, 그래서 매혹적인

1. 조금 다른 러시아 대문호

이 세상에 체호프(Антон Павлович Чехов)처럼 모호한 작가가 또 있을까. 인간 체호프도 작가 체호프도 그리고 그가 쓴 작품도 모두 아무리 잡으려 해도 잡히지 않는 연기처럼 모호하다. 단편소설의 제왕, 셰익스피어에 버금가는 천재 극작가라는 명성에 걸맞게 살 아생전에는 물론 사후 130년이 넘는 동안 무수한 학자와 평론가와 열혈 독자들이 그를 이해하려 노력했건만 그 누구도 체호프가 도 대체 어떤 인간이었는지, 어떤 작가였는지, 그의 작품을 관통하는 핵심은 무엇인지 명쾌하게 밝혀놓지 못했다.

체호프는 결코 베일에 싸인 인물이 아니었다. 신비주의자도 아니었고 은둔형 작가도 아니었고 뜬구름 잡는 소리를 늘어놓는 작가도 아니었다. 게다가 그는 여느 위인 못지않게 방대한 전기적 자료를 남겨놓았다. 44세라는 비교적 짧은 나이에 유명을 달리했지만 무려 4000여 통에 이르는 편지와 시도 때도 없이 끼적여놓은 메모와 각계 지인들의 회고담은 그의 삶을 재구성하는 데 모자람이 없다. 그럼에도 불구하고 그는 지금까지도 그물에 잡히지 않는 바람처럼 해석자의 노력을 비껴간다.

인간 체호프는 지극히 평범한 사람, 꽤 괜찮은 '보통 사람'처럼 보인다. 맛있는 음식과 술을 적당히 즐겼고 옷매무시에 신경을 썼고 가끔 연애도 즐겼고 부모에게는 효성 지극한 아들이었고 동생들에게는 든든한 형이자 오빠였다. 그러나 그와 가까운 지인들 대부분은 이구동성으로 그의 성격이 종잡을 수 없었노라고 회고한다. 그는 열정적이면서 한편으로는 침울했고, 사교적이면서 고독했고, 유머러스하면서 진지했고, 냉소적이면서 따뜻했고, 삶을 사랑하면서도 초연했다. 과학적 사실을 추구하면서도 그 한계를 끊임없이 상기했고, 종교를 거부하면서도 종교적인 선(善)을 추구했고, 도덕에 대해 무관심하면서도 도덕적 고결함을 지향했고, 자유분방함을 지지하면서도 언제나 규율과 규칙을 중요시했다.

작가 체호프 역시 종잡을 수 없기는 마찬가지다. 그는 사소한 것에 관해 쓰면서 거대한 것을 말했고, 우스운 얘기를 하면서 슬픔을 전달했고, 어떤 평론가의 말대로 "최대의 것을 최소화"했으며, 인생을 찬미하면서 생의 허무를 천착했다. 그렇다고 해서 그의 문체가 난해하다거나 비유가 복잡하다거나 무슨 소리인지 도무지 알 수 없는 뜬구름 잡는 소리로 가득 차 있다거나 하는 얘기는 결코 아니다. 그의 문체는 소박하다 싶을 정도로 단순하고 명료하며 그의 스토리는 매우 평범하게 보이는 일상의 단면만을 건드린다. 그는 무슨 무의식의 세계라든가 영혼의 심연이라든가 아니면 아무도 모르는 인간 정신의 이면 같은 것을 다루는 작가가 아니다. 그런데도 그의 손끝에서 탄생한 단편들은 도무지 그 뜻을 파악하기 어렵다. 단순한 문체로 쓰인 가벼운 이야기들은 때로 망치로 돌변해 독자의 뒤통수를 내리친다. 소소한 일상의 삶을 묘사한 줄 알았던 이야기는 돌연 시끄러운 굴착기 소리를 내며 실존의 지하실을 파헤친다. 그의 작품 중 난해하고 복잡한 소설은 한편도 없지만 쉽게 읽히거나 이해되는 소설 또한 단 한편도 없다.

체호프는 도대체 무얼 말하고자 했는가? 그의 예술의 가치는 무엇인가? 대부분의 경우 그가 전달하려 했던 메시지가 무엇인지 콕 집어 말하기 어렵다. 아니 불가능하다. 그의 예술의 의의를 설명하기도 어렵다. 그것 역시 불가능하다. 그가 인생은 덧없다는 얘기를 했다고 이해하는 순간, 갑자기 인생은 그렇게 덧없는 것만은 아니라고 속삭이는 그의 목소리가 들린다. 광기에 사로잡힌 인물, 치졸한 인물, 범속한 인물, 이기적인 인물에 대해 혐오감이 짙어지는 찰나 갑자기 그가 불쌍해진다. 어떤 사람은 체호프가 범속한 일상을 질타했다고 해석하고 또 어떤 사람은 체호프가 시시하고 보잘것없는 인생에 무한한 애정을 품고 있었다고 해석한다. 어떤 사람은 그의 소설에서 끝없는 절망을 읽고 어떤 사람은 희망을 읽는다. 어떤 사람은 체호프의 잔잔한 묘사에 매료되고 어떤 사람은 그 잔잔한 묘사 이면에 있는 기괴함에 경악한다.

이 모든 다양한 이해와 해석은 맞기도 하고 틀리기도 하다. 그런데 정말로 놀라운 것은 이토록 애매모호한 작가임에도 불구하고 그는 아무튼 무언가를 분명 전달한다는 것이다. 그의 메시지는 설명도 정의도 불허하지만 결국에는 독자를 삶에 대한 공감으로 유도한다. 독자는 고개를 갸우뚱하다가 마침내 체호프가 인생에 대해서 무엇인가를 보여주었으며 그것에 자신이 깊이 공감한다는 사실을 발견하게 된다. 어떤 방향에서 체호프를 읽든 간에 '그래 어쨌거나 이런 게 인생이야'라는 말에 고개를 끄덕이며 책장을 덮게 된다.

체호프는 러시아의 대문호 중 그 누구와도 닮지 않았다. 우선 생긴 모습만으로도 그는 전대의 문호들과 확연히 구별된다. 그에게는 도스또옙스끼의 병색이 도는 심오함도 없고 백발과 흰 수염을 휘날리는 똘스또이의 '포스'도 없고 고골의 가면 같은 미소도 없다. 코안경을 쓰고 단정하게 나비넥타이를 맨 해사하고 말쑥한 모습의 그는 어느 모로 보나 미친 듯이 펜을 휘둘러대는 거물과는 거리가 멀다. 실제로도 의사였지만 그는 왕진 가방을 든 의사의 이미지에 들어맞는다.

작가 정신이란 측면에서도 그는 대문호들과 다르다. 도스또옙스끼, 고골, 똘스또이가 장편을 쓴 반면 체호프는 단편과 드라마를 썼다는 얘기를 하는 게 아니다. 대문호들에게는 자기만의 핵심적인 화두가 있다. 도스또옙스끼는 구원을 말했고 똘스또이는 도덕을 말했으며 고골은 구원과 도덕에 광기를 버무려 기괴하기 짝이 없는 으스스한 세계를 창조했다. 그러나 체호프가 자신의 핵심 사상으로 내세운 것은 아무것도 없다.

도스또옙스끼가 추구한 그리스도교적 구원은 체호프의 관심사가 아니었다. 그는 도스또옙스끼를 경원했다. 그럼에도 그의 작품 저 깊은 곳에는 도스또옙스끼의 치열함이 파묻혀 있다. 그는 똘스또이에게는 매력을 느꼈다. 하지만 똘스또이즘이라고 하는 거대한 사유 체계는 그에게 버거웠고 의학에 대한 똘스또이의 냉소도 못마땅했다. 그래서 어느 단계 이후에는 똘스또이를 슬슬 피해 다녔다. 그럼에도 그의 작품에는 똘스또이 식의 선에 대한 지향이 뿌리박혀 있음을 부인할 수 없다. 그는 일상의 범속함을 묘사하는 바람에 종종 고골에 비견되기도 한다. 실제로 고골을 무척 좋아하기도 했다. 그러나 고골의 범속함이 그로테스크와 끔찍한 유머를 통해 드러난다면, 체호프의 경우에는 지극히 사실적인 묘사를 통해 은근하게 드러난다. 그러니까 뭐랄까, 체호프의 단편은 종교적이지 않지만 종교적이고, 도덕적이지 않지만 도덕적이며, 그로테스크하지 않지만 대단히 그로테스크하다고밖에는 설명할 길이 없다.

사실 특정 사상의 부재는 체호프 스스로가 자신의 트레이드 마크라도 된다는 듯 끊임없이 강조한 특징이다. 그는 1888년 "나에게는 정치적, 종교적, 철학적 입장이란 게 없다. 매달 시각을 바꾸기 때문이다"라고 썼다. 1888년 10월 4일자로 『북방통보』(*Северный вестник*) 지 편집장 쁠레시체프(A. H. Плещеев)에게 보낸 서한에서도 비슷한 말을 한다.

저는 제 작품의 행간에서 경향성을 읽고 저를 철저한 자유주의자나 철저한 보수주의자로 규정하려는 사람들이 무섭습니다. 저는 자유주의자도 아니고 보수주의자도 아니고 점진주의자도 아니고 수도사도 아니고 무관심주의자도 아닙니다. 저는 자유로운 예술가가 되고 싶습니다. 단지 신께서 그렇게 될 수 있는 능력을 안 주신 게 유감스러울 따름입니다. 저는 어떤 형태건 거짓말과 폭력을 혐오합니다. (…) 바리새이즘과 아둔함과 전횡은 장사꾼의 집이나 경찰서에서만 횡포를 부리는 게 아닙니다. 저는 젊은이들 사이에서, 과학 속에서, 문학 속에서 그것들을 봅니다. (…) 꼬리표와 라벨은 편견입니다. 제가 가장 신성하게 여기는 것은 인간의 몸, 건강, 지성, 재능, 영감, 사랑, 그리고 절대적인 자유입니다. 거짓과 폭력이 어떤 형태를 취하건 간에 그것들로부터의 완벽하게 벗어난 그런 자유 말입니다.

이렇게 체호프는 그 어떤 사상이나 주의도 거부했고 오로지 예술의 절대적인 자유만을 고집했다. 그런데 거짓과 폭력으로부터의 자유를 고집한다는 것은 멋있게 들리고 또 많은 것을 의미할 수도 있지만 아무것도 의미하지 않을 수도 있다. 제대로 된 작가치고

(그리고 제대로 된 인간치고) 폭력과 거짓의 수용을 자신의 철학으로 내세울 사람이 어디 있겠는가. 무엇보다도 진실의 추구가 개인의 느낌이나 감상이나 주관성을 벗어나려면 어느 단계 이후부터는 치열함과 양심과 고뇌를 바탕으로 하는 어떤 척도, 진실과 거짓을 측량하는 철학을 필요로 하기 마련이다. 적어도 러시아에서 대문호라는 사람들이 대문호로 불리는 이유는 바로 이 철학을 가지고 있었기 때문이다. 체호프와 선배 대문호 간의 괴리는 이 점에서 가장 극명하게 드러난다.

그런데 참으로 이상하게도 이토록 선배 대문호들과 다름에도 불구하고 총체적으로 접근하다 보면 체호프 역시 대문호들과 '한통속'이라는 결론을 내릴 수밖에 없다. 그는 거짓과 폭력으로부터의 자유라고 하는 다분히 애매한 강령 외에는 아무것도 주장하지 않았고 아무것도 가르치지 않았지만, 그럼에도 불구하고 도덕을 가르쳤고 열정을 가르쳤고 사랑을 가르쳤으며 종교적인 구원에 버금가는, 더 나은 삶에 대한 희망을 끈질기게 노래했다. 그런 점에서 그는 의심의 여지없이 러시아 대문호 중의 한 사람이었다.

2. 따간로그 잡화상의 아들

안똔 체호프는 러시아 남부 아조프 해의 작은 항구도시 따간로그에서 구력으로 1860년 1월 17일 7남매의 셋째로 태어났다. 위로는 알렉산드르와 니꼴라이 형이 있었고 그 뒤로는 여동생 마샤, 남동생 바냐와 미샤, 그리고 조기 사망한 예브게니야가 있었다. 할아버지는 몸값을 치르고 자유를 찾은 농노였으며 아버지는 조그만 잡화상을 운영하는 상인이었다.

아버지 빠벨은 복잡한 인물이었다. 성당에서 눈물을 흘리며 기도한 뒤 집에 와서는 아이들에게 매질을 하고 아내를 하녀처럼 부리는, 열등감을 경건주의로 포장한 독선적이고 치졸한 소인배였다. 그의 위선과 폭력, 자식들에게 주입시킨 종교 교육은 훗날 체호프가 무신론자가 되도록 하는 데 톡톡히 기여했다.

1876년 빠벨의 가게는 도산했다. 그는 가게 문을 닫고 빚쟁이를 피해 따간로그 김나지움에 재학 중인 안똔만을 남겨둔 채 가족과 함께 모스끄바로 도망갔다. 가족이 살던 집은 남의 손으로 넘어갔고 안똔은 새 집주인이 된 사람의 조카에게 과외를 해주면서 숙식을 해결했다. 그는 과외로 번 돈의 일부를 모스끄바 가족에게 부쳐주면서도 학업에 매진해 1879년 우수한 성적으로 김나지움을 졸업했으며 장학금으로 대학에 진학할 수 있는 자격증까지 땄다. 그는 곧 가족과 합류하고 의과대학에 진학하기 위해 모스끄바로 떠났다. 이로써 전기 작가들이 '따간로그 시대'라 명명하는 한 시대가 막을 내렸다.

따간로그는 훗날 체호프 작품의 트레이드 마크가 될 범속성의 산실이었다. 러시아어로 '뽀슐로스뜨'(пошлость)라는 단어는 우리말로 '범속성' 정도로 번역되지만 러시아어의 원뜻은 이보다 훨씬 철학적이다. 너무나도 반복된 나머지 아무것도 새로운 것이 없는 상황, 판에 박힌 듯한 일상, 상투적인 문구, 철저하게 예측 가능한 행동, 진부한 사상, 이 모든 것은 러시아 문화에서 '범속한 것'으로 분류된다. 쩨쩨하고 소시민적인 인간, 전적으로 물질적인 것만 추구하는 인간, 의식주의 요건만을 충족시키기 위해 흘러가는 삶, 어떤 변화의 조짐도 성장의 가능성도 보이지 않는 누추한 공간, 다람쥐 쳇바퀴 돌듯 이어지는 삶, 이 모든 것 역시 '범속한 것'으로 분류된다. 한마디로 말해서, 범속성은 가장 부정적인 의미에서의 정체, 경직, 불변과 동의어이다.

체호프가 자신의 고향 땅 따간로그에서 읽어낸 것은 다름 아닌 범속성이었다. 고만고만한 인간 군상들이 고만고만한 일에 매달려 변화도 없고 희망도 없는 정체된 삶을 이어나가는 고장은 그를 숨 막히게 했다. 게다가 잡화상 주인인 아버지는 손님들에게 늘 굽실거리며 푼돈을 모았고, 아들은 그런 아버지를 도우며 살아야 했다. 그는 그곳에서 보낸 자신의 어린 시절을 수치스럽게 기억했으며 자신의 핏속에 흐르는 따간로그의 피를 없애려고 온갖 노력을 다했다. 그가 범속성에 유난히 민감하게 반응한 것도 따지고 보면 따간로그의 기억 때문인지도 모른다. 어느 편지에 따르면 그는 "다른 사람의 사상을 존경하고, 빵 한조각 받을 때마다 고맙다는 말을 하고, 수시로 매를 맞고, 가정교사 자리를 찾아 헤매고, 부자 친척집에 가서 잘 차린 한끼 얻어먹는 데 감지덕지하며 자란 아이"였다. 그 아이는 평생 동안 "자기 몸속에 흐르는 노예의 피를 한방울

씩 짜내버리려 기를 썼고, 그러다가 어느날 마침내 자기 몸에 오로지 인간의 피만이 흐르고 있음을 발견했다". 한마디로 그에게 따간로그에서의 삶은 노예의 삶이었다. 그가 그토록 집요하게 글 속에서 범속한 일상을 재현한 것도 따지고 보면 그 노예의 피를 짜내버리려는 애처로운 노력의 일환이었는지도 모르겠다.

3. 글쓰기 아르바이트

모스끄바에서 체호프는 가족의 궁핍한 삶에 경악했지만 동시에 대도시의 위용에 감동했다. 그는 생전 처음으로 탁 트인 대로와 으리으리한 건물과 멋지게 차려입은 사람들을 바라보며 심호흡을 했다. 의과대학 공부는 힘들었고 생활고는 여전했지만 그는 의욕으로 넘쳤다. 학비는 장학금으로 해결했지만 자신의 생활비와 가족의 생계를 위해 그는 지속적으로 글쓰기 아르바이트를 해야만 했다. 그 아르바이트를 시작으로 농노의 손자이자 잡화점 주인의 아들이 세계적인 대문호로 성장하게 되리라고는 꿈에도 생각지 못했을 것이다. 그는 푼돈이나마 벌기 위해 필명으로 대중 잡지에 유머와 위트가 넘치는 소소한 이야기들을 기고하기 시작했다. '안또샤 체혼떼'(Антоша Чехонте) 라는 이름은 당시 그가 즐겨 쓰던 필명이었다. 의과대학을 졸업해 훌륭한 의사가 되는 것이 꿈이었으므로 '소소한 이야기'에 진짜 이름을 쓰고 싶지 않았을 것이다.

1884년 의학부를 졸업한 체호프는 모스끄바 근교 치끼노 병원에서 수련의로 일하기 시작했다. 어느 모로 보나 의학은 그의 본업이었다. 그는 실제로 훌륭한 의사였고 양심적인 의사였다. 그러나 여전히 돈이 필요했던 그는 계속해서 신문과 잡지에 유머러스하고 풍자적인 짤막한 글을 기고하여 부수입을 올렸다. 당시 문학에 대한 그의 태도는 친구에게 보낸 편지에서 그대로 드러난다. "의학은 조강지처고 문학은 애첩이라네."

그런데 어느날 그의 운명을 뒤바꿀 사건이 일어난다. 러시아 문단의 원로인 드미뜨리 그리고로비치(Д. В. Григорович)가 '안또샤 체혼떼'란 필명의 젊은이가 『뻬쩨르부르그 가제따』지에 기고한 단편들을 읽고는 저자의 재능을 알아본 것이다! 그리고로비치도 한때 소설을 썼지만 그가 러시아 문학사에 족적을 남긴 것은 그 자신의 소설보다는 타인의 재능을 알아보는 능력 덕분이라 할 수 있다. 그리고로비치는 청년 도스또옙스끼의 룸메이트였던 바로 그 사람이다. 그가 도스또옙스끼의 첫 장편 『가난한 사람들』을 비평가 네끄라소프에게 보여준 것을 계기로 도스또옙스끼의 위대한 문학적 여정이 시작되었다는 것은 알 만한 사람은 다 아는 사실이다. 아무튼 이제는 문단의 원로가 된 그리고로비치는 1886년 3월 25일 '체혼떼 군'에게 편지를 보냈다. 내용은 대략 '자네는 놀라운 재능의 소유자다, 그토록 보기 드문 재능을 소중히 여기기 바란다, 허접한 글은 이제 그만 써라'로 요약된다. 체호프의 놀라움과 당혹감(물론 기쁨도)은 이루 말로 다 설명하기 어렵다. 그는 원로에게 정중

한 답신을 보냈다. 그의 편지는 대략 '저는 의학도입니다, 그리고 여지껏 경박하게 글을 쓴 것은 사실입니다, 그러나 앞으로는 좀 더 신중하게 쓰겠습니다'로 요약된다. 이렇게 해서 훗날의 대문호 체호프는 새로 태어났다. 이때부터 그는 더이상 유머러스한 잡문에 시간을 허비하지 않았다.

그리고로비치가 그에게 정신적인 지주 역할을 했다면 거의 비슷한 시기에 그의 운명에 등장한 또 한 사람은 그의 경제적인 지주가 되었다. 알렉세이 쑤보린(А. С. Суворин)은 당시 인기 있는 일간지 『신시대』(*Новое время*)의 편집장이자 사주였다. 체호프처럼 그도 농노의 손자였는데 그는 맨손으로 당대에 부를 이룬 입지전적인 거부였다. 신문사 말고도 다섯개나 되는 서점과 인쇄소를 소유했으며 나중에는 극장도 소유했다. 그 역시 체호프의 재능을 알아보고는 넉넉한 고료로써 '장래가 촉망되는' 청년 작가를 지지해주었다. 덕분에 체호프의 주머니 사정은 현격하게 호전되었다. 언젠가 그는 친구들에게 "봐, 나는 이렇게 부자인 쑤보린을 위해 글을 쓴단 말이야"라며 떠벌리기까지 했다. 쑤보린은 그보다 나이가 두배나 많았지만 두 사람 사이에는 우정과도 같은 끈끈한 관계가 맺어졌다. 그가 지상에서의 길지 않은 삶을 비교적 품위 있게 마칠 수 있었던 것은 어느정도 쑤보린과의 인연 덕분이라 해도 과히 틀린 말은 아닐 것이다.

1886년에 『신시대』지에 '안똔 체호프'라는 본명으로 「추모제」(Панихида)를 발표한 것을 계기로 체호프는 이전보다 훨씬 적은 수의, 그러나 훨씬 우수한 작품을 쓰기 시작했다. 이 무렵부터 극작에도 손을 대어 「곰」(Медведь), 「청혼」(Предложение) 등을 발표했다. 연극계 인사들과 교분을 트고 1888년에는 뿌시낀 문학상을 수상하고 당대 최고의 대가 똘스또이에게 극찬을 받는 등 작가 체호프의 인생은 탄탄대로를 달렸다.

푼돈을 위한 글쟁이가 아니라 진짜 작가로 거듭난 체호프의 창작은 「지루한 이야기」에서 전환기를 맞이한다. 1889년 『북방통보』 지에 실린 이 중편 소설은 체호프의 저술 활동 10년을 총결산하는 작품이자 원숙기를 여는 최초의 작품이기도 하다. 그것은 무엇보다도 체호프의 문학적 재능을 확인해주는 동시에 그의 의사로서의 경력과 존재감을 확인해주는 작품이라는 데 커다란 의미가 있다.

4. 닥터 체호프

의학은 체호프에게 평생 동안 '조강지처'였고 그는 조강지처에게 한결같이 충실했다. 그의 의사로서의 삶을 일종의 부록처럼 얘기하는 평론가도 있고 의사로서의 경험이 그의 소설에 객관성을 부여했다는 식의, 그러니까 의학이 그의 문학에 보조 역할을 해주었다는 식으로 말하는 평론가도 있지만, 의사 체호프의 자리는 그보다 훨씬 크다. 오히려 글쓰기 체험이 그의 의사 경력에 더 큰 도움을 주었을지도 모른다. 이제까지 그 어떤 평론가도 그런 말을 하지 않은 게 이상할 지경이다. 체호프의 소설 세계가 어렵고 애매한 이유 중의 하나는 닥터 체호프와 작가 체호프 간의 상보적이면서도 상호배타적인 기이한 밀월 관계에서 찾아볼 수 있다.

닥터 체호프는 어떤 인물이었나? 닥터 체호프의 면면은 그의 작품 세계를 이해하기 위해서뿐 아니라 그 자체로서의 중요성 때문에라도 일견해볼 필요가 있다. 체호프가 의대에 입학할 당시 러시아 의학계는 장족의 발전을 거듭하고 있었다. 임상의학은 유럽 어느 나라와 비교해도 뒤처지지 않을 만큼의 수준에 도달해 있었다. 의대에서 그는 단지 의학적인 '기술'만을 습득한 것이 아니라 의학의 사회적 기여에 대해서도 배웠다. 그에게 의사는 단순히 질병을 치유하는 존재일 뿐 아니라 더 나은 사회를 위해 헌신하는 리더이자 교사였다. 의대를 졸업할 당시 그는 의사란 모름지기 환경에 대한 적절한 이해를 통해 대중에게 건강한 진화 사상을 전해야 한다는 생각을 굳히고 있었다.

닥터 체호프의 삶에서 가장 중요한 역할을 한 것은 '젬스뜨보'(Земство)였다. 젬스뜨보란 1864년 문을 연 지방자치 기구로 지방의 교육, 경제, 의료, 위생 등을 담당했다. 주로 귀족들로 구성된 위원회는 선거로 선출되었는데, 젬스뜨보의 자치권은 특히 의료와 교육 분야에서 두드러졌다. 이전 시대에 상류층의 전속물처럼 여겨졌던 의학이 상대적인 독립성을 확보하자 정치적으로 진보 성향인 젊은 의학도들이 사회가 요구하는 역할에 부응하기 위해 젬스뜨보로 몰려들었다. 많은 젊은 의사들이 자발적으로 젬스뜨보 의사로

등록하여 농부들과 하층민들에게 의료 서비스를 제공하는 일에 앞장섰다. 닥터 체호프 역시 그들 중 한 사람, 그것도 가장 열성적인 한 사람이었다.

그는 앞에서 살펴본 대로 어떤 사상을 대놓고 지지한 적은 없지만 그럼에도 이른바 '60년대 사람들', 즉 급진적이고 사회참여적인 지식인들의 열정과 도덕성을 사랑했으며 '젬스뜨보 의사들'의 현실적인 헌신에 깊이 공감했다. 체호프의 눈에 젬스뜨보 의사회의 활동은 지식인의 이상과 열정이 현실적으로 실현될 수 있음을 보여주는 가시적인 결과였다. 그가 얼마나 젬스뜨보에 헌신했는가는 1890년 쑤보린에게 보낸 편지에서 그대로 드러난다. "제게 60년대의 이상과 최고로 열악한 젬스뜨보 병원 중 하나를 선택하라고 한다면 저는 두말없이 후자를 택할 것입니다." 그는 모든 의사들 중에서 젬스뜨보 의사를 최고로 평가했으며 그들의 치열한 삶에 존경을 표했다. 그는 또 자신이 젬스뜨보 의사라는 사실에 커다란 자부심을 품고 있었다. 그는 이렇게 말하곤 했다. "물론 의사 중에도 거칠고 야만적인 인간이 있지만 그건 작가들도 마찬가지야. 오로지 의사들만이 그토록 끔찍한 삶을 견뎌내야 한다니까."

당시 공공 의료 사업에서 가장 앞서 있던 곳은 모스끄바 지역 젬스뜨보였는데 그중에서 체호프가 속해 있던 쎄르뿌호프 젬스뜨보가 가장 훌륭했다. 이 시절 그는 다양한 의료 봉사에 참여했으며 쎄르뿌호프 공중위생위원회 위원으로 위촉되어 학교와 공장위생실태 보고서를 작성하기도 했다. 그와 가까웠던 사람들은 입을 모아 그가 열정적이고 인간적이고 헌신적인 의사였노라고 회고한다. 많은 사람들에게 닥터 체호프는 러시아의 슈바이처였다. 그로스만(L. Grossman)이 그를 가리켜 "모든 살아 있는 것들에 대해 프란치스꼬 성인과도 같은 사랑을 지닌 다윈주의자"라 칭한 것도, 평론가 마이스터(C. Meister)가 "현대의 성인"이라 칭한 것도, 존 미들턴 머레이(J. M. Murray)가 "우리 시대의 영웅"이라 칭한 것도 모두 닥터 체호프의 열정적인 봉사와 의료 활동에 입각한 평가라 할 수 있다.

아이러니하게도 환자들에게는 그토록 세심하고 헌신적인 닥터였건만 체호프는 자기 자신에게는 좋은 의사가 못되었다. 그는 의과대학을 졸업하던 즈음에 처음으로 각혈을 했다. 아직 나이도 젊었고 각혈도 대단한 게 아니었기에 당시에는 그냥 넘어갈 수도 있는 문제였다. 그러나 훗날 확실하게 폐병 징후를 보이기 시작한 후에도 그는 치료를 거부했고, 이후 사망에 이르기까지 자신이 폐결핵 환자라는 사실을 인정하지 않았다. 참으로 이해하기 어려운 비합리적이고 비과학적인 처사였다. 폐병에 대해 그 누구보다 정확하게 알 만한 사람이 왜 치료를 거부했을까. 어쩌면 일단 폐결핵에 걸리면 어차피 무병장수란 불가능한 일이므로 질병에 끌려다니느니 차라리 완전히 무시하고 죽음이 덮쳐올 때까지 열정적으로, 남들보다 두배 이상 의미 있게 사는 편이 낫다고 생각했던 것은 아닐까.

게다가 젬스뜨보 의사로서의 삶은 그의 건강을 악화시키는 데 일조했다. 연일 수면 부족과 과로로 지쳐갔지만 그는 의료 활동을 중단하지 않았다. 1892년에 쑤보린에게 보낸 편지에서 그는 "제가 젬스뜨보 의사로 활동하는 동안은 저를 문인 취급하지 말아주십시오"라고 간청했다. 또다른 편지에서는 하계 의료 활동과 관련해 "지난여름 제 삶은 그냥 중노동 그 자체였습니다. 그러나 제 인생 최고의 여름이었습니다"라고 말했다. 이후 그의 건강이 악화되는 바람에 의료 봉사 활동에 차질이 생겼을 때도 그는 젬스뜨보 의사들과의 끈끈한 우정은 계속 유지했다.

그는 또 지방 교육의 발전에도 크게 기여했다. 자비를 내서 학교를 세우는 데 일조했고 공공 도서관 설립에도 기여했으며 세르뿌호프 지역의 열악한 교육을 바로잡기 위한 정책의 일환으로 교육환경 실태조사 및 분석 사업을 기획했다. 여기서 우리는 일체의 이념과 사상을 거부한다는 체호프의 주장을 다시 생각해볼 필요가 있다. 그는 사상을 거부한 것이 아니라 사상에 관해 왈가왈부하는 것을 거부한 것이다. 현실에서 그는 박애주의자였고 활동하는 지식인이었고 진화론자였고 공리주의자였다. 단지 책상 앞에 앉아 사상을 끼적이는 대신 활동을 통해 그 사상을 실천했을 따름이다.

그러나 체호프는 다른 한편으로 이상과 현실의 괴리를 그 누구보다도 절실하게 깨닫고 있었다. 선한 의도에서 출발했지만 봉사활동은 수시로 난관에 부딪혔고 치료 대상자인 민중의 무지와 저항, 관료주의, 예기치 않은 전염병의 창궐은 그를 정신적으로, 육체적으로 지치게 했다. 그는 『작가노트』(*Записная книжка*)에서 이렇게 말한다. "목이 마를 때 사람들은 바닷물이라도 다 마실 듯이 물에 달려든다. 그게 신념이라는 것이다. 그러나 일단 물을 마시기 시작하면 기껏해야 두잔이 고작이다. 그것은 과학이다." 바다와 두잔의 물의 비유는 그가 자신의 신념에 대해 느끼고 있었던 한계를 정확하게 지적해준다. 그의 박애주의적 열정과 의욕과 도덕적 신념은 바다였지만 그가 매일 마주하는 현실은 고작 두잔의 물에 불과했다.

의사로서의 체험은 그의 작품에 다양한 형태로 반영된다. 때로는 의사 주인공이 등장하고, 때로는 특정 질병이 소재가 되기도 하고 병원이 배경이 되기도 한다. 그러나 어떤 경우든 의학과 문학, 의사와 작가 간의 관계는 복잡하고 미묘하게 전개되며 결국 독자는 이상과 현실, 신념과 과학의 경계선에 선 체호프를 발견하게 된다.「지루한 이야기」에서도 체호프는 죽음을 앞둔 노교수를 통해 그 자신이 체험한 신념과 허무 간의 깊은 딜레마를 전달한다. 체호프 자신은 여러 서한에서 이 스토리의 주인공 니꼴라이와 자신은 아무런 상관도 없으며 전기적 유사점도 없다고 강변했지만 몇가지 사실은 여전히 이 소설이 저자의 삶과 연결됨을 말해준다. 무엇보다도 중요한 것은 소설을 집필하기 두달 전에 그의 형 니꼴라이가 사망했다는 사실이다. 그리고 하필이면 같은 해에 그는 처음으로 확실한 폐결핵 징후를 보였다. 죽음이 언제라도 자신을 덮칠지 모른다는 생각이 죽음을 앞둔 노교수의 사색으로 이어졌으리라는 것은 쉽게 짐작 가능한 일이다.

5. 「지루한 이야기」

「지루한 이야기」는 체호프의 소설치고는 상당히 긴 편으로 그때까지 그가 작품에서 주로 다루었던 소소한 일상이 아닌 러시아에서 가장 위대한 병리학자의 삶을 다루고 있다. 주인공 니꼴라이는 러시아 전역은 물론 유럽에서까지 명성이 자자한 병리학자이자 의과대학 교수이다. 그의 이름만 들어도 학생들은 물론 일반인들도 존경심에 고개를 숙인다. 그러나 지금은 불치병에 걸려 6개월 정도밖에는 살 날이 남아 있지 않다. 다가오는 죽음에 대한 공포 외에도 틱 장애와 불면증, 가족 간의 불화, 경제적인 어려움이 그를 괴롭힌다. 깐깐한 원칙주의자이자 순수 학문에 대한 열정으로 평생을 살아온 완벽주의자 교수 니꼴라이는 개업이나 교재 집필 같은 것으로 부수입을 올리지 않았다. 그래서 가족들은 그의 명성에 어울리는 경제적 윤택함을 누리지 못하기에 항상 불만이다. 부인도, 바르샤바에 가 있는 아들도, 음악학교 학생인 딸도 그에게 기대하는 것은 돈뿐이다. 그래서 그는 말할 수 없이 외롭다.

그나마 그의 인격과 학문적 성취를 존경해주는 사람은 그를 아저씨라 부르는 까쨔뿐이다. 18년 전 동료 안과의사가 일곱살 난 딸 까쨔와 6만 루블을 남겨놓고 죽었다. 그는 유언장에서 니꼴라이를 후견인으로 지정해놓았다. 까쨔는 열살 때까지 그의 집에서 생활하다가 기숙학교로 보내졌고 그뒤 연극판을 떠돌다가 '신세를 망치고' 돌아와 그의 집 근처에서 남아도는 시간과 돈을 낭비하며 살고 있는 처지다. 죽음을 목전에 둔 시점에서 니꼴라이의 유일한 소일거리는 그녀의 집을 방문하여 담소하는 일이다. 까쨔는 그에게 금전적인 도움을 줄 테니 치료를 받으라고 권하지만 그는 부질없다며 거절한다. 그는 어느날 아내의 간곡한 부탁을 거절할 수 없어 딸의 약혼자에 관해 알아보러 하리꼬프로 간다. 허름한 호텔에 묵고 있는 그를 까쨔가 찾아온다. 그녀는 허무의 벼랑 끝에 서서 지푸라기라도 잡는 심정으로 그에게 인생의 답을 알려달라고 애원하지만 그는 답변을 회피한다. 까쨔는 더욱더 절망한 채 그를 떠난다.

　이렇다 할 스토리도 없고 사건도 없고 클라이맥스도 없는 이 중편은 어떻게 보면 정말로 지루한 이야기이다. 그러나 이 지루함이야말로 어쩌면 '죽음이란 무엇인가'라고 하는 가장 심오하면서도 동시에 가장 진부한 질문에 어울리는 것일지도 모른다. 위대한 의학자이자 위대한 교육자인 사람은 자신의 죽음을 어떻게 바라볼까. 체호프는 죽음을 바라보는 시선의 주인공으로 학문적이고 고상하고 고결한 인간, 만인의 존경을 한 몸에 받는 인간, 소소한 삶과는 완벽하게 거리를 둔 인물을 선택했다. 니꼴라이는 어쩌면 닥터 체호프가 30년 뒤의 자기 모습을 상상할 때 기대할 수 있는 최고치가 아니었나 싶기도 하다. 그는 보통 사람이라면 누구라도 부러워할 만한 삶, 언감생심 넘보지도 못할 삶을 살았다. 게다가 그의 나이 62세라는 것은 당시 기준에 미루어 적은 나이가 아니다. 러시아 남성의 평균수명을 훨씬 웃도는 수치다. 살 만큼 살았다는 뜻이기도 하다. 불의의 사고나 비극적인 운명의 역전으로 갑자기 생과 이별해야 하는 처지가 아니라 누릴 만큼 누리고 살 만큼 살았다는 애기니 별로 억울할 것도 없어 보인다.

"내 꿈은 실현되었어. 나는 내가 감히 꿈꾸었던 것보다 더 많은 것을 받았어. 30년 동안 나는 학생들의 사랑을 받았고 탁월한 동료들을 알고 지냈고 찬란한 명성을 만끽했어. 나는 사랑에 빠졌고 열정적인 사랑 끝에 결혼했고 아이들을 가졌어. 한마디로 말해서 뒤를 돌아보면 내 인생 전체가 재능 있는 손끝에서 창조된 아름다운 예술품처럼 느껴져. 이제 내가 할 일은 그저 피날레를 망치지 않는 일뿐이야." (63면)

그가 회고하는 삶에는 곳곳에 행복이 배어 있다. 아름다웠던 아내, 그녀와의 열렬한 연애, 아이들의 탄생, 어린 딸아이와 손가락 놀이를 했었던 추억, 신학교 시절 느꼈던 희망, 어린 까쨔의 얼굴에 서려 있던 그 순수한 신뢰의 표정, 강의를 하면서 느꼈던 희열, 학생들과 공유했던 열정……

그런데 이토록 행복하고 훌륭한 삶을 살아왔지만 그 역시 죽음 앞에서는 맥없이 허물어진다. 체호프는 의학도답게 죽음에 당면한 인간의 모습을 '우수'라던가 '고뇌' 같은 다소 형이상학적인 관념이 아닌 '고통'(통증), '우울증' 같은 물리적인 개념으로 표현한다. 니꼴라이를 힘들게 하는 첫번째 인자는 육체적 고통으로 가슴 통증, 부정맥, 불면증, 틱 장애, 부종, 안면 경련, 호흡곤란이다. 정확한 병명이 밝혀지지는 않았지만 그의 여러 증상들, 특히 불면증 같은 것은 노화와 관련이 있어 보인다. 그는 의사이지만 자신의 질병과 통증에 대해 속수무책이다.

두번째는 심리적 고통으로, 자기 자신에 대한 환멸이 그 원인이다. 과거의 그는 강했고 너그러웠고 자유로웠다. 그는 스스로를 극복한 사람, 제왕이었다. 그러나 그는 지금 스스로를 노예로 느낀다.

"왕의 가장 훌륭한 그리고 가장 신성한 권리는 은사(恩賜)의 권리지. 나는 이 권리를 무한히 애용했기에 나 스스로를 언제나 왕으로 느꼈어. 나는 결코 판단하지 않았고 너그러웠고 왼쪽에 있는 사람이건 오른쪽에 있는 사람이건 누구나 기꺼이 용서해주었어. 다른 사람들이 항의하고 분노할 때 나는 충고해주고 설득해주었어. 평생 동안 오로지 내 존재가 가족과 학생들과 동료들과 하인들에게 견딜 만한 것이 되도록 애를 썼어. 그리고 사람들에 대한 나의 이런 태도는 나와 가까워지는 모든 사람에게 일종의 교육이 되었다는 걸 나는 알아. 그러나 이제 나는 더이상 왕이 아니야. 나의 내면에서는 노예에게나 걸맞은 어떤 일이 벌어지고 있어. 머릿속에서는 밤이고 낮이고 사악한 생각들이 요동을 치고 영혼 안에는 이전에는 내가 알지 못했던 감정들이 둥지를 틀고 있지. 요컨대 나는 증오하고, 경멸하고, 짜증 내고, 분노하고, 두려워하고 있어. 나는 극도로 엄격하고 까다롭고 짜증스럽고 야비하고 의심 많은 인간이 되었어." (59~60면)

그의 심리적 고통도 사실 자세히 들여다보면 노화와 관련이 있다는 걸 알 수 있다. 요즘 표현으로 바꿔 말하자면 그는 노인성 우울증을 앓고 있다. 인간이 나이를 먹으면 육체뿐 아니라 정신도 쇠락한다. 뇌의 특정 부위가 기능을 상실하기 때문이다. '엄격하고 까다롭고 화 잘 내고 의심 많은 노인'이 되지 않으려고 의식적으로 노력할 수야 있겠지만 그것도 한계가 있다. 외부로부터의 그 어떤 영향에도 흔들리지 않고 꿋꿋하게 스스로를 다스려왔다고 자부해온 니꼴라이 교수는 육체와 정신의 노화라고 하는 자연의 섭리에서 자기도 예외가 아님을 알고 경악한다. 그래서 "모든 게 쓰레기에 불과하고 인생의 의미 같은 것은 없으며 내가 살아온 62년의 세월은 그냥 낭비일 뿐"이라고, 요컨대 자신의 인생은 '실패'라고 결론짓는다.

세번째는 지적인 고통이다. 그는 과학자이며 지금도 과학만이 이 유한한 세상에서 그나마 인간의 삶에 의미를 부여하는 것이라 믿고 있다.

죽음 앞에서 내 흥미를 끄는 것은 오로지 과학뿐이다. 마지막 숨을 내쉬는 순간에도 나는 여전히 과학은 인간의 삶에서 가장 중요하고 가장 아름답고 가장 필요한 것이라 믿을 것이다. 과학은 과거에도 현재에도 미래에도 사랑의 가장 고상한 표현이며 오로지 과학에 의해서만 인간은 자연과 자기 스스로를 정복할 수 있을 것이라 믿을 것이다. 나의 믿음은 그 근본에 있어서 순진한 것일 수도 있고 부당한 것일 수도 있지만, 내가 이런 믿음을 가지고 있는 게 내 잘못은 아니다. 달리

방법이 없지 않은가. 나는 내 안에 있는 이 신념을 극복할 수가 없는 것이다. (29면)

그러나 과학의 최고 경지에 올라선 그는 불쾌한 아이러니에 직면한다. 그의 마지막 나날들은 과학적인 '아름다움'과는 아무런 상관이 없다. 평생 의학을 강의하고 의사를 배출해왔지만 그의 의학은 자기 자신의 치료에는 아무런 도움도 되지 못한다. 육체의 고통을 경감시켜주지 못할 뿐 아니라 심리적인 안정과 평화, 인생과의 화해, 기쁨, 충일감, 용서 같은 긍정적인 느낌을 제공해주지 못한다. 그의 학문에는, 그리고 더 나아가 그의 인생 전체에는 무엇인가가 결여되어 있다. 마지막 순간이 다가올 즈음에야 그는 그것이 '공통이념'이라는 것을 깨닫는다.

내가 아무리 많이 생각해도, 그리고 내 생각의 범위가 아무리 넓어도, 내 소망은 무언가 아주 중심적인 어떤 것, 대단히 중요한 어떤 것을 결여한다. 그걸 분명히 느낄 수 있다. 과학에 대한 나의 애착, 더 살고 싶다는 나의 소망, 낯선 침대에 앉아 스스로를 알려고 하는 시도, 이 모든 생각과 감정, 그리고 내가 삼라만상과 관련하여 정립하는 개념들에는 모든 것을 하나의 전체로 엮어주는 공통적인 무언가가 빠져 있다. 내 안에서는 감정과 생각이 개별적으로 존재한다. 따라서 아무리 능숙한 분석가라 할지라도 과학과 연극과 문학과 학생들에 관한 내 의견, 그리고 내 상상력이 그리는 온갖 그림에서 살아 있는 인간의 신이라 알려진, 혹은 공통이념이라 알려진 어떤 것을 발견할 수 없을 것이다.

그리고 만일 그것이 없다면 아무것도 없는 것이다.

그것이 없기에 불치병, 죽음에 대한 공포, 그리고 사람들과 상황의 영향이 이전에 나의 세계관이라 여겨졌던 모든 것, 그리고 내 삶의 의미와 기쁨의 근원이었던 모든 것을 뒤엎어 산산이 부서뜨리는 것이다. (…)

나는 패배했다. 그렇다면 더이상 말하는 것도 생각하는 것도 의미가 없다. 그냥 퍼질러 앉아 조용히 뭐가 오든 오기를 기다릴 수밖에. (102~03면)

여기서 그가 말하는 '공통이념'이란 과학적 사실도, 냉엄한 현실도 모두 뛰어넘는 어떤 신념, 혹은 믿음, 혹은 종교라 불러도 좋을 것 같다. 한 인간의 인생을 하나로 엮어주는 핵심 코드 같은 것 ─ 이것만이 죽음의 허무 앞에서 인간을 굳건하게 해줄 수 있는 유일한 어떤 것이다. 그런데 연구와 강의에 평생을 바친 세계적인 과학자마저도 죽음을 코앞에 둔 시점에서 비로소 자신에게 그것이 없다는 것을 깨닫는 것이다. 그의 과학적 신념은 현실 앞에서 맥없이 허물어진다.

그래서 그는 하리꼬프의 호텔 방까지 찾아와 '어떻게 살 것인가'에 대한 답을 가르쳐달라고 애원하는 까쨔에게 답을 줄 수가 없다. 그에게는 과학을 뛰어넘는 신념도 없고 개별적인 사상을 엮어주는 '공통이념'도 없기 때문이다.

그렇다면 이 소설에서 체호프는 무슨 얘기를 하려는 것일까? 인간에게는 공통이념이 있어야 한다는 얘기를 하려는 것인가? 그러나 최고의 과학자도 갖지 못한 공통이념을 보통 사람이 어떻게 갖기를 바랄 수 있겠는가. 그건 즉 공통이념이란 하나의 이상에 불과하다는 뜻이다. 그렇다면 체호프는 죽음 앞에서는 어차피 의미 있는 게 아무것도 없다는 얘기를 하려는 것인가? 잘 모르겠다. 이 소설은 닥터 체호프의 내면을, 그가 느끼는 딜레마와 공포를 어쩌면 가장 솔직하게 보여주는 작품이라 할 수 있겠지만, 그럼에도 불구하고 소설의 핵심은 집어내기 어렵다.

주인공 니꼴라이 교수의 생각과 말에 깊이 공감하면서도 또 한편으로는 줄곧 그의 진술을 반박하고 싶은 욕구가 생긴다. 교수는 자신의 삶이 실패한 삶, 무의미한 낭비였노라고 단정하지만 과연 그럴까. 그렇다고 말하기에는 그의 삶 곳곳에 뿌려져 있는 작은 스팽글 같은 순간들이 너무나 아름답다. 어린 딸아이와 손가락 놀이를 하던 순간, 수양딸의 얼굴에서 신뢰의 표정을 읽어내던 순간, 강의실에서 거의 매번 느끼던 그 희열, 열렬히 사랑했던 기억…… 이런 것들이 있었다면, 그리고 그런 순간들에 행복했었다면, 그의 삶을 실패로 규정할 권리가 그에게는 없는 것 아닐까. 아니, 그 누구도 자신의 삶이 혹은 타인의 삶이 실패라고 규정할 수는 없는 것 아닐까.

체호프는 「지루한 이야기」를 발표하기 1년 전에 쑤보린에게 보낸 편지에서 "어떻게 질문에 답할 것인가와 어떻게 올바르게 질문을 제기할 것인가는 두가지 완전히 다른 문제입니다. 오로지 후자만이 작가에게 요구되는 일입니다"라고 썼다. 그의 진술은 「지루한 이야기」에도 그대로 적용된다. 29세의 의사이자 작가인 체호프는 삶과 죽음에 관해, 인생의 의미에 관해, 허무에 관해, 그리고 무엇보다도 '나이 먹는다는 것'에 관해 자기 식으로 '의학적으로' 문제를 제기했다. 주인공 니꼴라이 교수처럼 체호프 역시 답은 제공하지 못한다. 그럼에도 불구하고 그가 제기한 문제들이 올바르게 제기되었다는 사실만큼은 그 누구도 부정할 수 없을 것이다.

6. 싸할린 섬

허무에 대한 체호프의 답은 문학 속에서가 아닌 현실 속에서 발견된다. 그는 실천으로써 허무에 대답했다. 공동선에 기여하는 것으로 허무를 무찌르려 했다. 1888년 쑤보린에게 보낸 편지는 지리학자이자 중앙아시아 탐험가인 쁘르제발스끼(Н. М. Пржевальский)에 대한 상찬으로 가득 차 있다.

저는 그런 사람을 무한히 경애합니다. 그들의 인격은 우리 사회에 낙천주의와 염세주의에 관해 논쟁하는 사람들, 따분함에서 허접한 스토리를 쓰고 불필요한 기획을 하고 싸구려 논문을 쓰는 사람들, 염세

주의라는 명목하에서 부패한 삶을 영위하는 사람들, 한조각의 빵을 위해 거짓말을 하는 사람들, 회의론자, 신비가, 정신질환자, 예수회 수도사, 철학자, 자유주의자와 보수주의자 외에도 다른 사람들, 영웅적인 활동과 신념과 분명하고 의식적인 목적을 가지고 있는 사람들이 아직도 존재한다는 사실에 대한 살아 있는 기록입니다.

행동하는 지식인에 대한 체호프의 상찬은 실제 삶 속에서 싸할린 여행이라는 형태로 구체화되었다. 형의 죽음, 일각에서 그에게 씌운 사상 부재의 오명, 우울감, 그리고 변화에 대한 욕구는 그를 고통의 땅이라 불리는 싸할린으로 이끌었다. 1890년, 체호프는 지인들의 만류를 뿌리치고 악명 높은 유배지였던 싸할린 섬으로의 여행길에 올랐다. 이미 6개월여에 걸쳐 문헌 수집과 통계조사 등 준비를 마친 후였다. 그는 4월 21일에 떠나 배와 기차와 썰매를 번갈아타며 대륙을 횡단하여 7월 11일에 목적지에 도착했다. 거기서 3개월 동안 머무르며 꼼꼼하게 현지 조사를 한 뒤 홍콩과 싱가포르를 거쳐 12월 8일 다시 모스끄바로 돌아왔다. 그리고 훗날 이때의 현장 조사에다 해양과학 총서, 역사 자료 등의 문헌 조사를 더해『싸할린 섬』(*Остров Сахалин*)이라는 제목의 탐사보고서를 출간했다. 이 책에서 그는 당시 러시아의 형법 제도에서부터 동식물 생태 연구, 싸할린 섬과 쿠릴 열도에 대한 러시아와 일본의 영유권 문제 같은 국제법 사안에 이르기까지 다양한 주제를 살펴보고 있다. 그러나 무엇보다도 중요한 것은 싸할린 탐사를 계기로 인간을 바라보는 그의 시선에 새로운 깊이가 더해졌다는 점이다. 싸할린의 상황은 그가 예상했던 것보다도 훨씬 끔찍했다. 최악의 범죄자들이 짐승만도 못한 삶을 이어가는 것을 바라보며 그는 인간의 고통에 대해 그 어느 때보다 진지하게 생각했다. 그리고 언제나 그러했듯이 그의 사색은 행동으로 이어졌다. 그는 고아들과 매춘 여성을 위한 기관 설립을 지원했고 수많은 도서를 기증했으며 모스끄바로 돌아온 이후에도 빈민 구제 활동과 의료 및 교육 봉사 활동에 매진했다.

7. 「검은 옷의 수도사」

체호프는 1892년 모스끄바 인근 멜리호보에 작은 영지를 구입해 부모와 여동생을 데려왔다. 원래 원예에 관심이 많았던 그는 직접 정원을 가꾸었으며 다른 한편으로는 의료 활동도 지속적으로 했다. 또 젬스뜨보 의사회 창립 멤버인 공중위생의 꾸르낀(П. И. Куркин)과 정신의학자 야꼬벤꼬(В. И. Яковенко) 등과 교분을 지속했는데 특히 멜리호보 인근에 있던 야꼬벤꼬의 정신병원을 종종 방문하여 환담을 나누었다.

정신병에 대한 그의 관심은 1887년 1월 정신의학자 메르제옙스끼(И. П. Мержеевский)가 모스끄바 의료심리학회에서 정신병 예방학에 관해 강연하는 것을 들으며 촉발된 이래 지속적으로 그의 소설 속으로 스며들어왔다. 인간 본성에 대한 연구는 자연스럽게 비정상적인 정신 상태에 대한 관심으로 이어져 「6호 병동」(Палата номер 6), 「검은 옷의 수도사」(Чёрный монах) 등 정신병을 소재로 하는 일련의 작품을 탄생시켰다.

체호프가 멜리호보에 거주하던 1893년에 쓴 「검은 옷의 수도사」 는 원예에 대한 관심과 정신병에 대한 관심이 결합된 작품이다. 체호프 특유의 모호함에 그로테스크가 더해진 신비한 작품으로 똘스또이를 비롯한 많은 작가, 평론가의 극찬을 받았다. 문학박사 꼬브린은 과로로 인해 심신이 쇠약해졌다. 그래서 휴식을 취할 겸 후견인이자 유명한 원예가 뻬소쯔끼 영지를 방문한다. 어느날부터인가 그에게는 검은 옷을 입은 수도사의 형상이 나타나기 시작한다. 수도사는 그가 인류를 선도하는 소수의 선택받은 천재라고 속삭인다. 과대망상증에 걸린 것이다. 그는 뻬소쯔끼의 소원대로 그의 딸 따냐와 결혼한다. 결혼 후에도 그의 과대망상증은 점점 심해지지만 그는 과대망상증이 가져다주는 황홀경이 좋아서 자신을 치료하려 드는 장인과 부인을 증오하고 그들을 괴롭힌다. 결혼은 파탄으로 끝나고 장인은 화병으로 죽는다. 꼬브린은 어쩌다가 같이 살게 된 내연녀와 요양 차 쎄바스또뿔에 간다. 그곳 호텔에서 그는 피를 토하며 쓰러져 조용히 세상을 하직한다.

이 소설은 당대부터 최근까지도 주로 이분법적인 문제 제기 방식을 통해 조망되어왔다. 요컨대, 검은 옷의 수도사는 어떤 존재인가? 꼬브린에게 영감을 주는 정령인가, 아니면 그를 파멸로 이끄는 악령인가? 체호프의 입장에서 볼 때 꼬브린은 어떤 인물인가? 과대망상증에 걸린 추악한 이기주의자인가, 아니면 주변의 몰이해로 인해 성장할 길이 가로막힌 비극적 천재인가? 누가 옳은가? 자신의 정신병을 옹호하는 꼬브린인가, 그를 치료하려는 아내와 장인인가? 등등.

그러나 이러한 이분법은 사실상 체호프의 의도와 별 관계가 없다. 꼬브린의 병은 병일 뿐이며 그것이 긍정적인가 아니면 부정적인가를 논할 의도는 체호프에게 없었다. 이 사실은 여러가지 자료로 뒷받침된다.

체호프는 이 소설이 철저하게 '의학적인 소설'이라 못 박았다. 1893년 12월 18일 쑤보린에게 보낸 편지에서 그것은 "과대망상을 앓고 있는 젊은이에 관한 묘사"라 단정했고 얼마 후 평론가 멘시꼬프(M. O. Меньшиков)에게 보낸 서한에서도 이 소설은 "의학 스토리이며 주제는 과대망상"이라 강조했다. 더 나아가 쑤보린의 부인이 체호프의 정신 건강을 걱정했다는 얘기를 전해 들은 그는 쑤보린에게 이렇게 답장했다.

저는 냉정한 성찰 상태에서 「검은 옷의 수도사」를 썼습니다. 우울증 같은 것은 없었어요. 저는 그저 과대망상을 기술해보고 싶었어요. 꿈에 시커먼 옷을 입은 수도사를 보기는 했어요. 그리고 그 얘기를 미샤에게 했지요. 그러니 사모님께 불쌍한 안똔은 아직 정신이 멀쩡하다고, 저녁 식사 때 맛난 음식을 너무 많이 먹어 꿈에 수도사를 보는 것뿐이라고 전해주세요.

체호프의 입장에서 본다면 꼬브린은 천재도 아니고 위대한 예술가도 아니며 단순히 병든 인간이며 검은 옷의 수도사는 정신병의 한 징후일 뿐이다. 실제로 소설 속 어디에도 그가 천재임을 암시하는 대목은 없다. 게다가 그는 인문학을 가르치는 학자이므로 예술이니 영감이니 하는 것들은 그와 별로 관계가 없다. 중요한 것은 꼬브린이 '왜 정신병에 걸렸을까'라는 문제이다.

닥터 체호프가 질병 중에서도 정신질환에 관심이 많았다는 것은 여러 자료를 통해 확인된 바 있다. 인간을 바라보는 의사의 시선과 인간을 사랑하는 인본주의자의 시선은 정신질환에 대한 학문적 호기심으로 나타났을 것이다. 게다가 정신병리학은 당시 새로운 학문으로 부상했으며 정신질환자에 대한 사회적 관심 또한 증대되고 있었다. 지식인들 가운데 심각한 정신질환을 앓는 사람이 부쩍 많아진 것도 그 이유 중의 하나인데, 이러한 상황은 농노해방과 무관하지 않다. 메르제옙스끼는 앞에서 언급한 강연에서 일반적으로 신경쇠약의 원인은 유전, 감염, 알코올 중독, 작업 조건 및 스트레스에 있다고 지적했다. 러시아의 경우 농노해방을 계기로 지식층에 대해 기대감이 부쩍 높아졌고, 그것은 곧 과도한 스트레스의 형태로 나타났다. 지식인들은 러시아 사회를 위해, 민중을 위해 무언가 해야 했으며, 그것은 강박적인 사회 활동으로 이어졌다. 그러나 열정은 낙후된 제도나 무감각한 반응과 부딪힐 경우 극도의 좌절로 이어져 지식인들을 지치게 했다. 체호프 자신도 드라마

「이바노프」에 관한 논평에서 "우리 젊은이들의 특징인 지나친 흥분은 결과적으로 환멸, 권태, 신경쇠약과 노이로제를 유발시킨다"라고 말했다. 과도한 열정과 흥분, 그리고 과도한 절망의 반복은 양극성 장애와도 같은 정신의 퇴행으로 이어지며 과대망상은 정신적 퇴행의 한 증후이다.

꼬브린 역시 "과로한 나머지 신경쇠약에 걸렸다". 젊은이들의 일반적인 신경쇠약에 대한 체호프의 의학적 진단이 그에게도 적용된다. 그러나 꼬브린의 경우는 문제가 더욱 복잡하다. 그는 어린 시절 부모를 여의고 원예가 뻬소쯔끼의 후견하에 성장했다. 착하고 똑똑한 아이여서 후견인의 사랑을 받았지만 아무래도 친부모가 아닌 만큼 눈치를 볼 수밖에 없었을 것이다. 게다가 후견인이 끊임없이 그를 추켜세우고 칭찬하는 바람에 반드시 훌륭한 사람이 되어야만 한다는 강박관념에 사로잡히게 되었다. 훌륭한 사람이 되고자 하는 강박적인 열정은 과로로 이어지고 더 나아가 과대망상으로 이어졌다. 그는 시골에 쉬러 와서도 공부만 했고 신경과민을 잠재우기 위해 술을 많이 마시고 담배도 많이 피웠으며 잠은 지나치게 적게 잤다. 그러면서도 약에 취한 사람처럼 지나치게 활기차고 명랑했고 조금도 피로를 느끼지 않았다. 한마디로 그는 '과부하' 걸린 상태였다. 과부하 걸린 신경이 폭발로 이어지는 것은 시간문제였다. 무언가 탈출구가 있어야 했다. 그는 어느 순간부터 환각을 보기 시작했다. 검은 옷의 수도사는 강박적인 열정을 위한 해방구였다.

그는 행복하고 즐거운 기분이 되어 집으로 돌아갔다. 검은 옷의 수도사가 그에게 한 몇 마디 말은 그의 허영심만을 만족시킨 것이 아니라 그의 영혼 전체, 그의 전 존재를 만족시켰다. 선택받은 사람이 된다는 것, 영원한 진리를 섬긴다는 것, 수천년을 앞당겨 인류를 신의 왕국에 들어갈 수 있게 만들어줄 사람 중의 하나가 되는 것, 인류를 수천년 동안의 불필요한 투쟁과 죄와 고통에서 벗어나게 해줄 사람들의 대열에 합류하는 것, 청춘과 힘과 건강, 즉 모든 것을 이상에 바치는 것, 공동의 선을 위해 죽을 각오가 되어 있는 것 ─ 이 얼마나 고결하고 행복한 운명이란 말인가! 순결과 순수와 노고로 점철된 그의 과거가 주마등처럼 펼쳐지면서 그는 자기가 배웠던 것, 그리고 자기가 가르쳤던 모든 것을 기억해냈고 결국 수도사의 말에는 요만큼의 과장도 없었다는 결론에 도달했다. (141면)

그는 오로지 수도사의 환영과 함께 있을 때만 행복하고 편안하다. 중독자가 약이나 알코올에 취했을 때와 거의 유사한 상태이다. 그가 주변 사람들에게 수도사와 이야기하는 것은 아무한테도 해를 끼치지 않으므로 방해하지 말라고 외치는 것은 중독자의 합리화와 같은 얘기다. 체호프는 정신질환자가 점차 망가져가는 모습을 정확하게 묘사한다. 꼬브린은 환영과 대화하며 황홀경을 체험하지만 다른 사람의 눈에는 그저 미친 사람처럼 보일 뿐이다. 시도 때도 없이 히죽거리며 웃고 허공을 향해 중얼거리는 그는 정상적인 대인 관계를 유지할 수 없다. 그에게 중요한 것은 환각이며 현실에서 타인과 맺는 관계는 껍데기에 불과하다.

아내와 장인이 그를 치료하려 드는 것은 지극히 당연하고 정상적인 일이다. 그러나 문제는 그게 아니다. 장인과 아내 역시 '과부하' 걸려 있기는 마찬가지다! 뻬소쯔끼는 다혈질의 노인으로 사소한 일에 역정을 내고 걸핏하면 욕설을 퍼붓고 항상 어디론가 헉헉거리며 돌아다닌다. 그의 과부하는 원예에 쏠려 있기 때문이라는 것이 꼬브린과 다를 뿐이다. 그가 쓴 논문에 담겨 있는 것은 "너무나도 불안하고 불규칙한 어조, 그리고 신경질적인, 거의 병적인 격정이었다"(130면). 소설의 도입부에서 묘사되는 뻬소쯔끼의 정원은 아름다움보다는 기괴함을 특징으로 한다.

그곳에는 실로 엄청난 변덕과 세련된 기괴함과 자연을 향한 조롱이 있었다! 시렁에 촘촘히 엮인 과일나무의 대열, 양버들을 닮은 배나무, 둥그런 공 모양의 참나무와 보리수, 사과나무로 만든 차양, 아치, 꽃나무로 이루어진 모노그램, 나무로 만든 샹들리에가 빼곡하게 들어차 있었고 심지어 자두나무로 만든 '1862'란 숫자가 뻬소쯔끼가 원예에 입문한 연도를 말해주며 버티고 서 있었다. 또 종려나무처럼 튼튼하고 쭉쭉 뻗은 나무들이 아름답고 위풍당당한 자태를 뽐내며 자라고 있지만, 가까이 가서 유심히 들여다보면 닥지닥지 열린 구스베리 열매와 까치밥나무 열매가 보이는 것이었다. (113면)

이 기괴한 정원은 뻬소쯔끼의 병든 정신을 비춰주는 거울처럼 음산하다. 뻬소쯔끼는 나무들로 하여금 모노그램과 샹들리에를 흉내 내게 함으로써 자연을 문명에 복종시켰다. 그것도 모자라 자연에 현학적인 규칙까지 더해버렸다.

군대의 대열처럼, 똑바로 줄을 맞춰 질서 정연하게 심긴 나무들은 체스 판을 방불케 했다. 나무들의 똑같은 키와 완벽하게 동일한 우듬지와 줄기, 그 엄격하고 현학적인 규칙성은 전체적인 풍경을 단조롭고 심지어 지루하게까지 만들었다. (114면)

꼬브린을 향한 그의 애정과 존중 뒤에는 꽃나무를 문명에 종속시키고 유실수로 체스 판을 만든 것과 똑같은 뒤틀린 열정이 있다. 그는 정원의 나무를 키우듯 꼬브린을 키웠고 이제 그 정원의 후계자를 확보하기 위해 그와 자기 딸의 결혼을 그토록 강력하게 소망했다. 뻬소쯔끼가 자연을 거스르는 삶을 살아왔듯이 이제 꼬브린은 정상에 반하는 망상의 삶을 살고 있다.

따냐의 경우는 뻬소쯔끼처럼 드러나지는 않지만 역시 과부하의 징후를 보이기는 마찬가지다. 그녀 역시 아버지처럼 다혈질에다 사소한 일에 과도하게 흥분한다. 그녀는 "말을 무척 많이 하고 말싸움을 좋아하고 싸울 때는 언제나 별로 중요하지도 않은 구절을 과장된 표정과 손짓을 섞어 내뱉는다. 분명 극도로 신경이 날카로운 아가씨이리라"(132면). 조그마한 실랑이에도 그녀는 평생 울 듯이 통곡하고, 꼬브린을 향한 그녀의 감정은 숭배에 가깝다. 모든 게 부풀려져 있다. 그녀는 체호프가 「귀여운 여인」(Душенка) 등 일련의 작품에서 묘사한 범속한 여성 인물의 계보에 속한다. 따냐와 그의 아버지가 보여주는 흥분과 과부하는 그들이 실제로 영위하는 삶의 범속함을 강조해준다.

꼬브린이 추악하고 혐오스럽게 변해가다가 마침내 깨닫는 것은 인생 일반의 범속함이다.

> 그는 지극히 평범하고 하찮은 행복의 댓가로 삶이라는 것이 인간에게 얼마나 많은 것을 요구하는지를 생각했다. 예를 들어보자. 마흔이나 다 되어 강의 자리를 얻어 평범한 교수가 되고 매가리 없고 지겹고 어려운 언어로 뻔히 다 아는, 게다가 남에게 빌려온 사상을 전달하기 위해, 요컨대 고만고만한 학자의 자리에 올라서기 위해 그, 꼬브린은 15년간 공부하고 밤낮으로 연구하고, 심각한 정신질환을 앓고, 불행한 결혼을 파탄으로 마감하고, 기억하기조차 싫은 온갖 어리석고 부당한 일을 저질러야 했던 것이다. 이제 꼬브린은 자신이 평범 그 자체임을 분명하게 깨달았으며 이 사실과 기꺼이 화해했다. (163면)

망상에서 깨어났을 때 황홀경은 사라지고 시시한 현실이 초라한 속내를 드러내 보인다. 그도, 원예가 뻬소쯔끼도 따냐도 모두 이 현실의 일원일 뿐이다. 뻬소쯔끼는 생을 마감하고 그토록 사랑했던 정원의 흙으로 돌아간다. 따냐는 그를 특별한 사람, 천재라 생각해 숭배했지만 그가 "그냥 미친놈"일 뿐이라는 걸 알고 그가 "빨리 죽기만을 바란다"(162면)며 절규한다. 꼬브린은 연구 계획이 적힌 공책을 읽어보다가 그것들은 아무것도 아니라는 것을 깨닫는다. 모든 게 부질없다. 그런데 정말 그런 걸까? 소설의 마지막에서 체호프가 전하려는 것은 인생의 허무가 아닌 것 같기도 하다. 꼬브린은 낯선 도시의 낯선 호텔에서 각혈을 하며 죽어간다.

바닥에 쓰러진 그는 손을 짚고 일어서며 다시 외쳤다.
"따냐!"
그는 따냐를 불렀고, 이슬 맺힌 화려한 꽃으로 가득 찬 정원과 공원을 불렀고, 털북숭이 뿌리를 드러낸 소나무와 호밀밭을 불렀고, 자신의 탁월한 학문과 젊음과 용기와 기쁨을 불렀고, 그토록 아름다웠던 삶을 소리쳐 불렀다. 얼굴 옆 바닥에 흥건하게 고인 커다란 피 웅덩이가 눈에 들어왔다. 이제는 기력이 소진해 단 한마디 말도 할 수 없었지만 형언할 수 없는 무한한 행복감이 그의 전 존재를 가득 채웠다. 발코니 아래에서 세레나데를 연주하는 소리가 들려왔고 검은 옷의 수도사가 그에게 소곤소곤 알려주었다. 그는 천재이며 허약한 육신이 균형을 상실해서 더이상 천재를 위한 껍질이 되어줄 수 없기에, 오로지 그 이유 하나 때문에 죽어가고 있다고.
바르바라 니꼴라예브나가 잠에서 깨어 칸막이 밖으로 나왔을 때 꼬브린은 이미 죽어 있었다. 그의 얼굴에는 복된 미소가 서려 있었다. (165면)

꼬브린도 뻬소쯔끼도 따냐도 모두 불쌍하다. 살아보려고 아등바등하지만 결국 모든 것이 다 소멸한다. 그래서 불쌍하고 슬프다. 인생이 무상하다는 그 진부한 진실이 여기서는 전혀 진부하게 느껴지지 않는다. 피를 토하면서 죽어가는 꼬브린이 소리쳐 부른 그토록 아름다웠던 삶 때문인지도 모른다. 소멸해가는 것들에 새겨진 한 조각 빛나는 햇살 같은 한때의 젊음과 용기와 기쁨 때문인지도 모른다. 그래서 체호프는 슬프면서 아름답다.

8. 극작가 체호프

체호프는 멜리호보에 거주하는 동안 희곡 「갈매기」(Чайка)를 집필하여 뻬쩨르부르그 알렉산드린스끼 극장에 넘겨주었다. 1896년 갈매기의 초연은 실패로 돌아갔다. 체호프의 그 억제되고 내밀한 힘을 연출가도 관객도 이해하지 못했다. 그는 중간에 극장을 떠나 혼자 돌아다니다가 쑤보린의 집에 가서 하룻밤을 지냈다. 상심이 크긴 했으나 좌절할 정도는 아니었다. 동생 미샤에게 쓴 편지에서 그는 드라마는 더이상 쓰지 않겠다고, "그렇지만 나는 살아 있고 건강하다"는 데서 위안을 찾는다고 말했다.

1897년 3월 22일, 모스끄바의 유명한 레스토랑 에르미따주에서 쑤보린과 식사를 하던 체호프는 심각하게 각혈을 했다. 폐결핵의 징후가 너무 뚜렷해서 휴식을 위해 니스로 갔다가 1898년 5월 멜리호보로 돌아왔다. 그는 모스끄바 예술극장의 공동 창단자의 한 사람(다른 한 사람은 스따니슬랍스끼였다)이자 지인이기도 한 연출가 네미로비치 단첸꼬(В. И. Немирович-Данченко)의 편지를 받았다. 「갈매기」를 자신의 극장에서 상연하게 해달라는 간청이었다. 처음에 체호프는 거절했다. 지난번의 실패가 뼈에 사무쳤기 때문이었다. 그러나 네미로비치 단첸꼬는 현대극 중 자기가 원하는 것은 체호프의 「갈매기」밖에 없으며 자기는 반드시 성공할 거라고 끈질기게 설득했고 마침내 마음이 움직인 체호프는 허락했다.

1898년 9월 9일, 체호프는 모스끄바 '사냥꾼 클럽'에서 진행되는 리허설을 보러 왔다. 거기서 그는 처음으로 극단 멤버들을 보았고 장래 부인이 될 올가 끄니뻬르(О. Л. Книппер)도 처음 만났다. 같은 해 12월 17일 마침내 모스끄바 예술극장 무대에 갈매기가 올려졌다. 체호프는 너무나 신경이 곤두서서 극장에 오지도 않았다. 배우들도 모두 안정제를 먹어야 할 만큼 신경과민 상태였다. 극장의 향후 운명이 이 공연에 달려 있었기 때문이다. 올가가 극중의 중년 여배우 아르까지나를, 스따니슬랍스끼는 뜨리고린을 연기했다. 제1막이 끝났는데 박수가 나오지 않았다. 찬물을 끼얹은 듯 기이한 침묵이 한참 동안 객석을 압도했다. 올가도 다른 배우들도 터져 나오는 울음을 꾹 참느라고 제정신이 아니었다. 그때 갑자기 박수가 터져나왔다. 그것은 문자 그대로 '폭탄이 터지는 것 같은' 우레와도 같은 갈채였다. 체호프와 모스끄바 예술극장의 완벽한 승리였다. 그날의 공연은 현대 연극사에 한 획을 그은 일대 사건이었다.

모스끄바 예술극장의 무대 휘장에 그려진 갈매기는 이 공연의 역사적 의의를 상징한다.

9.「개를 데리고 다니는 부인」

1898년 10월 12일 부친이 사망하자 체호프는 식솔을 이끌고 얄따로 갔다. 더이상 멜리호보에 머무르고 싶은 생각이 없어졌기도 하거니와 건강을 위해 따뜻한 지방으로 가라는 의사들의 권고도 무시할 수 없었기 때문이다. 체호프의 삶에서 이른바 '얄따 시대'가 시작된 것이다. 얄따 시대의 가장 큰 사건은 아무래도 결혼이 될 것이다. 그의 건강은 계속 나빠지고 있었고 그 무엇에도 얽매이기 싫어하는 성격도 여전했다. 1901년 5월 25일 체호프는 오랜 망설임 끝에 올가 끄니페르와 결혼했다. 겉치레를 싫어했던 체호프는 4인의 증인만을 초대하여 간소하게 결혼식을 마친 뒤 우파 지방의 요양소로 신혼여행을 떠났다. 새신랑은 간소하기 짝이 없는 요양소에서 발효된 마유를 마시며 겨우 3년간 지속될 짧은 결혼 생활을 시작했다. 게다가 아내가 여배우인 까닭에 신혼부부는 자주 떨어져 있어야 했다. 올가는 그의 아이를 가졌지만 이내 유산했다. 이후 그들 사이에 아이는 생기지 않았다.

1899년 12월에 발표한「개를 데리고 다니는 부인」(Дама с собачкой)

은 당시 그가 머물던 얄따를 배경으로 한다. 얄따에서 만난 두 남녀의 불륜을 소재로 하는 소설은 처음부터 똘스또이의 『안나 까레니나』를 연상시킨다. 여주인공의 이름이 안나라는 것도 그렇지만 원래 정숙했던 유부녀가 외간 남자를 만나 가정을 버리고 불륜을 저지른다는 설정은 누가 보더라도 『안나 까레니나』에서 빌려온 것 같은 인상을 준다. 그러나 체호프의 의도는 도덕주의자 똘스또이와 많이 다르다.

이 소설은 셰스또프(Л. И. Шестов)가 규정했던 체호프의 세계, 즉 "실존적 공허"에서 크게 벗어나지 않는다. 체호프는 거장 똘스또이가 장대한 서사적 스케일로 그려놓았던 '불륜 사건'을 중산층의 일상적인 일탈로 축소시켰고 똘스또이가 전달한 도덕적 메시지를 아예 '제로 메시지'로 돌려버렸다. 남녀 주인공의 연애는 진부하고 범속한 삶의 한 부분이다. 이 소설에서 불륜은 누구나 다 하는 것, 일상에서 다반사로 일어나는 사소한 사건이다. 그렇기 때문에 사랑과 관련한 모든 것이, 이를테면 인물, 사건, 배경 모두가 대단히 통속적이다.

구로프는 19세기 말 중산층 러시아인들이 가장 애용하는 휴양지인 얄따에 2주째 묵고 있다. 그는 평균적인 러시아 남성이며, 중년이며, 중산층이며, 평균적인 러시아 중년 남자답게 바람을 피우고 있다. 얄따 또한 평균적인 휴양지이며 또 평균적인 휴양지답게 따분하다. 호텔 방은 무덥고 거리는 먼지투성이이며 바람이 몰아칠 때면 모자들이 굴러다닌다.

이 범속한 배경에 한 여성이 나타난다. 안나는 지방 고위 관리인 남편과 애정 없는 결혼 생활을 하던 중 바람이나 쐴까 하고 홀로 얄따를 찾았다. 그동안 닳고 닳은 여자들에 대해 내심 식상해하던 구로프는 자기보다 훨씬 어리고 미숙하고 순진해 보이는 안나에게 호기심을 갖는다. 얄따에서는 하룻밤의 정사라는 것이 일종의 관례처럼 되어 있다. 많은 관광객들이 뜨내기처럼 찾아와 이름도 모르는 이성과 짧은 연애를 하고 다시 일상으로 돌아간다. 이러한 '관례에 따라' 구로프는 안나에게 접근하고 마침내 두 사람은 연인이 된다. 그렇게 한달의 세월이 지나고 그들은 헤어진다. 이번에도 그의 불륜은 여느 때와 다름없이 기억의 뒤편으로 물러난다.

그런데 모스끄바로 돌아온 구로프는 이상하게도 안나에 대한 생각에서 벗어날 수가 없다. 무척 이례적인 일이다. 그 자신도 이해할 수가 없다. 그가 매일 반복되는 카드 게임과 폭식과 만취에 염증을 느끼기 시작하면서 안나의 모습은 점점 더 크게 아른거린다. 이 지루하고 공허한 일상에서 그를 구해줄 수 있는 것은 오로지 안나뿐이다. 그는 마침내 S시로 그녀를 찾아간다.

그들은 극장에서 다시 만난다. 그는 지금 자신에게 이 세상에서 그녀보다 더 가깝고 더 소중하고 더 중요한 사람은 없다는 것을 깨닫는다. "시골 군중 사이에 파묻혀 잘 보이지도 않는 저 작은 여성, 싸구려 오페라글라스를 손에 든, 저 별 볼 일 없는 여자가 이 순간 그의 삶 전체를 채우고 있었다. 그가 지금 무엇을 바라건 간에 그녀는 그가 원하는 유일한 행복이자 기쁨이자 슬픔이었다."(189~90면)

그들은 이때부터 정기적으로 호텔 방에서 밀회를 지속한다. 그들의 밀회가 얼마나 지속될지, 어떻게 끝나게 될지, 그들의 사랑이 언제 어떻게 결실을 맺게 될지, 혹은 파국을 맞이하게 될지, 그들은 모른다. 다만 이 사랑이 곧 끝나지는 않으리라는 것, 종착지까지는 아직도 멀었으며 가장 어렵고 복잡한 일은 이제 막 시작되었다는 것을 알 뿐이다. 이렇게 소설은 끝난다.

우리는 여기서도 유사한 질문을 제기한다. 도대체 체호프는 무슨 얘기를 하고자 하는 것인가? 두 사람의 불륜에 무슨 의미가 있단 말인가? 구로프는 시종일관 이기적이고 무책임한 중년 남성으로 보일 뿐이며, 그러한 그에게 끌리는 안나 역시 그다지 훌륭해 보이지 않는다. 그들이 무슨 커다란 각성을 하는 것도 아니고 새로운 삶에 눈을 뜨는 것도 아니다. 어째서 그들의 밀회가 돌연 거룩한 열정으로 불타기 시작하는지 독자로서는 이해하기 어렵다. 그렇다고 그들의 범속한 밀회가 그저 삶의 무의미를 전달하는 은유라고 해석하기에는 무언가가 부족하다.

반전은 소설의 끝부분에서 일어난다. 구로프가 만났던 여자들 중 단 한 사람도 그와 함께하는 동안 행복해하지 않았다. 그는 수없이 많은 여자들과 만나고 관계를 맺고 헤어졌지만 사랑한 적은 한번도 없었다. 그걸 무어라 부르든 상관없지만 절대로 사랑은 아니었다. 그는 단순히 외도를 즐겼을 뿐 단 한번도 상대방을 따스하게 바라본 적도 없고 상대방에게 연민을 느꼈던 적도 없다. 그러나 지금은 모든 것이 달라졌다. 그는 난생처음으로 사랑을 느끼고 '연민'을 느낀다.

그는 호텔 방의 거울에 비친 자신의 모습을 바라본다.

머리는 벌써 희끗해지기 시작했다. 자신이 최근 몇년 새에 이토록 늙고 쇠락해졌다는 게 믿기지 않았다. 그의 두 손이 얹혀 있는 따스한 어깨가 바르르 떨리고 있었다. 그는 지금은 이토록 따스하고 아름답지만 필경 그의 삶처럼 벌써 퇴색과 쇠락의 시작점에 가까워지고 있을 이 여인의 삶에 연민을 느꼈다. (196면)

중년의 바람둥이가 어느날 갑자기 진정한 사랑에 눈뜬다고 한다면 개연성이 떨어질지 모른다. 그렇지만 거울 속에서 늙어가는 자신의 모습을 보면서 애잔함을 느끼고, 그 연장선에서 상대방에게 연민을 느낀다면 얼마든지 개연성이 있다. 중요한 것은 두 사람 사이에 다시 시작된 사랑이 아니라, 거울을 통해 보인 자신에 대한, 상대방에 대한 연민이다. 이것을 희망이라 부를 수 있을까. 그러나 만일 이마저도 없다면 인생이란 게 도대체 무엇이란 말인가.

체호프는 아무런 확실한 대답도 제시하지 않는다. 다만 소설의 중간에 구로프가 바라보는 바다의 정경에서 우리는 아주 약간의 힌트를 얻을 수 있을 뿐이다.

아직 얄따도 오레안다도 없던 때에도 저 밑에서는 그렇게 파도가 울었을 것이고, 지금도 울고 있으며, 앞으로 우리가 사라진 뒤에도 그

렇게 무심하고 공허하게 울어댈 것이다. (180면)

항구하게 반복되는 밀물과 썰물처럼 우리는 만나고 헤어지고, 태어나고 죽는다. 인생은 본질적으로 이 무심하고 공허한 파도의 움직임에 불과하다. 그러나 구로프는 바다를 바라보며 인생에는 의미가 있을지도 모른다고 어렴풋하게나마 느낀다. "어쩌면 이 변함없음, 우리 개개인의 삶과 죽음에 대한 이 완벽한 무관심이 우리의 영원한 구원과 끊임없이 움직이는 지상의 삶과 중단 없는 완성을 약속해주는지도 모른다."(180면) 범속한 불륜이 닥터 체호프의 시각에 포착된 삶의 일면이라면 그 범속하고 변함없는 일상 속에서 작은 의미의 불씨를 찾아낸 것은 작가 체호프의 눈이리라.

10. 신선한 굴, 샴페인 한잔, 그리고 죽음

얄따에서도 체호프의 건강은 계속 나빠졌다. 의사들은 입을 모아 해외 요양을 권유했다. 체호프 부부는 1904년 6월 초 러시아를 떠나 베를린에서 며칠 머문 뒤 6월 9일 독일 요양지 바덴바일러에 도착했다. 체호프는 자신의 병세를 전혀 걱정하지 않았고 죽음이 목전에 있다는 생각은 꿈에도 하지 않는 것처럼 보였다. 처음 얼마간은 실제로 병세가 호전되는 듯했으며 식욕도 되살아나는 것 같았다. 그는 독일 여성들이 패션 감각이 없다며 투덜거렸고, 독일 음식, 특히 빵을 맛있게 먹었으며 잠도 비교적 잘 잤다. 여름인데 입을 만한 옷이 없다고 구시렁거리다가 결국 양복도 한벌 새로 맞추었다. 어디로 보나 곧 이승을 하직할 사람 같지 않았다.

6월 29일과 30일에 체호프는 심장 발작을 일으켰다. 그러나 여전히 죽음은 멀리 있는 것 같았다. 그는 심지어 부인에게 농담을 하기도 했다. 그는 7월 2일 새벽 1시경에 깨어나 단말마의 고통을 호소하며 의사를 불러달라고 청했다. 의사가 도착해서 캠퍼 주사를 놓고 샴페인을 주문했다. 샴페인은 신체 조직을 자극하기 위한 특단의 조처였다. 체호프는 일어나 앉아 독일어로 "Ich Sterbe"(나는 죽고 있어)라고 말하고는 샴페인 한잔을 다 들이켰다. "오랜만에 마셔보는군"이라 말하고 올가를 향해 미소 짓고는 잠시 후 조용히 눈을 감았다. 1904년 7월 2일 새벽 3시에 안똔 체호프는 영원히 지상을 떠나갔다.

체호프의 시신은 '신선한 굴'이라고 씌어진 냉동 화물열차에 실려 러시아로 돌아왔다. 기차역은 어떤 장군을 위한 인파로 인산인해를 이루었다. 군악대까지 동원되어 음악을 연주했고 체호프의 유골을 맞이하러 나온 조문객들은 그것이 체호프를 위한 행사인 줄 알고 눈물을 주룩주룩 흘리며 무슨 장군인지를 위한 군악대를 따라갔다. 그가 살아생전에 그토록 유머러스하게, 그토록 아이러니하게 묘사했던 삶의 범속함이 이번에는 그의 죽음을 장식해주었다. 그의 유해는 노보제비치 수도원 묘지에 안장되었다.

11. 모호하고 슬픈, 그래서 매혹적인

체호프는 일부 독자가 생각하듯 소소한 것에 의미를 둔 작가가 아니다. 그는 자기만의 독특한 방식으로 위대함을 추구했던 작가다. 열정적인 활동가이자 투철한 책임감과 극기로 생의 굴곡을 넘어선 챔피언이기도 하다. 그는 낙관과 염세 사이, 웃음과 눈물 사이, 의미와 무의미 사이, 진지함과 시시한 것 사이의 경계선에 놓인 우리 대부분의 삶을 객관적이고 냉정한 의사의 눈으로 바라보았고 강인한 의지와 열정으로 삶을 살았으며 작가의 언어로 그것을 풀어놓았다. 그가 소소하고 작은 것들에 의미를 둔 것처럼 보이는 이유는 큰 것을 작게 설명하고 진지한 것을 시시하게 풀어내는 능력에서 비롯된 것이다.

체호프는 또한 인생의 허무를 노래한 작가가 아니다. '황혼의 시인' 혹은 '절망의 시인'이라는 별명은 체호프를 정확하게 설명해주지 못한다. 세스또프는 체호프가 사망한 뒤 그를 평가하면서 "그가 25년 동안 줄기차게 한 일은 딱 한가지, 인류의 희망을 죽이는 일이었다"라고 못 박아 말했다. 아마도 체호프가 이런 평가를 들었더라면 펄쩍 뛰었을 것이다. 희망을 죽이거나 살리는 것은 그의 일이 아니었다. 그는 삶을 있는 그대로 바라보았을 뿐, 기뻐 날뛰지도 않았고 슬퍼서 통곡하지도 않았다. 엄청나게 강인한 정신력의 소유자만이 할 수 있는 일이다. 올가에게 보낸 편지에서 그는 말한다.

"내 안에는 슬픔이란 게 없소. 예전에도 없었소. 대부분의 경우 내 삶은 꽤 견딜 만했다오." 그럼에도 불구하고 그의 삶과 그의 작품을 접하며 독자가 느끼는 것은 기묘한 슬픔이다.

독자가 그의 작품을 읽으며 경험하는 가슴 저린 느낌은 절망이나 허무와는 다른 것이다. 불쌍하고 처참한 광경이나 신산한 삶을 볼 때 치밀어오르는 슬픔과도 다르다. 온갖 다양한 형태의 삶이 공통적으로 가지는 어떤 것, 부자도 빈자도 학자도 무식쟁이도 모두 피해갈 수 없는 삶의 어떤 범속한 부분에 대한, 모든 생명이 가진 연약한 부분에 대한, 그리고 살아 있는 모든 것들이 거쳐가야만 하는 쇠락에 대한 인간적이면서도 고결한 어떤 감정이다. 사라져가는 모든 것들에 대한, 그 절망과 용기에 대한 어떤 긍정, 그걸 뭐라 부르든, 측은지심이라 부르든 사랑이라 부르든 아니면 연민이라 부르든, 바로 그것이 체호프의 작품을 모호하고 슬프고 매혹적으로 만들어준다.

석영중(고려대 노어노문학과 교수)

작가연보

1860년 구력 1월 17일 남러시아 아조프 해의 항구도시 따간로그에서 잡화상

　　　　　주인 빠벨 체호프(Павел Егорович Чехов)의 셋째 아들로 태어남.

1867년 그리스 학교 예비학급에 입학.

1868년 따간로그 김나지움 예비학교에 입학.

1869년 따간로그 김나지움에 입학.

1875년 두 형이 모스끄바로 유학.

1876년 부친의 잡화상이 도산함. 체호프만 남겨두고 가족 모두 모스끄바로

　　　　　이주.

1879년 김나지움 졸업 후 대입 자격증 취득. 모스끄바 대학 의학부에 입학.

1880년 생활비를 벌기 위해 '안또샤 체혼떼'(Антоша Чехонте)라는 필명으

로 유머러스한 단편을 잡지에 기고하기 시작.

1884년   의학부를 졸업하고 모스끄바 근교 치끼노 병원에서 수련의로 근무하기 시작.

1885~86년   문단의 원로 그리고로비치(Д. В. Григорович)의 격려 서한을 받음. 『신시대』(*Новое время*) 사주 쑤보린과 교류. 『신시대』지에 안똔 체호프라는 본명으로 단편 「추모제」(Панихида) 기고. 본격적인 창작 활동 시작.

1887년   희곡 『이바노프』(*Иванов*) 초연.

1888년   연극계 인사들과 교분을 나눔. 깝까스 여행. 뿌시낀 문학상 수상.

1889년   『북방통보』(*Северный вестник*) 지에 「지루한 이야기」(Скучная история) 발표.

1890년   싸할린 섬 여행. 4월 21일에 떠나 7월 11일에 도착. 3개월 체류 후 홍콩과 싱가포르를 거쳐 12월 8일 귀국.

1891년   서유럽 여행. 단편 「결투」(Дуэль) 발표.

1892년   빈민 구제 사업에 동참. 모스끄바 인근 멜리호보에 영지 구입. 콜레라 방제 활동 등 의료 봉사.

1893년   단편 「검은 옷의 수도사」(Чёрный монах) 발표.

1894년   건강 악화. 크리미아 지방 여행. 단편 「대학생」(Студент)과 「로실드의 바이올린」(Скрипка Ротшильда) 발표.

1895년   논픽션 『싸할린 섬』(*Остров Сахалин*) 출간. 똘스또이의 영지 야스나야 뽈랴나 방문.

1896년   희곡 『갈매기』(*Чайка*)를 초연했으나 실패.

1897년   심각하게 각혈. 폐결핵의 징후. 휴양을 위해 니스로 떠남.

1898년   5월 멜리호보로 귀환. 9월 9일 모스끄바 예술극장에서 『갈매기』 리 허설. 장래 부인이 될 여배우 올가 끄니뻬르(O. Л. Книппер)와 만남. 10월 12일 부친 사망. 얄따로 이주 계획을 세움. 12월 17일 모스끄바 예술극장에서 『갈매기』 공연이 대성공을 거두며 역사적인 사건으로 남음. 단편 「산딸기」(Крыжовник)와 「상자 속의 사나이」(Человек в футляре) 발표.

1899년   단편 「개를 데리고 다니는 부인」(Дама с собачкой)과 「골짜기」(В овраге) 발표.

1899~1901년   10권짜리 전집 출간. 1899년 희곡 『바냐 아저씨』(*Дядя Ваня*) 초연.

1900년   똘스또이와 함께 학술원 명예회원으로 선출됨.

1901년   희곡 『세 자매』(*Три сестры*) 초연. 5월 25일 올가 끄니뻬르와 결혼. 우파 지방의 요양소로 신혼여행.

1902년   건강이 악화됨. 고리끼의 학술원 명예회원 선출이 취소된 데 항의하기 위해 학술원 회원직 사퇴.

1903년   여름부터 희곡 『벚꽃동산』(*Вишнёвый сад*) 집필. 마지막 단편 「약혼녀」(Невеста) 발표.

1904년   6월 9일 독일 요양지 바덴바일러에 도착. 6월 29일과 30일 심장 발작을 일으킴. 7월 2일 새벽 3시 사망.

고전의 새로운 기준, 창비세계문학

오늘날 우리는 인간의 존엄과 개성이 매몰되어가는 시대를 살고 있다. 물질만능과 승자독식을 강요하는 자본주의가 전지구적으로 확산되면서 현대사회는 더 황폐해지고 삶의 질은 크게 훼손되었다. 경제성장만이 최고의 선으로 인정되고 상업주의에 물든 문화소비가 삶을 지배할수록 문학은 점점 더 변방으로 밀려나고 있다. 삶의 본질을 성찰하는 문학의 자리가 위축되는 세계에서는 가진 자와 못 가진 자 할 것 없이 모두가 불행할 수밖에 없다.

이 시대야말로 인간답게 산다는 것의 의미가 무엇인지 근본적인 화두를 다시 던지고 사유의 모험을 떠나야 할 때다. 우리는 그 여정에 반드시 필요한 벗과 스승이 다름 아닌 세계문학의 고전이라는 점을 강조한다. 고전에는 다양한 전통과 문화를 쌓아올린 공동체의 경험이 녹아들어 있고, 세계와 존재에 대한 탁월한 개인들의 치열한 탐색이 기록되어 있으며, 새로운 세상을 꿈꾸는 아름다운 도전과 눈물이 아로새겨 있기 때문이다. 이 무궁무진한 상상력의 보고이자 살아 있는 문화유산을 되새길 때만 개인의 일상에서 참다운 인간적 가치를 실현하고 근대적 삶의 의미와 한계를 성찰하는 지혜를 얻을 수 있을 것이다.

'창비세계문학'은 이러한 문제의식에서 출발한다. 세계문학의 참의미를 되새겨 '지금 여기'의 관점으로 우리의 정전을 재구성해야 할 필요성이 그 어느 때보다 절실하다. '정전'이란 본디 고정된 목록으로 존재하는 것이 아니라 그때그때 주어진 처소에서 새롭게 재구성됨으로써 생명을 이어가는 것이다. 우리는 먼저 전세계 문학들의 다양성과 차이를 존중하면서 국가와 민족, 언어의 경계를 넘어 보편적 가치에 기여할 수 있는 가능성에 주목하고자 한다. 근대를 깊이 성찰한 서양문학뿐 아니라 아시아와 라틴아메리카, 중동과 아프리카 등 비서구권 문학의 성취를 발굴하고 재평가하는 것 역시 세계문학의 지형도를 다시 그리려는 창비의 필수적인 작업이 될 것이다.

여러 전집들이 나와 있는 세계문학 시장에서 '창비세계문학'은 세계문학 독서의 새로운 기준이 되고자 한다. 참신하고 폭넓으면서도 엄정한 기획, 원작의 의도와 문체를 살려내는 적확하고 충실한 번역, 그리고 완성도 높은 책의 품질이 그 기초이다. 독서시장을 왜곡하는 값싼 유행과 상업주의에 맞서 문학정신을 굳건히 세우며, 안팎의 조언과 비판에 귀 기울이고 독자들과 꾸준히 소통하면서 진정 이 시대가 요구하는 세계문학이 무엇인지 되묻고 갱신해나갈 것이다.

1966년 계간 『창작과비평』을 창간한 이래 한국문학을 풍성하게 하고 민족문학과 세계문학 담론을 주도해온 창비가 오직 좋은 책으로 독자와 함께해왔듯, '창비세계문학' 역시 그러한 항심을 지켜나갈 것이다. '창비세계문학'이 다른 시공간에서 우리와 닮은 삶을 만나게 해주고, 가보지 못한 길을 걷게 하며, 그 길 끝에서 새로운 길을 열어주기를 소망한다. 또한 무한경쟁에 내몰린 젊은이와 청소년들에게 삶의 소중함과 기쁨을 일깨워주기를 바란다. 목록을 쌓아갈수록 '창비세계문학'이 독자들의 사랑으로 무르익고 그 감동이 세대를 넘나들며 이어진다면 더없는 보람이겠다.

2012년 가을
창비세계문학 기획위원회
김현균 서은혜 석영중 이욱연 임홍배 정혜용 한기욱

창비세계문학 53

지루한 이야기

초판 1쇄 발행 / 2016년 12월 5일
초판 2쇄 발행 / 2024년 1월 3일

지은이 / 안똔 체호프
옮긴이 / 석영중
펴낸이 / 염종선
책임편집 / 허원
조판 / 박지현
펴낸곳 / (주)창비
등록 / 1986년 8월 5일 제85호
주소 / 10881 경기도 파주시 회동길 184
전화 / 031-955-3333
팩시밀리 / 영업 031-955-3399 편집 031-955-3400
홈페이지 / www.changbi.com
전자우편 / lit@changbi.com

한국어판 ⓒ (주)창비 2016
ISBN 978-89-364-6453-0 03890